クトゥルー・ミュトス・ファイルズ ④
The Cthulhu Mythos Files ④

崑央（クン・ヤン）の女王

朝松 健
Asamatsu Ken

創土社

目次

われわれの世界の背後に他の世界がある。
われわれが生命と呼んでいるものの背後に
他の生命がある。

――チャールズ・フォート

序章　リヴァイアサン・タワー

　車窓の向こうでは陽炎（かげろう）が立ち、森下杏里（もりしたあんり）のエスクードを取り囲む、どの車もゆらめいていた。

　ラジオによれば、午前十時現在、セ氏三十六度を越えようとしており、光化学スモッグの発生は必至ということだ。すでに冷房は意味なく、体温にほぼ等しい生ぬるい風を供給する機械と化している。

　スピーカーから流れる、サザンオールスターズの新曲が、かろうじて、森下杏里をヒステリーの発作から救ってくれている状態だった。

　静かなリフレインののちに曲は終わり、やや高めの男の声に変わる。

「たったいま、ニュースが入ってまいりました」

　その口調はかなり緊張していた。

「本日、八月一日、日本時間で午前九時頃、中国東北部で大規模な地震が発生しました。震源地は黒竜江省佳木斯（チャムスー）市郊外三〇キロの地点、地下一〇〇〇メートルと思われます。震度は佳木斯（チャムスー）で七の激震。依蘭（イーラン）で震度六の烈震。北京（ペキン）でも震度三を記録し、佳木斯（チャムスー）郊外の集落では、まるごと地下に陥没したところもある模様です。死傷者、邦人の被害等は、まだ分かっていませんが、当面、日本海側の津波洪水は心配ないようです」

　さすがは、あと四年で、二十一世紀になろうとしているだけのことはある。ほんの一時間前に起こった、中国の地震の情報が、これほど詳しく電波に乗るなんて、十年前には考えられなかっただろう。あと二年もたてば、邦人の被害者数はおろか、被害者の保険番号から年収、身長体重まで、たった三十分で割り出せるようになるに違いない。

杏里は、そんなことを考えながら、ダッシュボードからサングラスを取り上げた。

サングラスを掛けると同時に、長かった渋滞が、いきなりほぐれた。杏里は慌てて、ハンドルを握る。

外苑東通りに、再び、動きが甦った。

時速二〇キロの亀みたいな進行だが、まるで動かないよりは遥かにましである。

市谷薬王寺町に入ったところで自動車電話のベルが鳴った。杏里は受話器を取りスイッチを入れる。

「はい、森下ですが」

自分でも驚くほどの明るい声が発せられた。

「ああ……城南大の加賀谷だが」

向こうは例によって、疲れきった感じの低い声と年寄くさい口調であった。

「おはようございます、教授」と杏里。

「ああ……おはよう」

加賀谷教授は、日本有数の遺伝子学者で、森下杏里の恩師であり、昨日までの上司である。〝昨日まで〟というのは他でもない。かの女は城南大学当局の辞令で、民間の研究施設に、今日から出向するところなのだ。

「実は……たったいま、ラジオで、市谷方面が大渋滞している、と言ってたものでな。それで、心配になって電話したのだが」

加賀谷教授は、まだ六十一歳だというのに、精神も肉体も老けこんでおり、その言葉は口籠りがちだ。

「それはともかく……なあ、森下君。わしは未だに感心しないのだよ。いくら日遺工とウチの大学が太いパイプで結ばれていると言っても、助教授を出向させるというのは……」

おまけに、加賀谷教授は、極度の心配性で知られていた。

「大丈夫です、教授。わたしは、なんとも思っておりません。それに、天下の日遺工の研究施設なら、使ってみたかった最新機材が揃(そろ)ってるでしょうから。今から楽しみです」

「うむ……ならば、いいんだがね。とかく、あの会社は良くない噂(うわさ)があるし……。まあ……嫌になったら、すぐに大学に戻ってきたまえ」

　杏里は笑いながら、うなずいた。

　フロントガラスの前方左側に、漆黒の円柱が、いきなりビルの谷間から姿を現す。

「あっ、いま、見えました」

「なんだ。なにが……見えるんだ」

「日本遺伝子工学(ジャパン・ジーン・エンジニアリング)株式会社の本社ビルです。生で見ると、かなりのものですね。周りのビルを圧倒しています」

「……六十階建ての円柱ビルか……」

　加賀谷教授は、溜息(ためいき)混じりに呟(つぶや)いた。

　次いで、教授は吐き捨てるように、言葉を続ける。

「遺伝子工学界の学者たちは、リヴァイアサンの塔と呼んでおるよ。日遺工の会社組織、経済力、技術力、どれをとっても超弩級(ちょうどきゅう)で、聖書に出てくる巨大魚のようだとね」

「リヴァイアサンの塔……」

　リヴァイアサン――それは、旧約聖書に登場する、体長三マイルの大怪魚だ。

　教授の言葉を繰り返して、杏里は、眼を細めた。

　前方では、市谷本村町の陸上自衛隊総監部敷地跡、広大な土地の上に建てられた六十階建ての円柱型ビルが、その渾名(あだな)にふさわしく黒々と輝いている。その壁面は太陽電池パネルで覆われ、完全に自家発電でまかなわれているそうだ。冬でも余剰電力が出て、一部を東京電力に売っているという。

　完全にコンピュータで制御された、二十一世紀型インテリジェント・ビルである。

　しかし、その外貌(がいぼう)は未来という単語とは、およそ程遠(ほどとお)い印象をかの女に与えた。

このビルにふさわしい単語は「過去」だ。それも十年や百年といった過去ではない。

超古代――テーベやメンフィスといった古代都市が、未だ産声すらあげていないほどの昔だ。巨石文明時代の遺跡群のなかこそ、日遺工のビルには、ふさわしい。

「気をつけたまえ、森下君。くれぐれも、リヴァイアサンに呑(の)み込まれないよう、気をつけることだ……」

しつこいまでに念を押して、加賀谷教授は電話を切った。

「…………」

眉(まゆ)をひそめて杏里もスイッチを切った。

自動車電話を助手席に放りだし、ゆっくりとブレーキを踏む。また、渋滞だ。げんなりした思いでバックミラーを見遣った。

鏡の表面に映った杏里は、ちょっと怒っているような顔をしていた。髪はペイジカットで、顔は細面。セルフレームの真っ黒いサングラスをかけて、化粧っけがない。一応は三十歳と、年相応に見えるが、男からすればインテリを鼻にかけた冷たい女に見えることだろう。

信号が青に変わり、また、車の列が動きだした。

杏里も、エスクードを前へ進める。

――――――その時であった。

市谷に続く街並みや、黒い円柱型の巨大なビル、前後左右にびっしりと並ぶ車の群れ、なにもかもが白い光に包みこまれて、消えてしまった。

眼の前を白いものがチラつく。

雪だ。それと、なにもかも枯れ果てたような曠野(こうや)――地平線まで続いている。

いきなり、骨の髄まで沁みるような寒気に襲われた。

両肩を抱こうとして、両手首に手錠がはめられているのに気づいた。自分の手を見つめる。

（……これは、わたしの手ではない。こんなに小さくて、ひびとあかぎれだらけの手は、けっしてわたしのものではなかった）

　周囲が振動している。両手から視線を周囲に移した。幌（ほろ）付きのトラックの荷台のようだ。

　かの女は、そこの一番後ろに座っている。周りにいるのは、髭面（ひげづら）で、痩（や）せた、虚（うつ）ろな眼をした男たち。かれらも手錠をかけられている。話すことも出来ないほど、疲れきった様子だ。

　不意にトラックが停止した。前の方から男の怒鳴り声が響いてくる。

「満洲人の男五名と、支那（しな）人の女一名、連行いたしました」

「ご苦労。いま、扉を開ける」

　大声でそう言い返す男の言葉を、かの女はひどくぎこちなく聞いていた。まるでカタコトの英語で交わされる会話を耳にしているように——。

　耳障（みみざわ）りな軋（きし）みが谺（こだま）する。

　音が荒い風音に呑（の）みこまれると、また、トラックは動きだした。

　視界の両側から灰色の壁が割りこんでくる。高さ五メートルはありそうな、強固なコンクリートの壁だ。そのあいだの巨大な鉄の格子扉を引いていく男の姿を見て、かの女は眼を見張った。

　男は、カーキ色の軍服を着て、同じ色の地に赤い布が巻かれた帽子を被（かぶ）っている。

　旧日本軍の軍服だ。

　トラックが、前進するにつれ、何匹もの猛犬を引いた兵隊や、コンクリート地が剥（む）き出しになった暗い建物群。鉄格子のはまった窓。白衣をまとった男女。そして、統一された囚人服のようなものを着て、整列歩行する男女の姿が見えてきた。

　かの女の脳裡（のうり）に、ひとつの死語が滲（にじ）みあがる。それは――。

（強制収容所）

ひょっとして、さっきの男が言っていた「支那人の女一名」とは、自分のことなのか。

かの女は舌尖で唇を湿らせる。

そして――――――――目覚めた。

エスクードは、ＪＧＥなるロゴが掲げられた、大きなアーチの前に停められていた。

ＪＧＥ――日本遺伝子工学株式会社の略称だ。相変わらず、外は猛暑に晒されているらしい。ＪＧＥのロゴもマークも、陽炎のようにゆらめいている。

いまのは何だったのだろう、と杏里は自問した。暑さのせいで幻覚でも見たのだろうか。

いきなり、サイドウィンドウがノックされた。

そちらを向けば、青い半袖ワイシャツに黒いネクタイ、純白の帽子を被ったガードマンが、屈んで、車内を覗きこんでいた。

杏里は、急いで、サングラスを外し、サイドウィンドウを下ろす。凄まじい熱波が車内に吹きこんできた。

ガードマンは五十を少しすぎたくらいの、いかついが、人当たりのいい男である。

「ＪＧＥに御用ですか」

ＣＩが徹底しているようで、略称で自社名を呼んだ。もっとも、今時、日遺工なんて呼ぶのは、加賀谷教授くらいだろう。

「御社の御依頼を受けて、城南大学から出向して来ました。森下杏里と申します」

正直言って、かの女は自分のフルネームを他人に教えるのは、好きではない。母が少女趣味だったために、こんな少女小説の主人公みたいな名にさせられたのだ。好かないのも、当たり前であろう。

「ああ、お名前は伺ってます」

と言って、ガードマンは汗を拭き拭きコーナールームに駆けていった。なかから、カードのようなものを手にして、走って戻ってくる。

「IDカードです。研究施設は、ビルの四十階から五十九階までですが、研究室によっては機密保持のため、入室できないところもありますので御注意下さい」

ガードマンは、そう言いながら、杏里の顔写真がホログラフィで焼きこまれたIDカードを手渡してくれた。

「どうもありがとう」

「駐車場は、このまま、まっすぐ進んだ地下です。車を止めたら、突き当りまで進んで下さい。右の青いドアのエレベーターに乗れば、四十階まで直通で行けますよ」

「本当に、ありがとう」

もう一度、礼を言ってから、杏里はエスクードを発進させた。


漆黒の円柱は、間近で見ると、視界一杯に広がった超巨大な一枚岩だった。

その一点に、アーチ型の口が開いている。地下室の入口であった。まるで大きな魚の口のようだ。

杏里は、教授の言った言葉を思い出す。『リヴァイアサンの塔』と呼ばれた、その口めがけて、愛車を進ませていった。

第一章　四十階の異土

1

杏里は、エレベーターが苦手だ。閉所恐怖症の気があるらしい。

幼い頃、父と別れたばかりで荒れていた母が、よくかの女を押入れに閉じこめた。きっとその名残りだろう。

そんな杏里にとって、地下三階の駐車場から、四十階までの数十秒は、拷問に等しかった。冷や汗が麻のスーツを湿らせて、動悸が激しくなってくる。

（九平方メートルほどの、どちらかといえば、広い部類に属するエレベーターなのに、この有様だ。まったく自分の無様さが恥ずかしいわ）

扉の上のデジタル表示が、〝40〟に変わった時には、本気で安堵の息をおとしていた。

エレベーターは停止し、一呼吸おいて、静かに扉が左右に分かれる。

一歩、外へ踏み出して、改めてこのビルの広大さを思い知らされた。

四十階と四十一階は吹きぬけになっており、エレベーター前のホールだけでも、体育館級の広さだ。そこここには、観葉植物の鉢植が置かれ、白い鉄製の椅子とテーブルが点在している。壁には、様々なタイプの牛の頭を刻んだ青銅のレリーフがはめこまれていた。

ところどころに進行を阻むかのように太い柱が立っている。

採光が絞られているので、ことさら、ゴシック的な雰囲気が、見る者を圧倒する。

　それにしても、広すぎるため、どこに受付があるのか分からない。仕方ないので、最初に出会った人物に尋ねることに決め、歩きはじめた。

　二〇メートルほど進んだあたりで、前方から、複数の男が大声で会話する声が聞こえてきた。喧嘩(けんか)か口論でもしているのだろうか。怒ったような口調である。とても早口なので、なんと言っているのか分からない。

　前に聳(そび)える柱の裏から、声は発せられていた。少し早足になって、杏里は、柱に歩み寄る。五メートルはありそうな柱の前を横切り、裏にまわった。

　そこでは、カーキ色の人民服を着た若い男が二人、談笑している。

　杏里の顔を見るなり、二人は口をつぐんだ。無表情な瞳(ひとみ)が、こちらを射竦(いすく)める。

「すみません、受付はどこですか」

　ぎこちなく微笑(ほほえ)みながら、二人に尋ねた。

　二人は顔を見合わせる。首をひねって、また、こちらを見つめた。

　まず、右の男が口を開く。

「请用中文讲(チンヨンゾンウェンジァン)」

　それにうなずきながら、左の男も、

「中文(ゾンウェン)、中文(ゾンウェン)！」

　杏里は急速に微笑を萎(しお)れさせていった。

　こちらの言うことが分からないのだ。かれらは、北京語で話しているらしい。それは、杏里が住んでいる西池袋(にしいけぶくろ)では、ハングルや広東語、タガログ語やポルトガル語と同じように耳慣(みみな)れた言葉だった。

　だが、よく聞くのと、理解出来るのとは、根本的に違う。

　杏里は、二人に軽く会釈(えしゃく)し、さらに前へ進むことにした。
　二、三歩足を運んで、立ち止まった。視線を背中に感じる。肩越しに振り返った。柱の陰から人民服の二人が、じっと見つめている。

機械のように、かれらの眼は無表情だった。

見つめ返しているうちに、なんとも言い知れぬ恐ろしさが、こみあげてくる。

夜道で、あとを尾けられていると知った時に感じる、〝あの〟感覚だ。

不意討ちを食らう、一瞬前のような――。

「どうしました」

いきなり、日本語で呼びかけられて、かの女の心臓は縮みあがった。

向き直れば、屈強な男が三歩ほど前の位置に立ち、腰で手を組んでいる。純白の制帽、青い半袖のワイシャツ、黒いネクタイ。服装からして、このビルのガードマンのようだ。

杏里は驚きを笑いでごまかしながら尋ねる。

「城南大学から出向した森下と申しますが。どこへ行ったらいいのか、分からなくて……」

ガードマンは唇だけに笑みを刻み、鋭い視線で、杏里の頭頂から爪尖までを素早く観察していった。

「ＩＤカードはお持ちですか」

ガードマンに言われて、杏里はハンドバッグのサイドポケットに手を突っこんだ。さっき、入口でもらったＩＤカードを引き出す。ガードマンに手渡した。

その時になって初めて、かの女は、相手の胸に顔写真入りの認識票が付けられているのに気づいた。認識票には〈村上〉という、かれの名が記されている。おそらくは、背後の中国人たちも同じものを付けていたのだろう。しかし、うろたえていて気づかなかったらしい。

村上は腰に手を廻すと、ビデオのコントローラーに似た機械を引き出した。ＩＤカードを機械の裏にある挿入口に入れる。上の方にあるスイッチを押すと、ＣＲＴ画面らしきものが点り、細かい文字が並びだした。

「宮原課長のプロジェクトＹＩＮのスタッフですね。レベルはＢですから、五十階までのすべての研究室と設備の使用が許されています」

そう言われても、こちらには何の事やら、皆目見当がつかない。

「ラボの精密機器に干渉するので携帯電話もＰＨＳもお預かりしています。お帰りになる時にお返ししますので。では、わたしのあとに従って下さい」

狐につままれたような顔をしている杏里に同情したのか、村上は、唇だけ笑みを湛えて歩きはじめた。こうなると、黙って従うしかない。かの女も歩きだした。

背に、まだ、二人の中国人の視線がからみつく。振り返ると、やっぱり、こっちを凝視していた。不気味なのは、その無表情な眼だ。

何度となく振り返りながら、杏里は、村上の三歩後方を歩き続けた。

二〇〇メートルも進んだだろうか。

不意に行く手が、白い枠のガラス扉で遮られた。ガラス扉の横には、黒いコントロールボックスと、カード挿入口がある。村上は例の機械から、かの女のＩＤカードを抜き、挿入口に差しこんだ。

コントロールボックスの表面に小さなブラウン管が点される。

そこに浮かび上がったのは、高い鼻が目立つ、銀縁の眼鏡をかけた四十男だ。

「宮原だ」

四十男の声がスピーカーから再生された。

「城南大学の森下助教授がお見えです」

村上はコントロールボックスに口を近づけて報告した。

「お通ししたまえ」

「了解しました」

村上は応えると、敬礼して、コントロールボックスのスイッチをＯＦＦにした。挿入口から、杏里のＩＤカードが吐き出される。

村上は、それを抜いて、杏里に渡しながら、

「ここから先は、お一人でどうぞ。……不親切なようですが、緊急時以外は、自分らは行ってはいけない規則になっておりますので」

申し訳なさそうに弁解した。

ＩＤカードを受け取る。と、杏里の眼に異物が割りこんできた。村上のベルトの右――腰に吊り下げられた物体である。それがアメリカ製のアクション映画でおなじみのホルスターに納まったリボルヴァー拳銃だと気づくのに、二秒もかかってしまった。

ガードマンが拳銃を？

いや、きっと、こちらの見違えだろう。

あれは護身用のスタンガンに違いない。

杏里は自分なりに納得しながら、ガラス扉の前に立った。自動的に扉は内側に開かれる。その向こうに続くのは、五角形の回廊だ。

「どうも」

杏里が礼を言うと、村上は軽く頭を下げ、身を翻した。足早に遠ざかっていく。

しばらく、ゴシック調のホールを眺め――あの中国人たちは、まだ、こちらを見つめている――意を決して、回廊に進んだ。

床も壁も天井も、すべて白いアクリルボードで覆われた回廊は、ボードの内側の照明に煌々と照らし上げられている。長さは、杏里の歩幅で、五十歩ほどだろうか。行く手に、ガラス扉がある。その向こうは、こちらが明るすぎるため、よく見えなかった。

三歩進んだところで、背後から空気の洩れる音が起こる。振り向くと、ドアが閉まっていた。エアロックシステムのようだ。

「なんて仰々しい設備なの。まるで特撮映画の秘密基地みたい」

思わず、口に出して、独りごちてしまった。

回廊を半分まで行くと、誰かの視線を感じだした。どうも、TVカメラが仕掛けられているようだ。

（どんな研究をやっているのか知らないが、こう物々しいと、怪しい研究ではないかと、一般人に疑われても仕方ない。……もっとも、一般人は絶対に四十階までは入れないシステムになっているのだろうけど）

そんなことを考えているうちに、回廊は終わった。

ガラス扉が外側に開く。

回廊を出るや否や、喧騒が、杏里を取り巻いた。

2

大学を卒業してから、ずっとキャンパスや図書館や研究室しか知らない杏里にとって、そこは初めて見る世界だった。

蜂の巣のように細かくパネルで分けられたオフィス。机と椅子とOA機器。ひとつの机には、ひとつの電話とひとつのパソコン。声高な話し声。パネルボックスのあいだを足早に歩きまわる白衣の男女や人民服の男たち。

なにもかも、せわしなくて、眼がまわりそうだ。

そんなオフィスを背景に、先程、コントロールボックスに映っていたのと同じ顔が、にこやかに笑って立っていた。

「初めまして。今回のプロジェクトのチーフの宮原です」

オールバックに撫でつけた髪。銀縁の眼鏡。鋭い眼つきと、高さばかりが眼につく鼻。薄くて大きな唇。意外だったのは、身長が、さほど高くないことくらいだ。一七〇センチを切っている。

白衣の胸には、顔写真と名前入りの認識票――

きっと、かの女にも支給されるのだろう。

「初めまして。城南大の森下です」

相手が白衣のポケットから、名刺入れを取り出したのを見て、杏里もハンドバッグに手を突っこんだ。互いの名刺を交換する。

「城南大の加賀谷教授とは、結構、古い付き合いでしてね」

かの女の名刺を読みながら、宮原課長は、当りさわりのない話題を振ってきた。

「ええと……お名前は。なんとお読みするのですかな」

「杏里(あんり)です」

うんざりした口調で、かの女は応(こた)えた。

「御本名ですか？　お珍しいですね」

「こんな芸名みたいな名前、滅多にありませんわ」

「いやいや、素敵なお名前で」

宮原課長は名刺を名刺入れに納め、側を通りかかった二十三、四の女に声をかける。

「あ、秋山君。こちらは、今日からプロジェクトに参加することになった、城南大の森下助教授だ。更衣室にご案内したのち、ウチの会議室にお通ししてくれたまえ」

秋山と呼ばれたのは、赤味がかった髪をソバージュにした、背の高い女だった。一七二、三センチはあるだろう。色が抜けるように白い。おっとりした顔立ちが、育ちの良さを物語っていた。

「どうぞ、こちらへ」

秋山はにこりともせず、杏里に言った。

「では、のちほど、会議室で」

右手を挙げる宮原課長に一礼して、杏里は、秋山のあとについていった。

迷路のようにパネルで仕切られたオフィスを、右へ曲がり、左へ折れ、まっすぐ進む。

方向オンチのかの女には、けっして、一度で覚えられない道順であった。おまけに進むにつれて、次第に、喧騒(けんそう)が遠ざかっていく。そして、人影が疎(まばら)になり、寒々した雰囲気に包まれていった。

　更衣室に着いた時には、秋山と杏里以外の人間の姿は、まったく見られなかった。

「なかに白衣がビニール袋に包まれています。森下先生のロッカーも用意されています。一番奥です」

「ありがとう」

と応(こた)えてから、杏里は眉(まゆ)をひそめた。

　秋山の態度がどうもおかしいのに気づいたのだ。まず、かの女は、まったく杏里の眼を見ようとはしない。その癖、ちらちらと、こちらを横目で窺(うかが)うところがある。

　こんな表情をどこかで見たぞ、と、杏里は思った。そうだ。電車の同じ車輌(しゃりょう)に、明らかにそれと分かる、やくざが乗り合わせた時の乗客の表情ではないか。一見、無関心を装いながら怯(おび)えた眼を走らせる、あの表情だ。

「あのね、ひとつ、訊(き)いていい？」

　杏里が声をかけると、秋山は案の定びくりと身を竦(すく)ませた。やはり、怯えている。

「どうして、そんなにびくびくしているの」

　秋山は小さく首を横に振った。

「びくびくだなんて……」

「怯えてるじゃない。わたしは一介の分子生物学者であって、やくざじゃないんですからね。そんなに怯えるなんて、失礼よ」

「分子生物学って……遺伝子工学じゃないんですか」

　掠(かす)れ声で秋山は尋ねた。ちょっとした驚きが、怯えに取って変わる。でも、びくびくした印象は同じだった。

「遺伝子工学は、わたしの師匠の方。わたしの専攻は、分子生物学。覚えておいてね」

「はい……」

伏し眼になって、秋山はうなずいた。そんなかの女に、杏里は、つとめて明るい口調で呼びかける。

「秋山さん」

「は、はい」

「今日から同じ職場で働く仲間になったんだから、仲良くしましょう」

「よろしくお願いします」

そう応えると、秋山は、ぎこちなく笑った。

秋山の脇を擦り抜け、更衣室のドアを押して、なかに入る。細長いロッカールームだ。広さは二十畳ほどだろうか。ウナギの寝床式に細く奥まって、中央あたりに、大きな姿見がひとつあった。あとは、左右に並ぶロッカー群。入って右に白衣を包んだビニール袋。ビニール袋を手に一番奥まで進むと、右側に、杏里の姓が印字されたシールが、眼の高さに貼られたロッカーが据えられている。新品だ。

「これだけでも、出向した甲斐があるわね」

大学のところどころ塗料の剥げたロッカーに比べれば、格段の待遇である。

ロッカーの扉を引けば、裏には鏡が取り付けられており、なかにはハンガーが二個、吊り下げられていた。

麻のスーツの上衣を脱ぎ、ハンガーに掛ける。ブラウスにスカートとなって、白衣に袖を通そうとして、また、視線を感じた。

「…………」

周囲を見遣った。天井から入口、ロッカーの扉の波を眺めていく。どこにもビデオカメラはない。だが、誰かに見つめられているのは、明らかだった。

さっきの白い回廊と同じ感覚である。

この会社のオーナーは、覗き趣味でも、持っているのだろうか。

視線を感じながらも、杏里は、白衣をまとい、I

Dカードをハンドバッグからポケットに移していった。バッグをロッカーに入れて、扉を閉める。

　ドアを開くと、秋山は、外で待っていてくれた。

「ありがとう」

　杏里が言うと、秋山は、眼を瞬かせる。

「なにが、ですか」

「待っていてくれて、ありがとう、と言ったのよ。わたし、ひどい方向オンチで。一人じゃ、とても、会議室まで辿り着けそうにないな、と心配してたんだ」

「まあ――」

　と言って、秋山は、初めて笑みをこぼした。かの女の笑い顔は、なかなか、チャーミングだ。ヒマワリの花を連想させる。杏里好みの笑顔だった。

　だが、せっかく緩んだ緊張も、杏里が、

「じゃあ、行きましょうか」

　と言うなり、また、張り詰められてしまう。

秋山は、途端に、両頬を硬張らせ、あの怯えたような眼つきになって歩きだした。

3

迷路そのもののオフィスを、曲がったり、まっすぐ行ったり、また折れたりして、ようやく、杏里は宮原課長とスタッフの待つ会議室に辿り着いた。

　会議室は、五枚の白いパネルで囲まれた、小さな部屋である。中央に丸いテーブルが置かれ、三人の男性が並んで座っていた。

　まんなかに、宮原課長。左には、六十代と見られる白髪の老人。右に、三十代前半と覚しい、端整な顔立ちの男。男は、杏里と眼を合わせるなり、真っ皓い歯列を見せて、微笑みかける。

　杏里が会議室に入ると、背後で、秋山がドアを閉めた。かの女は会議に参加しないらしい。そのままどこかへ去っていった。

「お座りください」

と、宮原課長は杏里に椅子を勧めた。

椅子に腰を下ろす。座り心地は最高だ。腰を痛めない角度と硬度が計算され尽くされている。そのまま、椅子を前に押し、テーブルに両肘を置いた。

「こちらは、遺伝子工学技術セクションの下河原部長です」

白髪の男が会釈した。杏里も礼を返す。下河原部長は象に似た顔立ちである。細い眼が好々爺然としており、全体的にソフトな印象だ。

「で、こっちは、本社の営業局から通訳として出向している片岡主任」

「片岡康彦です。よろしく」

営業マンらしい腰の低さで、片岡は、名刺を差し出した。

「ごめんなさい。名刺入れを忘れてしまって」

杏里はハンドバッグをロッカーに忘れたのを思い出し、口に手を当てて、詫びた。

片岡は、また皓い歯列を見せて、かぶりを振る。

「いいえ、どういたしまして。城南大学から助教授の先生が来られると聞き、気難しそうな中年男だとばかり思っていましたよ。それが、こんなお美しい女性とは……。一緒にお仕事をするのが、楽しみです」

（見え見えのお世辞にしても、可愛いじゃないの）

と、杏里は、心のなかで呟いた。

「森下先生は――」

宮原課長がそう言うと、杏里は、向き直り、

「今日から同じ職場の仲間です。どうか、森下とお呼びください」

「失礼。では、森下さんと呼ばせていただきましょう。森下さんは、分子生物学の優秀な学者で、遺伝子情報の解読を研究されている」

宮原課長が説明すると、下河原部長と片岡主任は、

同時に「ほう」と洩らして、杏里を注視した。

――――――――――――三人の視線が、こちらに集中した時――。

ＪＧＥの三人の社員も、白いパネルで囲まれた会議室も、パネルの外の喧騒も、なにもかもが白い光に包まれていった。

両眼が眩い光線に射抜かれる。

電球が、こちらに向けられているのだ。

「瞳孔反応、異常なし」

冷たく言う声が聞こえた。日本語なのに、なぜか、外国語のように思われる。

かの女の下瞼を押さえ、瞳を覗きこんでいるのは、白髪を五分刈りにして、銀色の髭に顔の下半分が覆われた男だった。

白衣をまとい、首から旧式の聴診器を下げている。医師なのだろうか。

電球を引いて、男は、スイッチを切った。それは、電球と、銀箔を裏に貼った笠で出来た、とても古臭い電気スタンドだ。

「やや栄養失調気味なのを除いたら、完全な健康体だ。こんないい丸太は滅多に手に入らないぞ」

男は笑いながら言うと、ごつごつした手でかの女の露わな肩を叩く。

「起立」

それが、立て、と命じられたのだと、かの女は直感して立ち上がった。

男の後ろには、髪を五厘に刈られ、無精髭だけを伸ばした痩せた男たちが、上半身裸で並んでいる。それを見て、自分も同じ格好だと気づいた。

かの女は両腕で胸を隠すと、よろよろと歩きだした。虚ろな表情で並ぶ男たちの前には、旧日本軍の軍服を着た兵隊が二人、威嚇するように立っている。

かれらには、見覚えがあった。

どこで、見かけたのだろう。

少し考えこむと、記憶が甦ってきた。

（そうだった。わたしは、かれらとともに、幌付きトラックの荷台に乗せられ、ここへ運びこまれたのだ）

まるで、撲殺される家畜のように——。

「早く、歩かんか！」

背後から怒鳴る声がしたかと思ったら、かの女の背中は棒のようなもので叩かれていた。バランスを崩して、かの女は倒れこむ。

そんなかの女の腹といわず、尻といわず、ブーツの爪尖が突きこまれた。

「このッ、抗日共匪め！　丸太でなかったら、銃殺にしてやるところだ!!」

抗日共匪？

（なんのことだろう）

苦痛をとおく味わいながら、かの女は、自問する。

そして————三人のＪＧＥ社員が、心配そうな視線を送っているのに気づいた。

「大丈夫ですか」

片岡が、杏里の顔を覗きこんで、言った。

背後でドアが開かれる。

秋山が薬壜と水の入ったコップを手に、会議室に入ってきた。

「あら……わたし……どうしたのかしら」

片岡は、秋山から薬とコップを引ったくりながら、説明する。

「宮原課長が森下さんのことを話しているうちに、急にテーブルに突っ伏したんですよ。さあ、これを。気つけ薬と、冷たいミネラルウォーターです」

「じゃあ、お水だけ、いただくわ」

老婆みたいな嗄れ声で応えて、杏里は、片岡からコップを受け取った。一息でミネラルウォーターを呑み干す。それは、どんな甘露よりも美味しく感じられた。

「今日は、ひどく暑いですからな。初めて民間施設に来られた緊張と、暑さで、やられたんでしょう」

下河原部長が宮原課長に言うのを聞きながら、杏里は、片岡にコップを返した。

宮原課長は左の袖口をまくり、時計に眼をおとすと、

「そろそろ、リー博士が来られる時間ですが、やむを得ませんな。リー博士を紹介するのは明日にして、今日のところは以上といたしますか。秋山君、〈寮〉に森下さんをご案内して」

「はい」

と応えて、秋山は、杏里に手を貸してきた。秋山の助けを借りて立ち上がりながら、宮原課長に訊き返す。

「〈寮〉って……なんのことですか」

「宿泊施設ですよ。今回のプロジェクトのスタッフは、全員、四十九階か五十階の宿泊所に、プロジェクト終了まで泊まっていただくことになっているのです。加賀谷教授から、お聞きには――」

「知りません！　初耳です」

それから、杏里は西池袋の母が待つマンションに帰る、と続けようとしたが、秋山と片岡の手で会議室から運び出されてしまった。幻覚を見たせいだろうか。ひどい夢酔いのように、頭がふらふらして、全身に力が入らない。

ほとんど、ズダ袋になったみたいに、秋山と片岡に身をまかせて、引きずられていく。

迷路のオフィスを、そうして行くうちに、初めて見るエレベーターの前まで連れていかれた。

表示板が〝40〟から始まるエレベーターだ。

光点が、ゆっくりと、〝40〟に近づいている。

チン、と涼やかな音がして、ドアが左右に開いた。

次の瞬間、人民服をまとった無表情な男たちが、どやどやと溢れてくる。かれらは、杏里たち三人を押

しのけて、エレベーターの左右に整列した。

完全に整列し終えると、エレベーターの奥から、白衣をまとった小柄な老女が悠然と降りてくる。身長は一五〇センチか、少し上くらい。年齢は七十歳前後だろう。銀髪を肩のところまで刈り揃えている。ひどく痩せており、左眼をアイパッチで覆っていた。

小柄な癖に、物凄い精気と、存在感を放っている。

「リー博士……」

片岡が老女に呼びかけると、かの女は足を止め、好青年を一瞥した。射竦められるような鋭い視線である。

「なにか」

リー博士と呼ばれた老女は、明瞭な日本語で訊き返した。

「こちら、城南大学から、今日いらした森下さんなんですが……。ちょっと、具合が悪くなってしまいまして」

「知っている」

冷たく応えると、リー博士は、会議室に向かって歩きはじめる。そのあとを人民服の男たちが、足音を揃えて、従っていった。

……まるで、人民解放軍の女将軍のようだ。

4

秋山と片岡に案内された四十九階の〈寮〉は、一流ホテルかマンションを思わせる豪華な造りだったが、杏里の気分は、まったく晴れなかった。

かの女のために用意されたのは、四九四九号室で、造りは、キッチンなしの2L。つまり、六畳の個室がふたつと、八畳のリビング。それに、ユニットバスとトイレ付きの部屋である。

ソファやテーブルはイタリア製。チェストは作りつけ。おまけに本棚やパソコン、専用電話に、30インチのTV、ビデオデッキ、CDラジカセまで備えられていた。

「お荷物は、ハンドバッグだけですか」

オフィスの更衣室まで行って、持ってきてくれたハンドバッグをテーブルに置きながら、秋山は尋ねた。

「あとの細々したものは、地下駐車場のエスクードのなかよ。ご免なさいね。色々と働かせてしまって」

「とんでもありません。下着や着替えは、クローゼットのなかに用意してありますし、汚れ物はビニール袋に入れて、洗面所のランドリーボックスに入れてください。三日後に戻ります」

すらすらと応えた秋山の表情からは、オフィスにいた時のおどおどした雰囲気が拭われていた。

「食事は五十階の大食堂で摂ることになってますが、飲み物はここに――」

片岡は、リビングの隅にある木製のドアを引いた。

そこは大型冷蔵庫になっており、ビールや清涼飲料、ミネラルウォーターなどが、びっしりと詰めこまれている。

「これで仕事じゃなかったら、ずっと住んでいたいわね」

苦い顔で冗談を言って、杏里は、ブラウスのボタンをひとつ外した。白衣を脱ぎ、ソファに掛ける。

「さっきのが、リー博士なの」

「ええ。今回のプロジェクトYINのチーフで、一月前、北京から資材と一緒に来日されたんです」

「で、人民服の連中は？」

杏里が尋ねると片岡は、一瞬、息を呑んだ。秋山と視線を合わせる。ほんの少し沈黙してから、真っ皓い歯列を見せて、

「リー博士のガードと、プロジェクトYINの予算が正しく使われるか、我が社を監視するために。このプロジェクトの六五パーセントは、中華人民共和

国軍部の出資でしてね」

「金持ちになったものね、中国も」

杏里は溜息(ためいき)をついた。天安門で、民主化を要求する学生を戦車が押し潰(つぶ)していく映像を見たのは、高校三年か、大学一年の時だ。あれから、たった八年で、世界は大きく変わってしまった。

「二〇一〇年には、世界最高の経済大国になるらしいですからね。斜陽国としては、せっせと技術を売るしかないですよ。ところが、あの国は、基本的に他国を信じない。それでお目付役が、自分たちの金が正しく使われているか、やって来ると――」

そこで、室内の照明が、不意に瞬きだした。

片岡は話すのをやめ、周囲を見渡す。

「また、これだ」

秋山は、というと、急に怯(おび)えた色を眼に湛(たた)え、ソファにへたりこんでいった。

「なんなの、停電?」

「ここ一月ばかり、太陽発電機の調子が悪いんですよ」と片岡。

チカチカ瞬く蛍光灯を怖々(こわごわ)と見上げて、秋山が、小さく洩(も)らす。

「あれのせいよ、きっと。あれが来てから……精密機器は狂うし……ラップ音だって……」

「君は、オフィスに戻った方がいい。ホラーコミックの読みすぎなんだ。早いとこ、職場に戻って、頭を冷やしたまえ」

片岡がきつい口調で言った。

と、不意に、蛍光灯はもとに戻る。

「あっ、直った」

片岡は、そう呟(つぶや)くと、微笑(ほほえ)みかけた。

「もう大丈夫です。じゃあ、わたしたちは、これでオフィスに戻りますので。森下さんは、ゆっくり休んで下さい」

そして、片岡は、秋山の背を押して、部屋から出ていこうと、歩きだした。

「ちょっと待ってよ、片岡さん」と杏里。

「なんでしょうか」

「秋山さんの言ってた、あれって、なんのこと。教えてくれない」

「そうたいした物じゃありません」

「教えてくれなきゃ、わたし、気になって眠れないわよ」

片岡は、ちょっと顔をしかめて、秋山の横顔を見遣ってから、言いづらそうに、

「つい最近、佳木斯(チャムスー)近郊の丘で発見された地下遺跡のことはご存知ですか」

杏里は首をひねった。

「考古学には縁がないの……」

「この二月に、偶然、古代遺跡が発掘されましてね。様式から考えて、紀元前一四〇〇年頃――つまり殷(いん)王朝の頃のものらしいんですが。そこから出土したもののなかに、青銅の棺に納められたミイラがあったんです」

「……ミイラですって……」

「そう、ミイラ。だけど、エジプトのアレのような包帯でぐるぐる巻きにされたものじゃありませんよ。ずっと前にも、似たのが発見されたでしょう。ほら、生前の姿そのままの美少女ミイラが。あれと同じのが、また、出土したんですよ」

（生前そのままの少女のミイラ）

言われてみれば、随分昔、そのような記事を新聞で読んだような気がする。

「今回のプロジェクトは、その少女のミイラの遺伝子を調査するのがメインになっています。つまり、プロジェクトＹＩＮ(ワイ・アイ・エヌ)とは、殷王朝の〝イン〟な訳です」

説明し終えると、片岡は、秋山の背を押した。

二人は足早に部屋から出ていった。

「ミイラですって」

ドアが閉まる音を聞きながら、杏里は独りごちた。

リヴァイアサンの塔のなかで、ミイラの遺伝子を分析する。——なんとアンバランスなイメージだろう。科学というより、ホラーSFの世界である。

「一体、分子生物学を何だと思っているのよ」

おまけに、こんな部屋に押しこめて。

(まるで軟禁じゃない)

そう思ったら、無性に腹が立ち、誰かに当たり散らしたくなってきた。

杏里が当たり散らすことの出来る相手は、この世に二人しかいない。加賀谷教授と、かの女の母だ。当然のことながら、こんな場合には、杏里に「いつでも戻って来い」と言ってくれた優しい教授には当たれない。

杏里は、電話器に向かうと、受話器を持ち上げ、西池袋の自宅の番号を押していった。

横目で、時計を見る。

十一時四十五分だ。

母はパート先のコンビニエンスストアから帰って、昼食の用意をしはじめる頃である。

回線のつながる音が聞こえた。

それから、呼び出し音。

三回鳴ったところで、母の声が流れてくる。

「はい、森下です」

うるさそうな口調であった。

「あっ、母さん。わたしよ」

「どうしたの。いま、忙しいんだよ」

「しばらく、家に帰れそうになくなっちゃったのよ」

「そうかい。二度と帰らなくていいよ。じゃあね」

そのまま、電話を切ろうとした。

「待ってよ!」

「なあに。いま、中国の地震のニュースを見てるんだから」

「一人娘が家に帰らない、と言ってるのに、心配もしないのね」

「三十になる娘を心配する親が、どこにいるって。どうせ、仕事だろう」

「男のところかもしれないわよ」

「ふん。お前に、そんな勇気、あるものかい。あっ、陥没が映った!? じゃあ、切るよ」

電話は、一方的に切られてしまった。

杏里は、苦い思いで、受話器を置いた。

いつも、こうなのだ。幼い時から、母は、子供を気づかうということがなかった。五歳の娘を家に置いて、高校の同窓会に行き、遅く帰ってくる。八歳の時には、娘が出演する学芸会をすっぽかして、友人とブドウ狩りに行ってしまった。クラスメートの両親は、全員、カメラを手にして集まったというのに——。

ずっと身勝手で、子供を親のペットくらいにしか考えていないのだ。

「わたしより大切なニュースって……どんなのよ」

杏里は口を尖(とが)らせて、TVのスイッチを入れた。NHKにチャンネルを合わせる。

ブラウン管に、いきなりクレーターが映し出された。杏里は眼をまるくする。月の表面だろうか。チャンネルを次々と変えてみる。

しかし、クレーターの映像は、ずっと映し出されたままだった。

「…………」

もう一度、NHKに戻して、ヴォリュームを上げてみる。

「直径四キロの地域が陥没し、約三千名の村の住民は絶望視されています」

画面の右下に〈新華社提供〉の白い文字が浮かんできた。

これは月のクレーターではない。中国の東北部で、地震のために陥没した、巨大な穴なのだ。頭ではそう理解出来ても、容易には信じられない映像であった。

場面が変わり、炎上する街（まち）が映し出される。逃げまどう人々。焼け落ちる建物群。日本製の消防車に乗って、日本製の消防服をまとった消防士たち。

「これは最も被害の大きかった佳木斯（チャムスー）郊外の様子です。時間は、地震発生直後と思われます」

杏里は画面を食い入るように見つめながら、ソファに座っていた。炎に包まれて手足をばたばたさせながら、路上に飛び出してくる男女。熱で砕けて、ビルから滝のように降り注ぐガラス片。それを浴びてしまった子供。まるでガラスのハリネズミだ。

本当に、これが地震の映像なのだろうか。

杏里には、空爆を受けた都市にしか、見えなかった。

カメラがゆっくりと動いて、さらに惨劇を追いかける。倒れていく丈高いコンクリート塀。鉄の格子扉、ひしゃげて、転がっていく。その向こうに聳（そび）え立つコンクリートの倉庫みたいな建物……。

杏里の口から、小さな悲鳴があがる。

「嘘（うそ）!?」

思わず口走ってしまった。

(だが、間違いない。——わたしは、あの建物を見たことがある。いや、それどころか、なかに入ったことだってある)

北京はおろか、佳木斯（チャムスー）になんて、行った経験すらないのに、その建物は、明確に杏里の記憶に刻みつけられていたのだ。

「あそこだわ」

独りごちた声が、震えていた。

そうだ。間違いなく、あそこであった。

今朝から、二度も体験した、奇妙な幻想のなかで、杏里が収容された施設——旧日本軍の兵士や、痩(や)せこけた男たちや髭面(ひげづら)の医者が徘徊(はいかい)していた建物こそ、あれに他ならない。
画面のなかで、それは、激震に耐え続けている。

5

(どういうことなのだろう)

杏里は、テーブルに肘(ひじ)をつき、何度となく髪を掻(か)き上げて、考え込む。前世の記憶？　歪(ゆが)んだ予知能力？　テレパシーっていう奴か？

オカルトには興味がなく、超能力なんて全部インチキと信じていたので想像もつかない。

加賀谷教授なら、なんと言うだろう。

渋滞と酷暑のなかで、佳木斯(チャムスー)の地震のニュースを聞いたために、幻覚を見た……。そんな結論を出すのが妥当なセンだ。なにしろ、一般人から見れば病的なまでのリアリストでなければ、科学者になれはしない。

溜息(ためいき)を洩(も)らした杏里の耳に、バイクのエンジンを空吹かしするような音が届けられる。

(なんの音だろう)

杏里は立ち上がり、リビングの窓に歩み寄った。ブラインドの紐(ひも)を引く。四十九階の空中が眼に飛びこんできた。

青く眩(まぶ)しい空と、白くて巨大な入道雲。

そして、熱波にゆらめく大気と市谷の街。

大気を裂くようにして、ヘリコプターが飛んでいた。機体がカーキ色で、側壁にＪＧＥと白いペンキで書かれたヘリコプターだ。おそらく、ＪＧＥの社用ヘリなのだろうが、機体の色のせいか、軍用ヘリに見えた。

ヘリコプターは轟音(ごうおん)をたててローターを回転させながら前庭に降下していく。

「前庭は、ヘリポートになっていたんだ」

見る見るうちに、ヘリコプターは小さくなって、カーキ色の点に変わっていった。ローターが停止する。アーチ型のコーナーボックスから青い点が飛び出した。きっと、あの感じのいいガードマンに違いない。ヘリコプターからも、三つの黒い点が出てくる。

業務用とはいえ、高級外車でなく、ヘリコプターで移動する人種というのは、一体、どんな人たちなのだろう。

(景気の低迷は長期化し、イギリスやアメリカのように少しずつ、斜陽国に向かって、ずり落ちているというのに――)

不意に、ノックの音が響いた。

「はい」

返事をして、身を翻した。リビングを横切り、バスルームの前の短い廊下を渡って、玄関に出る。ドアを開くと、秋山が紙包みを抱えて立っていた。

「片岡主任に言われて、昼食を持ってきました」

「それは……ありがとう」

昼食と言われて、空腹を思い出した。

秋山は、紙包みをこちらに渡すと、後退る。

「待って。よかったら、一緒に食べない」

そう呼びかけて、秋山の反応を窺った。にっこりと笑う。怯えのかけらもない、年齢にふさわしい明るい笑顔だった。

「はい」

「じゃあ、どうぞ」

杏里は秋山を部屋に招き入れた。

おずおずとリビングに進みソファに腰を下ろしていく秋山を横目に、紙包みを開く。サンドイッチだ。いま、一番、食べたいと感じていた食事であった。

「冷蔵庫から飲み物、出してくれる。わたしはミネラルウォーター」

秋山は小さくうなずき、立ち上がった。杏里の背後に廻り、木製に見せかけたドアを開く。冷気が背中に伝わってきた。

サンドイッチの包みを解きながら、杏里は尋ねる。

「まだ名前を聞いてなかったわね。姓は秋山で、名前は？」

「はるかです。平仮名で、はるか」

「秋と春が揃っているんだ」

感心した口調で言うと、含み笑いがこぼれた。やっぱり、この娘には笑顔こそ似つかわしい。そう杏里は思った。

「そんなこと言われたの、初めてです」

秋山はるかは、少しずつ、杏里に打ちとけてきているように見えた。テーブルの上にミネラルウォーターの壜を二本置き、ソファに腰を下ろした。杏里は栓を抜くと、サンドイッチを秋山はるかの前に置きながら、

「さっき、なにか言いかけていたわね。一月前から、変なことが起こっているとか」

「……………」

サンドイッチを手にした秋山はるかの顔に警戒の色が横切った。

「心配しないで。別に、さぐりを入れてる訳じゃないのよ。……実は、わたしも、今朝から変なことを見たり、感じたりしたものだから。ひょっとして、それと関係あるかと思って」

「……なにをご覧になったんですか」

「まず、行ったこともない、中国の景色ね。それもずっと昔。きっと戦前の」

「それから？」

少しずつ、秋山はるかから、警戒が消えていく。

「視線よ。まるで隠しカメラで撮られるみたいな、誰かの視線——」

杏里が言うと、秋山はるかは小さくうなずいた。

同じものをかの女も感じているのだ。

「わたしの場合は、音です」

と、秋山はるかは、か細い声で言った。

「音？　どんな」

「色々な音です。誰かが駆けぬけるような音が床からはじまって、壁や天井へ走ったり。ラップ音ていうんですか。なにかが弾けたみたいな、パシッとかパキッとかいう音。あと、一回だけですけど、女が悲鳴をあげているような金切り声を夜遅く聞きました」

「なに、それ……」

杏里は唇を歪めた。二の腕から肩にかけて、鳥肌が立っていく。まるで冷水を浴びたような寒気を覚えた。

「本当です」

秋山はるかは強く訴えた。もう一度、繰り返す。

「本当なんです。すべては、あれが一ヵ月前に運びこまれてから、はじまったんです」

その表情は真剣そのものだった。

「分かったわ。信じる。……わたしが幻覚を見るのも、きっと……殷王朝のミイラのせいね」

うなずきながら、秋山はるかに応えた。しかし、心の片隅では、まだ科学者としての理性が残っているらしい。

（ミイラの呪いで超自然現象が起こるなんて。そんなの、いまどき、ホラー映画でも使われないわよ）

そんな皮肉な声が湧いてくる。

自分でも、どちらの言葉が本当の考えなのか、分からなくなってきた。

こんな心理状態になるのは、初めてだ。こちらまで、いよいよ、リヴァイアサンの塔の影響を受けはじめたのかもしれない。

苦い表情になって、杏里はサンドイッチを口に持っていく。また、蛍光灯が瞬きはじめた。杏里と秋山はるかは、同時に天井を見上げる。

「知ってますか」

秋山はるかは、怯えた色を瞳に広げながら、震え声で囁いた。

「心霊現象が起こると、そこにある機械が、精密なものから順に狂っていくんですって」

（かの女は、科学研究施設に勤めているくせに、知らないらしい）

と、杏里は思った。

この世で最も精密な機械とは、人間の肉体であることを……。

第二章　殷代の眠り

1

翌朝、杏里は、朝食抜きで四十階にあるオフィスに出勤した。

朝食抜きの出勤など、何年ぶりだろう。どんなにひどい二日酔いでも、せめて梅干でお茶漬をかきこんで、大学に出勤してきたのだが、今朝はまったく食欲がない。

それだけ、環境の変化が、凄まじいということなのだろう。

昨夜は、ひょっとして、と予想した悪夢も、三度目の幻覚もなく、泥のように眠れた。それなのに食欲が湧かず、べったりと不安が胸に貼り付いている。まるで秋山はるかの怯えが伝染したようだ。

四十階に降りるエレベーターは、満員電車並みではないかと危ぶんだが、楽に乗れた。完全フレックス・タイム制になっているらしい。

四十階に到着すると、右側にタイムレコーダーが据えられ、杏里の名が記されたカードが用意されていた。昨日は気づかなかったけど、ずっとここにあるのだろう。

タイムカードを押してから、さて、どこに行けばいいのか、と自問した。

迷路みたいなオフィスの入口に立って、ぼんやりしていると、左手の衝立から片岡主任が折り良く現われた。

「おはよう」

声をかけた。片岡は足を止め、こちらに振り返る。声の持ち主が杏里と気づくと、微笑んだ。例によって営業マン特有の最上等の笑顔だった。

「おはようございます」

朝の挨拶を返した片岡に、杏里は首を傾げて尋ねる。

「で……。わたしは、とりあえず、なにをしたらいいのかしら」

「それでは、白衣に着替えて、宮原課長の部屋にいらして下さい。正式にリー博士を御紹介します」

「オーケー」

軽く応えて、唇をほころばせかけ、杏里は笑みを拭った。杏里たちの横を人民服の一団が、足並み揃えて擦りぬけていく。かれらが人民解放軍の兵士なのは明らかだ。完璧な統制、無表情な瞳、誰もがみんな同じ鋳型から取ったかのような無個性な顔。

杏里は小さく独りごちる。

「まるで軍事施設だわ。それも日本じゃなくって、中国の」


――十分後。

更衣室で白衣に着替えた杏里は、手近の人間に何度も道を訊きながら、苦労して宮原の部屋に辿り着いた。

白いドアを引くと、すでに片岡や下河原が席に着いている。宮原とリー博士の姿は見えなかった。

テーブルの隅にはビデオデッキとTVモニターが設けられている。どうやら、これで業務内容のレクチャーを受けるようだ。

杏里は、片岡の隣に座ると、向かいの下河原に挨拶を送る。

「おはようございます、部長」

「やあ。おはようございます、森下先生」

下河原は、そう言ってから、慌てて言い直した。

「いや……森下さん」

「今日は何を見せてくれるのかしら」

さりげなく水を向けると、下河原は老眼鏡を外して、眼を細める。

「まあ、お楽しみです。残念ながら、シュワルツェネッガーは出演しませんけれどね」

　はっきり言って、杏里は、このような物言いをする男が大嫌いだ。本人はアメリカ人的な軽口を叩いているつもりなのだろう。しかし、それが見えすいている。リー博士と宮原課長が来るまで、何も言えない。そんな形式主義者の本音が聞こえてきそうに感じた。

「…………」

　杏里は眉をひそめ、口をつぐんだ。

　そんな表情が、不快そうに見えたのだろう。隣の片岡が口を差し挟んできた。

「用意したビデオは、今回のプロジェクトの被験体が発掘された、中国東北地方の遺跡と被験体を納めていた棺。それに、被験体そのものです」

「言ったでしょう、考古学には縁がないって。わたしは分子生物学者なのよ」

　そう抗議した口調は、自分でも驚くほどの険がこめられていた。片岡は苦い顔になる。

　その時、ドアが引かれた。

　宮原とリー博士が肩を並べて入室してくる。

「遅くなって失礼。ちょっと、リー博士と話しこんでいたものでな」

　弁解した宮原より一歩進み出て、リー博士は、杏里を一瞥した。小柄なのに、物凄い威圧感だ。その身が二メートル近くに感じられる。杏里は気圧されまい、とリー博士を睨み返した。

「考古学に縁がなくても、見てもらわなくては。――今回のプロジェクトの一員なら」

　先程の杏里以上に険のある口調であった。しかも、それに妙な悪意がこめられている。

「まあまあ、お二方とも、落ち着いて下さい。これから、長期にわたって、共同作業に当たるのですから」

　宮原は、そう割って入ってから、改めて杏里を手にしたビデオの箱で差し示す。

「リー博士。御紹介します。こちらは城南大学の森下杏里助教授。森下さん、こちらが北京人民科学アカデミーのリー博士です」

　紹介された途端、リー博士は厳かな雰囲気を崩した。アイパッチが上下し、右目が細められる。人なつっこい笑みを浮かべて、右手を差し出した。唐突な変化に戸惑いながらも、杏里は中腰になり、博士の手を握る。

　筋くれだった硬い手だ。

　いわゆる、労働者の手という奴である。博士号を取得するまで、文字通り、血を吐くような努力をしたに違いない。そう信じてしまう手であった。

　――が、次の瞬間。

　急に、不思議な感覚に襲われた。

　幻覚ではない。よくある既視感とも違う。

　強いて言うならば、リー博士の眼の高さから、自分の顔を見下ろしているような感覚だ。

　しかし、それも一秒の何十分の一、というほんの一瞬で、すぐに元に戻った。

「どうした。立ちくらみか？」

「ええ……。まあ、そんな感じです」

　杏里は応えながら、椅子に腰をおとした。

「超高層ビルに馴れていないせいだろう。わたしも、ここに来たばかりの頃は、よく立ちくらみを覚えた」

　こともなげに言って、リー博士は、宮原に向き直る。

「課長、ビデオを」

「はっ」

　まるで軍人のような返事をして、宮原課長は、右手のビデオテープを箱から取り出した。デッキに差しこみ、再生ボタンとTVのスイッチを入れる。

一同は、TVの画面を注視しはじめた。

2

斜めのノイズ。

突然、それは止んで、土木作業員の案内で荒涼とした丘を進む一隊が映し出される。冬なのだろう。誰もが、毛皮のコートをまとい、黒いゴーグルをかけ、コサックキャップを被っている。かれらは調査隊のようだ。

掘削機や巨大なドリル、クレーン車などを擦り抜けて、一隊は、丘の頂までのろのろと歩み続けた。頂には、やはりドリルが据えられている。

ドリルは持ち上げられており、その下には垂直に丸い孔が穿たれていた。直径は、二・五メートルほどだろうか。

「今年の二月、佳木斯と牡丹江を直線で結ぶ地下高速鉄道の建設現場で遺跡が発見された。遺跡は三〇メートルもの地下にあった。ドリルが急に空廻りして、その存在が分かったのだ」

リー博士は説明をしながら、煙草をくわえて火を点けた。

孔から下ろされた梯子を調査隊は注意深い足どりで下っていく。

場面が変わった。

ライトに照らされて、広大な地下遺跡が映し出される。白濁した金属で覆われた壁。天井。そして石の床。しかし、床には継ぎ目らしきものが見当たらない。つるりとした黒い石床が、目路の限り続いている。

「遺跡は信じられないほどの広さと規模を有していた。……いや、抽象的な表現は、科学的ではないな。北京大学の調査によれば、これは、高さ一五メートル。床面積がおよそ〇・〇〇九平方キロメートルのいびつな矩型をしているそうだ」

「つまり、東京ドームより二回り小さいくらいの広さという訳です」

　宮原が口を差し挟んだ。

「天井と壁には鉛の板がびっしりと貼られ、床は超巨大な黒曜石の一枚岩。さらに、壁一面には、浅浮彫が刻まれている」

　壁画がアップになった。

　そこに描かれているのは、三角形を基本にしたグロテスクな顔や動物、さらに人間らしきものだ。

「調査隊は、三角形を基本としているところに注目した。なぜなら、我が国の古代美術においては、基本になるのは方形だから――」

　杏里は中華丼の縁を飾る唐草模様を思い浮かべた。方形を基調にしたデザインと聞いても、このくらいのものしかイメージ出来ないとは。やはり、杏里は考古学に向いていないのだろう。

　画面には、まだ、壁画が映されている。

（逆三角形の頭に細長い二等辺三角形の胴体。さらに三角形の手足。これが人間を表わしたものなのだろうか）

　杏里には爬虫類に見えた。それも熱帯地方、原色の密林の湿った地面を這いまわり、オレンジ色の舌をちろちろと覗かせる、あの嫌らしい大蜥蜴の類に。

　そんなものが、杖を持ったり、冠を被ったり、火を熾しているらしい有様が、延々と十分近く映し続けられた。

　不意に、カメラは、視点を移動させる。

　今度は壁側から、遺跡の全容を捕えだす。

　床面積がおよそ〇・〇〇九平方キロのいびつな矩型。リー博士の説明が、信じられないほどの巨大感だ。杏里には東京ドーム以上の広さに感じられた。なにしろ、ライトの光が、対峙した壁面に達しないのだ。

「遺跡には、中央に据えられた縦一・八メートル。横〇・七メートル。高さ〇・八メートルの青銅製の柩(ひつぎ)以外、なにもなかった。こうした遺跡には付きものの副葬品も、人身御供(ひとみごくう)の骨も、兵馬俑(へいばよう)も……なにも」

闇のなかに、青銅の柩が、浮びあがった。

それを眼にするなり、杏里の背骨に高圧電流のような寒気が走る。

どうしたことだろう。

別にグロテスクな意匠が彫りこまれている訳でも、骸骨(がいこつ)がその上に覆いかぶさっている訳でもないのに。

言い知れぬ戦慄(せんりつ)が、その身を鞭打(むち)ったのだ。

「いつ見ても、ゾッとしますね」

片岡が嗄(かす)れ声で言い、下河原がうなずいた。杏里以外の人間が見ても、そう思うとは、一体なにが柩にあるのだろうか。

「それは、時間に圧倒されるからだろう」

リー博士は冷徹な口調で片岡に言って、ちびた煙草を灰皿に揉(も)み消した。

「千年や二千年どころではない、遥(はる)かな時間の向こうから、当時そのままの状態で、やって来た物品だ。この青銅の柩は、南アジア一帯が、まだ新石器時代に属し、インドでは『ヴェーダ』の神話が現実として進行中で、ヨーロッパが未開の暗黒大陸だった頃の空気を知っているのだ。当時の太陽の光を、月の大きさを、いまは絶滅してしまったすべての動物を——」

そこで、リー博士は、さらに煙草をくわえた。

「それほど古い柩を前にした時、人間は畏怖(いふ)や戦慄を覚えるしかあるまい」

青銅の柩は磨き上げられ、その表面には、壁と同じような三角形を基調にした意匠が、びっしりと細かく刻まれていた。

その四隅は黄金の薄板が留められ、薄板の表面には奇妙にぐにゃぐにゃした文字らしきものが彫られている。

「吉林大学の古代言語学者、黄教授は、伝説の夏王朝において呪術に使用された西夏文字とよく似ているけれど、それよりも、もっと古いのではないか、という仮説を立てている。しかし、北京大学の分析では、殷代のごく初期。おそらくは黒陶文明から青銅器文明への移行期ではないか、との結論だそうだ」

また、場面が変わった。

青銅の柩は、大学の研究室と覚しい場所に安置されている。

蛍光灯の明かりに照らされても、柩から漂う不気味な雰囲気は、なんら変わらない。いや、むしろ、隅々まではっきり見て取れる分だけ、より不気味さは増しているようだ。

蓋と本体の継ぎ目に、左右二枚の動物の皮が貼り付けられている様がアップで映し出された。皮の表面には、焼き印が捺されている。

「これは柩の封印らしい。皮は牛のものと判明した。右は黄、左には黒い顔料が焼き印の上に塗られていた痕跡があった。これは、五行のうち、土気と水気を表わしていると思われる」

「ちなみに、牛とは十二支の丑に通じ、これも土気と水気の象徴です」

片岡がリー博士の説明を補足した。

「随分と中国文化に詳しいのね」

杏里は戦慄を笑いにまぎらわせて、片岡に囁き返した。

「こう見えても、大学では中国史専攻でしてね。中国語に堪能なもので、営業局から、ここに出向を命じられたんです」

下河原が咳払いをしたので、杏里と片岡は口を閉じた。再び、TVの画面に眼を向ける。

柩（ひつぎ）にレントゲン・カメラをセットする技師たち。

そのレントゲン写真。柩のなかには、一・五メートルほどの人形（ひとがた）をしたものが横たわっている。

「この段階で、青銅の柩に納められているのが、少女のミイラであることが確認された」

リー博士の説明に、杏里は小さくうなずいた。

画面では、ゴム手袋をはめた何本もの手が伸び、慎重な手つきで、封印をはがしだす。二枚の獣皮が、ゆっくりと、はがされた。

ノイズ。

奇妙なノイズだ。

砂嵐（すなあらし）のようなノイズに、濃いノイズが何度か同心円状に、浮かんでは消えていく。

「これは柩から特殊な電磁波が、一時的に発せられたために生じたノイズでして。なにも心配はいりません」

宮原が、こちらに振り返って、説明した。

「誰も、心配なんかしてませんよ」

杏里は、そう言って、吹き出した。

「そりゃそうだ」と片岡も笑いを洩（も）らした。

ノイズは十秒ほどで消える。

柩の四隅を留めた、三角形の黄金の薄板が外されていく様子。大の男が、三人がかりで、重そうな青銅の蓋（ふた）を持ち上げる。慎重に、ゆっくりと。なかに納められたミイラを傷つけぬように――。

「精密な検査の結果、空気に触れた瞬間に灰になる可能性は皆無、と確認されたのでこの行為に及んだ」

カメラが、蓋のない柩を真上から捕えた。

そこに映し出されたのは、美しい少女の寝顔である。少なくとも、杏里には、そう見えた。ルビーと覚しい真紅（しんく）の宝石をちりばめた宝冠（ティアラ）を被り、黒々とした髪を長く伸ばした、十四、五歳くらいの少女。額は広く高く、眼窩（がんか）は深く窪（くぼ）み、瞼（まぶた）は深い二重で薄い。

鼻は優美な曲線を描き、唇は薔薇(ばら)の蕾(つぼみ)に似て、艶(つや)やかな桃色をしている。

人種的には、モンゴロイドとアーリアンの美しい部分を、最も完璧(かんぺき)なかたちで融合させた感じで、なんとも言えない。

「森下さん、御紹介しよう」

と、リー博士は皮肉な口調で言った。

「これが、崑央(クン・ヤン)のプリンセスだ」

3

ビデオは終わり、課長室は、レクチャールームから会議室に変わった。

「さて、これからは、今回のプロジェクトの具体的内容ですが」

宮原は神経質に眉(まゆ)を寄せ、急に業務的な口調になって切り出した。

「発掘されたミイラの遺伝子を分析するのが、第一段階です」

「それだけなの!?」

杏里は思わず大声を張り上げてしまった。

「そんなに怒らないで下さいよ」

片岡にたしなめられて、杏里は口に手をやった。

リー博士に眼を向けると、苦笑いしている。

「日本有数の分子生物学者としては、役不足であろう。だが、宮原課長が言ったように、遺伝子分析は、あくまでも第一段階にすぎないのだ」

新しい煙草に火を点(つ)けるリー博士に、杏里は尋ねる。

「では、第二段階は？」

「それは、おいおい分かってくるでしょうな」

下河原がそう言って、意味ありげな笑みを広げた。

杏里は、音をたてて、溜息(ためいき)をおとす。

「いいでしょう。遺伝子分析ね。大学院の講義で、毎年、六月にやってることだわ。味噌汁(みそしる)よりも早く出来るでしょうよ」

下河原と宮原が、杏里の軽口に、咳こむような笑いを洩らした。片岡も微笑で頬を緩ませる。ただ、リー博士だけが、にこりともせず、こちらの横顔を見つめていた。

「好事不宜――」

「は？」と杏里。

リー博士は、煙草を灰皿に押しつけると、腰を上げて、

「『善は急げ』と言ったのだ。さっそく、ラボに行こう」

＊

四十階の西南の端に、ラボ直通のエレベーターはあった。

扉の左に、磁気リーダーが設えられている。宮原が白衣のポケットからＩＤカードを出し、リーダーに差しこむ。

「ラボは、五十二階にあります。この直通エレベーターは、わたしと下河原部長、リー博士のＩＤカード以外は使えませんので、ご注意ください」

リーダーから吐き出されたＩＤカードを引き抜きながら、宮原は、杏里に言った。

「レベルＢには使えないんでしょう。昨日、ロビーで、ガードマンから聞いたわ」

「そうでしたか。いかにも、森下さんと片岡主任は、レベルＢです。レベルＡは、我々三人のみで――」

エレベーターの扉が左右に開く。

五人は、ぞろぞろと乗りこんでいった。成程、レベルＡなるエリート専用にふさわしく、エレベーターは、五人乗ると息苦しくなるほどだ。

「冷房、効いてないのかね」

下河原が首のまわりを緩めながら、片岡に尋ねた。

「効いてる筈ですが。……きっと外気が暑すぎるんですよ。今朝のＴＶで、今日の最高気温は三十六度

と予想されるって言ってました」

扉が閉まると同時に、杏里のこめかみに汗が浮かんできた。

「今年は、まったく暑い。リー博士、お国の方も、相当らしいですなあ」

ズボンのポケットからハンカチを取り出して、汗を拭（ぬぐ）いながら、宮原はお愛想のように尋ねた。

「北京では、連日、四十度だそうだ。すでに人死にが出ているらしい」

リー博士は汗ひとつかかずに、冷徹な口調で応（こた）えた。

十秒足らずで、エレベーターは静止する。

扉が音もなく左右に滑っていった。

その向こうに立ち塞（ふさ）がるのは、純白の壁である。

壁の前には、幅一・五メートル足らずの狭い廊下が伸びている。大人二人が並ぶこともできそうにない狭さだ。

宮原を先頭にして、五人は、左に進みだした。五十二階の空気は、微（かす）かにエタノール臭を帯びている。エレベーターとは逆に、冷房が効き過ぎのようだ。歩いていくうちに背中が、ぞくぞくしてくる。

「寒くない？」

杏里は先を行く片岡の背に囁（ささや）きかけた。

「これは仕方ないんですよ。ラボにはハイパーコンピュータをはじめとして、精密機器が多いものでしてね。冬でも十五度以下にしておかなければならないんです」

反射的に杏里の唇が歪（ゆが）んだ。いまどき、そんな旧式な機器を、天下のＪＧＥともあろう会社が使用しているのだろうか。

「ストップ」

宮原は肩越しに振り返って、そう言い、足を止めた。かれの右側に、ドアがある。ドアの左にはまたしても、磁気リーダーだ。一体これだけ厳重に守らねばならない企業秘密とは、なんだと言うのだろう。

「そのドアも、レベルAオンリーね」

杏里は皮肉な笑みを唇に刻んで、宮原に言った。

「当然、その通りです」

宮原は、にこりともせずに応え、IDカードを儀式ばった手つきでリーダーに差しこんだ。リーダーからIDカードが吐き出され、ドアが少しだけ、内側に引かれる。ロックが解除されたようだ。

宮原はドアを押し、そのまま、ラボに進んでいった。その後をリー博士、下河原、片岡と続く。杏里は最後である。

踏み出すと同時に、明かりが瞬いた。

杏里は足を止め、蛍光灯を見上げる。

ドアの向こうの四人も、一斉に天井を仰いだ。下河原の頬が痙攣する。宮原は眉間に深い皺を刻み、食いつきそうな眼つきで点滅する蛍光灯を睨めつけていた。片岡は、不安の色を瞳に湛えている。

唯一、顔色を変えないのは、リー博士だけであった。

眩く白い光。すうっと吸いこまれるような闇。光と闇。光と闇。光・闇・光・闇――――――――――それを見つめているうちに――――――かの女の視覚は、また、異土を覗きこむ。

鉄格子。

打ちっ放しのコンクリートの壁に四角い窓が穿たれて、そこに六本の鉄格子がはめこまれている。

その向こうには、薄っぺらなガラス。外は、雪のチラつく収容所の前庭である。兵士が二人、直立不動の姿をとっていた。

かの女は寝台の上に爪尖立って、窓の外を眺めている。チラつく雪。凍てついた風の音。まるで捕われた人々のおとした溜息のような音だ。

何匹もの軍用犬に引かれるようにして、大きな体つきの兵士が、出入口の鉄格子に歩み寄る。どうやら、また、例の幌付きトラックが、新たな俘囚を連行してきた様子である。

鉄格子を開くため、兵士は、犬たちの縄を塀の裏にある鉄環につなぎとめた。

鉄格子を開いていく。

幌付きトラックが、静かに前庭に入ってくる。

と、突然、犬たちが吠えはじめた。どの犬も、みな、尻尾を垂れている。怯えているのだ。

だが、なに？

幌付きトラックが静止する。塀の裏の兵士は、鉄格子を閉め、閂を下ろすと、犬たちをなだめだす。

しかし、犬は、怯えたままだ。死にもの狂いでトラックに向かって吠え続ける。

トラックの助手席と運転席から、兵士が降り立った。

幌の方にまわり、なかの囚人を降ろしていく。はじめは、四十ほどの中年男。次は、同じくらいの歳の女。それから、十二歳ほどの少年である。

父と母、それに一人息子だろうか。みすぼらしい、つぎの当たった中山服をまとっているが、怯えた様子はなかった。

（かれらは……何人だろう）

と、かの女は、鉄格子の内側で眉をひそめた。

黒い髪と瞳は、まぎれもなくアジア系だが、面立ちは白人のようだ。三人とも、額が高く、眼窩が落ち窪み、鼻が高い。唇は薄くて、端整な顔をしている。

美しい、と言ってもいいだろう。

とおくの獄舎の窓から、満洲語の怒声が発せられる。

「崑央だ！　おい、日本人。そいつらは崑央の奴等だぞ!!」

かの女は、その男の怒鳴る言葉が、どうして満洲語だと分かるのか。なぜ、意味が分かるのだろう、と心の片隅で考えていた。

　だが、いまのかの女は、そんな疑念に意識を向ける余裕はない。より窓に顔を近づけて、外の様子に眼を凝らすのみだった。

　満洲人たちの獄舎の窓ガラスが、次々と破られていく。かれらは鉄格子に群がり、ひきつった声で叫びはじめる。

「本当だ、崑央だ！」

「バケモノめ、冥府へ帰れ」

「分からないのか、崑央なんだぞ」

「わたしたちを、そんなバケモノどもと、同じ建物に一緒にしないで」

　恐慌は満洲人の獄舎から、次第に、すべての獄舎へと伝染していく。

「出してくれ、後生だから。ここから出してくれ」

　ロシア語の哀訴が谺した。

「満洲人たちの言うのは本当だ！　そいつらは人間じゃない」

　朝鮮語が血を吐くような叫びとなって響き渡った。

「崑央が敷地に入ってしまった。俺たちは、もう、お終いだ。呪われるぞ。呪われるぞ!!」

　広東語の嘆きも聞こえてきた。

（崑央って、なあに？……）

　かの女は、首を傾げた。いまのかの女にも、それがなにかは分からない。そして――――――――――――意識は――――ようやく瞬くのをやめた、五十二階のラボに戻される。

「ただの発電機の不調だ。心配はいらない」

　そんなリー博士の冷徹な声が、杏里の耳に届けられた。

「どうした、森下さん。幽霊でもみたように、そんなに蒼ざめて」

　杏里は額の冷や汗を拭いながら、リー博士に心のなかで応(こた)える。

（幽霊なんかじゃないわ）

ゆっくりと、ドアの向こうに歩みだした。

（わたしの見たのは……）

三度目も、凄(すさ)まじいリアリティがあった。杏里はすでに確信していた。これは、一時的な幻覚などではない、と。

（あれは、戦前に佳木斯(チャムスー)の郊外で、本当にあった出来事よ。日本軍の生体実験施設に収容された、中国人の少女が体験した現実――）

だが、杏里は、どうしてそのようなものが、己れの意識にまぎれこむのか、まったく説明は出来そうにない。

4

「本当に大丈夫よ。きっと暑さのせいね。それから、この効き過ぎの冷房のせい。わたしのことなんかどうでもいいから、早く、仕事に取りかかりましょう」

心配そうな眼つきで自分を見つめる四人に、つとめて明るく言いながら、杏里は、ラボに歩み入った。

明るく、白で統一されたラボである。

床も壁も天井も純白で、真新しかった。ラボに溢(あふ)れる精密機器も、白が中心になっている。科学者にとっては天上の雲の上。まさに天国に来たか、という気分が味わえた。

「超電導量子干渉計、ハイパーコンピュータ、電子顕微鏡、自然色再現ＣＲＴ……。さすがは天下のＪＧＥね。ここに比べたら、大学の研究室なんて、中学校の理科室だわ」

うっとりした調子で言いながら、杏里は、リー博士の後ろで歩を進みはじめた。

「計上している予算額が違うだけだろう」

白衣の腰で手を組んで先を行くリー博士は、それでも得意げな表情を滲ませていた。

「でも……こんなにお金をかけて……ミイラの分析をして……もとは取れるのかしら」

つまらない心配を口に出してしまうのは、貧乏大学に籍を置く者のせいであった。

「プロジェクトＹＩＮは、中国の国家的な文化事業ですからね。もとのことは、ハナから考えていないのです」

宮原が厳しい顔で言うと、下河原もしたり顔をうなずかせた。遣り手の営業マン然とした宮原と、効率至上主義の技師そのものにしか見えない下河原。この二人が、そんなことを言っても、到底、杏里には信じられない。

杏里は、ちょっと肩越しに振り返り、片岡に渋面をつくって見せた。

片岡は咳をこらえるような顔になって、口に拳を寄せる。

背後の杏里と片岡が、そんな目くばせを交わしているとも知らず、リー博士は、誇りたかく胸を張って、

「ことによると殷以前——伝説の夏王朝の実在が、このプロジェクトによって、科学的に実証されるかもしれないのだ。金に糸目を付けぬのは、当然だろう」

「夏王朝って……どのくらい昔なんですか」

杏里は、こんなことなら、高校時代にもっと世界史を学んでおくのだった、と悔みながら尋ねた。

「我が国にとっても、神話的な古代だ。北インドにハラッパ文化が起こり、エジプトが第四古王朝に入った頃に発生したと考えられるから、今からおよそ四千年近く前になるだろう」

「……四千年……」

杏里は、その時間の隔たりに、ほとんど眩暈さえ覚えた。

「鯀の子の禹が黄河の治水に成功して、舜から帝位

を譲られて、興った王朝だというから、日本では『古事記』以前の時代でしょうな」

宮原が感慨深そうな口調で言った。

一同は、そんなことを言い交わしながら、二十分近くも、精密機器とＣＲＴのジャングルを進み続けた。

やがて漆黒の障壁が、五人の進行を阻むかのように、立ちふさがる。

「森下さん」

足を止めたリー博士は、杏里の姓を呼びつつ、ゆっくりと身を翻した。

「先程はビデオだったが、今回は実物だ。改めて、崑央のプリンセスを紹介させてもらおう」

リー博士の右手が、障壁の表面に貼り付いたスイッチボードに伸ばされた。スイッチを入れる。と、真っ暗だった障壁の向こう側で、蛍光灯が紫色に瞬きだした。


「…………」

杏里は、そこに照らしあげられていくものを見て、声にならない叫びを洩らした。

ストレッチャーの上に、宝冠を戴いた美少女が玉の衣に包まれて横たわっている。

杏里は障壁に、両手をぴったりとくっつけ、鼻尖を表面に押しつけんばかりに近づけた。眼を大きく見開いて、気品と優雅さを兼ね備えた横顔を、食い入るほどに注視する。

ミイラの容貌は、肉眼で見た時、一分の瑕瑾もなく、面立ちは現代的ですらあった。少女モデルが古代中国の姫君を演じて横たわっている、と言っても誰もが信じてしまうことだろう。

（……そうじゃない……）

杏里の心の底から、そんな声が湧いてくる。さらに眼を凝らしてみた。

艶やかな漆黒の髪(ストレートパーマをかけたよ

う……）・秀い出た広い額（『一九九七年はおデコ美人です』って、あれは資生堂、それともポーラのキャッチフレーズだったかしら……）・落ち窪んだ眼窩から鼻にかけての優雅な曲線（どうして四千年も昔のあなたが、ちょっと見、ジェニファー・コネリーに似ているのよ）・そして、なまめかしい蕾のような唇（それは全盛期の山口百恵の真似？　それともラファエロ前派のセンかしら？）——。

杏里は、ミイラの美貌にヒステリックに嫉妬している自分に気づいて、障壁から顔を引いた。

（そうじゃない……）

そんな問題ではなかった。杏里がミイラを面前にした瞬間、感じたことは、けっしてそのような次元の問題ではない。もっとミイラの根源に関わる、なにか。言い替えるなら、直感だった筈だ。杏里は眉宇をひそめて思いを凝らす。

たとえば——。

（その宝冠は黄金製なの。随分と高価そうなこと。四千年前にも、バブル時代なんてあったの）

杏里は小さくかぶりを振って、心の底から湧いてくる泡のような、棘のある言葉を払った。

（そうじゃない！　そうじゃなくって、このミイラは……脆くない。生きていない。女じゃない）

やっと、考えがまとまってきた。

このミイラを見るや、すぐに感じた異質感——それは、かの女があまりにも、美しすぎるという一点に集約されていた。まるでキプロスの王ピュグマリオンが一目惚れした、ガラテアの彫像のように、女性美そのものだ。

しかし、そんな美を所有することなど、果たして人間に許されるものであろうか。

（まして、四千年もの昔だ。人身御供が公然と行なわれ、いま以上に男権中心だった筈の時代の女が当然、持っている筈の脆さを、このミイラは持っては

いない。古代の息吹きがまったく感じられない。生きていたという痕跡がない）

　これは発掘する者が男であることを、あらかじめ予期して埋められたミイラだ。これは男が惹かれ、地上へ運び出し、大切に保存するよう計算されつくされたミイラだ。これはあらゆる時代を超えた男の普遍的美意識に訴えるためだけに生まれた女だ。

（そんなものは、女じゃない。人間でもない）

　口のなかで呟いた時、杏里の背に小さな戦慄が起こった。

　次の瞬間、背に生じた小さな戦慄は、全身を呑みこむ恐怖の津波へと変わる。

　ミイラが薄眼を開けて、こちらを見ているのに気づいたのだ。薄い膜のような瞼が微かに開かれて、黒檀の瞳が露わになったのを杏里は確かに目撃した。その瞳には殺意に限りなく近い憎悪の光がたゆたっている。

「ミイラが――」

　杏里が洩らすと同時に、ミイラは瞼を閉じた。

「ミイラが、どうしたって」

　リー博士は少し動揺した口調で訊き返した。

「……………」

　無言で杏里は蒼白の顔を横に振った。

（錯覚ね。またしても、わたしの幻覚……）

　ミイラは、再び、殷代の眠りに就いている。

　ストレッチャーの下に据え置かれた、青銅の柩に護られるようにして。

（そうじゃない）

　杏里は不安に翳った額を傾けた。ミイラを納めた障壁が、透明な強化プラスチック製の正方形であるのに気づいたのだ。さらに、ストレッチャーの下の柩に、蓋がないのにも。

　蓋は、正方形の頂辺に固定されていた。

　その下に、ストレッチャー。

さらに、その下には、青銅の柩がある。

つまりミイラは、柩本体と蓋に、常に挟まれるように配置されているのだ。

（これも何か意味があるのかしら）

そう杏里が訝しく思った時、その右頬に誰かの視線が突き刺さる。ミイラではない。宮原のものだ。

プロジェクトＹＩＮの責任者は、苛立たしげな表情で、眼鏡をずり上げると杏里に言った。

「では、お願いします。森下先生」

5

ミイラの左手の小指にピンを突き立て、細胞片を採取するのは、下河原の仕事だった。

（わたしなら、絶対に、引き受けないわ。そんなこと……まっぴらよ！）

障壁の前で腕を組んで、杏里は思った。

その横に立った片岡が唇を歪める。

「ミイラとは分かっていても、あれだけ保存が良けりゃあね。ぞっとしない仕事だな」

片岡の口調は杏里に同意を求めているようだ。杏里は、片眼を細めただけで、うなずきはしなかった。これ以上、怯えたところをリー博士に見られるのは、同性としてのプライドに関わる。今後は冷徹な科学者だということを博士にアピールしてやろう。そう決意したのだ。

しかし、リー博士は、鋭く凝らした隻眼を杏里ではなく、ミイラの左手に向けていた。

（一体……なにを考えているの）

つい杏里が、その横顔に見入ってしまうほど、リー博士の面に複雑な表情が、次から次へと浮かんでは消えていく。

下河原がエアロック式のドアを開いた。一瞬、リー博士の両頬が緊張で硬張る。

プレパラートと採取針を手にして、下河原は、強化プラスチックの大きな正方形のなかに進みだした。リー博士の顎が引かれ、背筋が伸ばされる、その手が拳を握った。

ミイラの傍で下河原は足を止める。ストレッチャーにプレパラートを置き、採取針を右手に持ち替えた。ミイラの左手に、己れの左手を伸ばしていく。それを見るリー博士は怯えたように眼を細めた。

下河原はミイラの左手を押さえる。リー博士の眼が憑かれたような光を帯びはじめた。中指を固定する。リー博士の唇の両端が引き締められた。

採取針の尖端が蛍光灯の光に煌めく。リー博士は、乾ききった薄い唇を、そっと舌尖で湿らせた。

杏里の鼓動も高まってくる。

リー博士の横顔から、強化プラスチックの向こうへ眼を転じた。

下河原は意を決して、採取針をミイラの中指に、まっすぐ持っていく。

針の尖端がミイラの中指に突き立てられた。

女の悲鳴。

杏里の心臓が喉元まで迫り上がった。よく聞けば、それは悲鳴ではない。甲高くて、長く尾を曳いた警報ベルの音だ。

舌打ちしながら、片岡は白衣のポケットに手を入れ、素早く専用の携帯電話を取り出した。内線番号を押し、耳に持っていく。

「秋山君か。なんだ、この警報ベルは？」

一同に気づかれないように、そっと杏里は胸を撫でおろした。

(最悪のタイミングね)

「心配いりません。火災報知器の故障だそうです」

携帯電話のスイッチを切って、片岡は杏里に説明した。杏里とリー博士、宮原は同時にうなずく。驚いたのは、三人一緒だったらしい。リー博士も、宮原も少し安堵した顔をしていた。警報ベルは起こった時と同じように唐突に熄む。

ぶしゅう、というエアロックの音を背に、プレパラートを持った下河原が現われた。

「どうしたんだ。みんな、おかしな顔をして。わたしがミイラに殺されるとでも思ったか」

「はっは」

杏里はおざなりな笑い声をあげながら、

（こいつの冗談のセンスは、最低！　これに比べれば、まだ警報ベルの方が笑えるわ）

と、思った。

「それでは、下河原部長。採取した細胞を森下先生に渡してください」

宮原に命じられて、下河原はプレパラートを杏里に差し出した。杏里は、おずおずと手を伸ばす。プレパラートを受け取った。

効き過ぎる冷房のために、ガラス板はすっかり冷えきっていた。

（まるで氷で出来てるみたいだ）

そう思いつつ、杏里は、プレパラートを持つ手に、そっと力をこめる。

もし、氷で出来ていたならば、このまま細胞片もろともに、握り潰してしまいたい。

＊

プレパラートを電子顕微鏡にセットし、さらにその映像が、ＴＶモニターの画面に映るように調整するのは、杏里の役目だった。

「人間のＤＮＡをまっすぐに引き伸ばすと、二メートルもの長さになる」

杏里の作業を眺めながら、リー博士は、ＪＧＥの三人の社員に語るともなく、語りはじめる。

「ここには、四十億もの情報が書きこまれているのだ。いわば、二メートルの巻物に、四十億の文字が記された書物――それが遺伝子だ」

「普通に装丁したら、さぞや分厚い書物になるでしょうな」

下河原が、冗談とも本気ともつかず、そんな相槌を打った。

「まるで、ボルヘスの『バベルの図書館』に出てきそうな本だな」

片岡が独りごちると、リー博士が首をひねる。

「なんだ。その『バベルの図書館』というのは？」

「アルゼンチンの幻想作家ボルヘスの作品ですよ。宇宙的な規模の図書館が、どこか異次元にあって、そこには順列組み合わせでＡＢＣが並べられただけの本が、星の数ほどもある。アルファベットは二十六文字しかないから、どんなデタラメな順列組み合わせでも、必ず意味を成す文章が出来てくる。で、そうして意味を成した本の内容は無限で、ガウチョのナイフの使い方から、宇宙の起源から、まだ生まれていない一個人の伝記まである筈だ。……と、まあ、そんな話ですよ」

精密機器を調整しながら、杏里は、片岡に応える。

「わたしも、その作品は読んだわ。読んだ時、俳句非芸術説を思い出した」

「それは？」とリー博士。

「日本には、俳句という定型詩がありまして。五・七・五の十七文字で構成される決まりなんです。それで、日本語は、いろは四十七文字しかないから、これを順列組み合わせさせれば、いくらでも俳句は出来る。だから、俳句は芸術ではない、という乱暴な説よ」

「両者ともに、興味深い話だが」

と、リー博士は言って肩をすくめた。

「我々の作業には無益だ」

「森下先生、準備はよろしいでしょうか」

宮原が三人の会話に割って入った。事務的な口調である。現場の責任者としては、一刻も早く、作業を進めたいというところか。

「オーケー。いつでも映せるわよ」

杏里はチューナーから手を引き、身を翻して、宮原にうなずいた。

「では、お願いします」と宮原。

「みなさん、こちらのＴＶモニターに注目して下さい」

杏里が言うと、四人は一斉に、一四インチのＴＶモニターに眼を向けた。スイッチが入れられる。画面に光の筋が、一本走ってから、灰色の細胞拡大画像が浮かび上がった。

なんの変哲もない、規則的な網の目模様だ。

ただし、杏里にとっては、予想外であったらしい。眉をひそめて、小さく洩らす。

「ちょっと……待って」

「どうしました」

宮原が杏里に尋ねた。

「こんな形状の細胞組織、見たことないわ」

画面に拡大されたのは、かなりいびつな八角形であった。天地左右の四辺が短くて、その他の斜辺四本が長い。対応する各辺の長さは、まったく同じである。

そんな八角形が、きわめて規則正しく並んでいる様は、蜂の巣の断面図を連想させた。

「こんなかたちをした、人間の細胞は、あり得ません」

杏里は、もう一度、断じた。

宮原が怒ったような表情になって、リー博士を横目で見遣った。下河原は、とぼけるように口の両端を下げて、肩を竦める。片岡は唇を歪めて身を乗り出した。

「予想通りだ」

リー博士は満足げに言うと、煙草を口にねじこんだ。軽く、杏里に、顎をしゃくる。

「では、ＤＮＡレベルまで拡大してもらおう」

「…………」

杏里は、口腔が急速に乾いていくのを感じながら、ハイパーコンピュータとCRTのスイッチを入れた。

電子顕微鏡が捕えた映像を、ハイパーコンピュータがより鮮明に再構成し、CRTの画面に、コンピュータグラフィックとして再現していく。

細胞の一粒に封じられたDNAは、電子顕微鏡では、くねくねとねじれた一本の輪としか映らないからだ。

――CRTに現われたのは十何色かに塗り分けられたカプセルの、螺旋状の連なりであった。

「どうだ、森下さん。このDNA構造は？　やはり、人間のものではないと思うか」

リー博士は何故か、勝ち誇ったように唇の右端を吊り上げると、音をたてて紫煙を吐き出した。

「…………」

愕然と、杏里は、眼を見開いた。

突然、何事か思い立って、コンピュータのキーボードに駆け寄った。物凄いスピードでキーを打ちはじめる。小型のCRTに、緑色の数式と化学式が連なった。と、すぐにそれは消え、画面には八文字のローマ字が、緑色の帯となって浮かんできた。その八文字とは――。

〈REPTILES〉

「人間のDNAじゃない。これは、爬虫類のDNAよ!?」

そう叫んだ杏里の声は悲鳴そのものだった。

リー博士は、薄ら笑いを広げる。

「いや、人間だ。火と道具と文字を有し、高い文明と技術を有していれば、それは人間以外のなに者でもあるまい。それに、このうえもなく美しい肉体を持っているとあっては、このプリンセスは、まごうかたなき人間ではないか」

「でも……。コンピュータの分析では、ミイラのDNAは、爬虫類のものなんですよ。それに……ご覧になったでしょう……あの八角形の細胞組織……」

杏里は、なおも食い下がった。

「どういうことなんですか、リー博士。森下さんは、ああ言っていますけど」

片岡が、一歩踏み出して、リー博士に尋ねた。

「帝舜に付いていた補佐役伯益が井戸を世界で初めて掘って、水を求めると、龍が黒い雲に乗り、その神は崑崙に住んだ。という意味不明の一文が『淮南子』にある」

宮原が、リー博士に代わって応えた。

「また、火の一族祝融は、黄帝によって共工もろとも滅ぼされたともいう。いずれも夏王朝の出来事だ」

「課長。それは中国の神話ですよ。ぼくの言ってるのは――」

片岡がじれったそうに言うと、今度は、下河原が口を開く。

「神智学の祖マダム・ブラヴァツキー、人智学の創始者ルドルフ・シュタイナー、さらに日本の古神道家たちも、人間発生以前に、この地球を支配していた知的爬虫類人の存在を主張しているだろう」

「部長までが、オカルトかぶれだったんですか」

片岡は、絶句した。

リー博士は、煙草を口に運びながら、杏里と片岡を交互に見遣る。

「諸君。まずは、ここに我々が、第一段階の科学的立証を得られたことを、心より喜ぼうではないか」

「なんですって――」

杏里は、ひずんだ声を絞り出した。

「殷王朝初期ないしは、夏王朝末期まで、かれらは人類と共存していたのだ。かれら――人類とは起源を異にする知的生命体は。かつて、かれらは、人類が誕生する以前、地球全土に溢（あふ）れ、巨石をもって都市を構築し、独自の宗教と独自の文化と独自の技術を誇っていた」

　リー博士は、そこで煙草を吸い、紫煙とともに言葉を続ける。

「ゆえに、我々は、敬意をもって、かれらのことをこう呼ぶとしよう」

　ちょっと間を置いて、リー博士は言った。

「旧支配者、と」

第三章　四十億語の魔道書

1

――――――かの女は、ずっと高い位置から――地上を――――見下ろしている。

一草だに無い曠野（こうや）を疾駆するサイドカー。

地平線の果てまで、なにもない曠野に、一直線に伸ばされていく轍（わだち）。

夢では、よくあることだが、かの女はサイドカーに乗った二人の兵士の名も、素姓も、その目的まで知っていた。

バイクを運転しているのは、三宅善行（みやけよしゆき）上等兵。サイドカーに乗っている方は、安田幸吉（やすだこうきち）軍曹だ。二人は佳木斯（チャムスー）郊外にある関東軍の施設で働いている。

今回の二人の使命は、五日前に徴用した中国人と覚しい三人家族の正体を探ることである。

「軍曹、満洲人や朝鮮（ちょうせん）人は、どうしてあの一家を恐がるのでありますか」

三宅上等兵がサイドカーに振り返って尋ねた。

「俺（おれ）が知るか。なんでも、一家は崑央（クン・ヤン）とかの出身だから、人間じゃないというのが、奴等の主張だ。本来ならば、歯牙（しが）にもかけぬところだが、一家のために暴動寸前とあれば、致し方あるまい」

憮然（ぶぜん）として、安田軍曹は応（こた）えた。

(崑央（クン・ヤン）……)

聞き覚えのある地名が、夢見るかの女をひどく不安にさせる。

時折、雪の混じった烈風が吹き抜けるほかは、なにも変化のない曠野をサイドカーは走り続けた。

やがて、地平線の向こうに、白い茸（きのこ）のようなものが見えてくる。

満洲人の集落のようだ。

ほどなくサイドカーは、三十戸ほどの、その集落に辿(たど)り着いた。

「気をつけろ。共匪(きょうひ)が潜んでいるかもしれないぞ」

集落の中央あたりにサイドカーが停車すると、安田軍曹は、そう言いながら降り立った。その手には、南部十四式が握られている。

「あの一家も、共匪でありますか」

三宅上等兵は問いながら、バイクから降りた。革の手袋をはめなおし九九式小銃を取り上げる。

「そうかもしれんし、そうでないかもしれん。いずれにせよ、尋常な恐れられ方ではなかった……」

「自分には、なにかこう……幽霊と対峙(たいじ)したように見えましたが」

そんなことを言い交わしながら、二人は、人気(ひとけ)のない集落の家々を一軒ずつ調べはじめる。屋根が低い、漆喰(しっくい)で塗り固められた小さな家であった。軒先には、ニンニクの束や、トウモロコシを藁(わら)で縛ったものなどが吊(つ)り下げられている。

手近の一軒のドアを蹴破(けやぶ)り、なかに踏みこむと、安田軍曹は満洲語で呼びかける。

「誰都不在(だれかいないか)？」

薄暗がりに眼を凝(こ)らし、沈黙に耳を澄ませた。だが見えるのは揺れる蜘蛛(くも)の巣と、埃(ほこり)まみれの家具だけ。聞こえてくるのは、凍(い)てついた風の音だけであった。

「次だ」

安田軍曹は舌打ちして身を翻(ひるがえ)した。

と、三宅上等兵が、九九式小銃の銃口を左に向ける。

「どうした」

「いえ……。人の視線を感じたものでして。……多分、自分の気のせいでしょう」

首をひねって、三宅上等兵は銃口を床に移した。

安田軍曹は足早に外に出ていった。しかし、三宅上等兵は、何度となく周囲を見渡し、なんとなく腑に落ちないような表情で、その場に留まりたそうである。

「なにをしている、三宅！」

外から上官に怒鳴られて、三宅上等兵は、何度となくあとを振り返りながら出ていった。

二軒、三軒、四軒と家々を調べても、人間はおろか、犬や猫の気配すらなかった。いやそれどころか、この十年ばかり、人が住んでいたという形跡がない。

「本当に、この集落から、あの一家を徴用したのか」

安田軍曹が呆れ顔で尋ねたのは、十五軒目の家を調べ終えたのちであった。

「徴用した後藤軍曹がそう申されたのですから、間違いはありません」

困惑しきった顔で、三宅上等兵は応えた。

「ただの廃村じゃないか」

安田軍曹は吐き捨てるように言った。

「廃村に三人で暮らしていたのかも——」

言いかけた三宅上等兵の肩を、いきなり、安田軍曹は南部十四年式の銃身で軽く叩いた。同時に顎をしゃくる。振り返って見ろ、と無言で命じた。

「…………」

三宅上等兵は体ごと、ゆっくりと背後に向き直っていった。

真正面から眼に沁みるほどの冷たい風がぶち当たってくる。その風の向こうの家——最初に調べた家ではないか——のドアが開かれて、オレンジ色の衣をまとった小さな人影が、敷居に降りようとしていた。

ラマ僧だ。しかも、信じられないほど、年老いている。

「あの家には誰もいなかった筈だが」

安田軍曹は嗄れ声で独りごちた。

「いえ……自分は、誰かの視線を……」

もごもごと口のなかで呟きながら、三宅上等兵は、九九式の銃床を右肩に押し当てた。

「待て」

と、三宅を制して、安田軍曹は、老いたラマ僧に問いかける。

「日本語が分かるか？」

ラマ僧は小さくうなずいた。

「少し、だけ。少し、なら」

「この村の住人は？　何処へ行った？」

「共工把住民悉拐走了……」

「なに？　訛りがひどくて、何を言っているか、分からんな。日本語で説明しろ」

「不可」

「じゃあ、崑央という地名を知っているか」

安田軍曹が『崑央』の一語を口にすると、ラマ僧の眼の底で、一瞬、妖しげな光が横切った。眼を大きく見開いて、軍曹を見つめる。

「知ってる」

「それは何処だ。どうして満洲人は崑央を恐れる」

ラマ僧は破顔した。皺だらけの大きな唇が開かれ、歯が一本も無い、あかい歯茎が剥き出しになる。

「何処だ!?」

軍曹の尻馬に乗って、三宅上等兵が詰問した。

ラマ僧は箸のように細い人差し指を立てる。その手が裏返り、指先は地面に向けられた。

「ここか!?　ここが、崑央なのか！」

気色ばんだ調子で三宅上等兵は身を乗り出した。

ラマ僧は破顔したまま、首を横に振る。指先を、もっと下に、もっていった。

「どういうことだ」

安田軍曹が下唇を噛んだ。

「崑央は、あんたらの足の下……」

そう応えたラマ僧の背後から、大きな雪片を交えた突風が吹きかかってきた。息も止められそうな勢いだ。二人は反射的に顔を手で覆う。風に乗ってラマ僧の哄笑が響いてくる。それは次第に高く昇っていくようだ。

それでも、しばらくは、二人の耳の底に不気味に谺し続けた。

かの女の耳にも――――――歯のない老ラマ僧の――――甲高い笑い声が――――――目覚めたのちにも、こびりついている。

オレンジ色の補助灯の明かりを見上げて、杏里は、ようやく自分が夢を見ていたのだと自覚した。

全身が冷や汗で濡れそぼっている。乳房の下では心臓が激しく鼓動し、喉がからからに乾いていた。鼓膜までもが脈拍に合わせて、ドラムのように振動を続けている。

（いやだ。また、あのラマ僧の笑い声が）

ベッドのなかで杏里は夢の向こうより響く哄笑を聞いていた。狂気ではない。むしろ嘲りの哄笑であろう。愚かな日本人を嘲笑う、四千年以上の歴史を有した古い民族の声だ。その声は嘲笑いながら、こう言っている。

『崑央の恐ろしさを知らないのは、アジアのなかで、お前等、日本人だけだ。お前等がベトナムやタイやフィリピンで、原住民の頬を札束で張りとばし、少女たちの肉体を貪り、中国人や朝鮮人を蔑んだ眼つきで見ても、かれらが寛容でいられるのは、なぜだと思う。お前等が崑央のことを、なにひとつ、知らないからだ。想像するだけで発狂してしまうという、あの崑央を知らない。愚かな人種だ。いずれ、日本人にも分かるだろうさ。崑央がその顎を開いたなら。かれら、アジアの民は蔭でこっそり、そう噂し合っているのだ』

（……崑央ってなんなのよ……）

独りごちようとして、杏里は、声が出ないのに気がついた。手足も動かない。金縛り状態だ。そう自覚すると、猛烈な恐怖感が、足元から這い上がってくる。

　まるで赤ん坊ほどの大きさの爬虫類のように、四肢を蠢かせて。膝を踏み、太腿を越えて、下腹に前脚をのめりこませて。

（いや……やめて……こないで……）

　杏里は心のなかで、じわじわと這い上がる恐怖感の塊に呼びかけるが、かぶりを振ることすら出来ない。

　狂ったような女の哄笑が、耳朶を打つ。

　ちがう――。

　あれは電話のベルの音だ。

　そう思った次の瞬間、鍵が外れるように、杏里の右手がシーツを払った。

　弾かれるようにして、ベッドから跳び下りる。スリッパも履かずに、素足のままで、リビングルームに駆けていった。

　壁掛け電話の受話器を取り上げながら、本器に付いているデジタル表示の窓を見る。10：25PM の文字。まだ、十時二十五分だったのだ。

「はい、森下です」

　うわずった声で、杏里は応えた。

「あっ……お休み中でしたか。すみません」

と、まず謝った声は、秋山はるかのものだ。

「いいのよ。悪い夢を見て、金縛りに遭ってたところだったの。秋山さんからの電話で、救われたわ」

　杏里は口早に言って、額の冷や汗をそっと拭った。

　受話器の向こうから、微かにジャズのメロディと人々の低いざわめきが聞こえてくる。

（パブから電話してるのかしら。でも……ここは、プロジェクトが終了するまで、リヴァイアサンの塔に幽閉される決まりなのに）

「わたし、リー博士の使いで、お電話を差し上げたんです。いま、ここは五十三階にある幹部社員専用のパブコーナーです。リー博士が、わたしと片山主任を招待してくれまして、森下さんも一緒にどうかと……」

（五十三階？　ラボの真上に、パブなんて造っているの。このビルの設計者は、どんな神経してるのかしら）

訝しく思いながらも、杏里は応える。

「宮原課長や下河原部長はいるの？」

「いいえ。お二人とも、社長を囲んで会議中です」

「社長!?　珍しいこともあるものね。社長がこんな時間まで本社ビルにいるなんて」

「……なんですか、昨日、社用ヘリで本社入りして、ずっとこちらにいるらしいですよ」

秋山はるかの説明に、杏里は、昨日ヘリポートに降りたった社用ヘリを思い出した。

（あのヘリには社長が乗っていたんだ）

一呼吸おいてから、杏里はうなずいた。

「オーケー。じゃあ、すぐ行くわ。と言いたいところだけど、わたしのIDカードはBクラスでね。五十階より上は行けないの」

「あっ……。片岡主任が迎えに行くと言ってます。ゲスト用の一晩のみ有効のカードを持って、そちらに行くそうです」

「ありがとう。着替えて、待っているわ。二十分後に来てちょうだい」

受話器を戻して、杏里は溜息をおとした。

如何に社員の行動を完全に把握するためとは言っても、なんという物々しさだろう。ゲスト用の一晩のみ有効なカード。ラボの上階には、幹部用のパブ。そしてリー博士の招待ときた。

「息苦しくなっちゃうわね」

独りごちて、杏里は、シャワーを浴びようとバスルームに向かった。凍てついた曠野の夢を見たためか、その身が、芯まで冷えきっている。

2

きっかり二十分後に、チャイムが響いた。

地味なサマードレスに着替えた杏里がドアを開けば、ネクタイを緩めた片岡の桜色の顔が眼に飛びこんでくる。

「鍵は持っておいた方がいいですよ。ここはオートロックだから」

「知ってるわよ」

ハンドバッグを小脇に抱えて、杏里は廊下に出た。出勤用のエレベーターのある方向とは、反対の方向を片岡は指差す。

「Aクラス専用エレベーターはあちらです」

「まるで軍隊ね。士官用と、将校用が、明確に分かれてるんだから」

呆れた口調で、杏里は言った。

かの女をエスコートする片岡からは、淡いブドウの匂いが漂ってくる。多分、ワインでも呑んでいたのだろう。微醺の段階のため、匂いは不快ではない。

「JGEのモットーは秩序です」

片岡はJGEのTVコマーシャル用キャッチコピーを口にした。

「秩序ねえ……」

長い廊下を渡りきると、左に木目をあしらったドアがあった。ドアにはノブが付いていない。代わりに、ドアの右横に小さな磁気リーダーが設けられている。

「森下さん。JGEのAクラスの世界に、ようこそ！」

朗らかに言って、片岡は、IDカードをスーツのポケットから取り出した。ずっと、ずらすと、カードは二枚になる。杏里はババ抜きの手つきで、ID

カードの一枚を引いた。

「あら、ババだわ」

杏里のジョークに、片岡は吹き出した。笑いながら、手のうちに残ったカードを磁気リーダーに差しこむ。カードが戻されると、片岡は場所をあけた。

「さ、どうぞ」

「ありがとう。でも、とっても仰々しいのね」

苦笑しながら、杏里も、磁気リーダーにＩＤカードを差しこみ、戻されるのを待った。

「これで、わたしが夜中に部屋を抜け出し、幹部用パブで、あなたたちと会ってたことが記録されるんでしょう」

カードを引き抜きながら、杏里は尋ねた。

「そこまでは、ね。ただ、リー博士の客が三人、五十三階のパブで、呑み食いした記録が残されるだけですよ」

片岡が応(こた)えているうちにも、木目のドアは左右に開かれ、落ち着いた木目調のエレベーターが現われる。

二人がなかに進んで、一呼吸おいて、ドアが閉まった。

「でも、いつも監視されているようで、気味が悪いわね。それに、ラボの真上にパブがあるってのも……なんかヘンだし」

「五十三階を見てみたら、もっとヘンなことに気づきますよ。それはともかく、ラボの上にパブってのは正しくないですね。なにしろこのプロジェクトが始まるってんで、大急ぎで、五十二階にプロジェクトＹＩＮ専用のラボを造っちゃったんですから」

「——どうして!?」

杏里が小さく叫んだ時、ドアが左右に分かれた。いつの間にかエレベーターは上昇し、二人を五十三階へと運んでいたのだ。

そのフロアの全容を見るや、杏里の顔は、ほとんど眼ばかりの状態になってしまった。

なんと、五十三階と五十四階はぶち抜きで、プールとそれを見下ろすパブで構成されているではないか。

さらに、プールの四方を取り囲んだ壁は、四十階のロビーと同じく。様々な形態の牛をかたどった青銅のレリーフで飾られていた。

「このプール……つまり、水の下に、ラボを造るってのが、今回のプロジェクトでは大きな意味があるらしいですよ」

説明しながら、片岡は、杏里をエレベーターの外へ促した。プールは二五メートル×二五メートルのサイズだ。水が青々としているところから見ると、かなり深そうである。青い水面で、天井にある絞った蛍光灯の明かりがゆらめいていた。

泳いでいる者が一人もいないのは、言うまでもない。

「人っ子ひとりいない、夜のプールって不気味ね」

なるべくプールの方を見ないようにしながら、杏里は囁いた。

「あっちが、パブの入口です」

片岡はプールから五〇メートルほど離れた方を差し示した。そこには、五十四階のパブに続く螺旋階段が立っている。

漆黒に塗られた鉄製の螺旋階段だった。

杏里は、それを見るなり、DNAを連想する。

(あれは何のDNA？　爬虫類それとも人類？……まさか、リヴァイアサンのDNAじゃないでしょうね)

＊

パブのなかは北欧風のテーブルや椅子が、程良く落ち着いた木目調の内装に点々としており、実にゆったりとしていた。照明も抑えられ、そこに静かな曲調のジャズナンバーが流れている様は、高級ホテルのバー以上の高級感だ。

専属のバーテンやウェイターは通いで、夕方六時半頃から、地下駐車場から直に五十三階に来るのだ、と片岡は案内しながら話してくれた。

客の数はさして多くはない。ワンフロアに二、三人のグループになった客が、十組ほどというところか。

リー博士は、プールを一望できるコーナーに、秋山はるかとともに座って待っていた。

テーブルの上には、シャンパンが冷やされ、キャビアのたっぷり載ったカナッペを中心にしたオードブルが、用意されている。

「今晩は、リー博士。お招きにあずかり、光栄です」

杏里がことさらにしなをつくって、そんな挨拶をしても、リー博士の相好は崩れっぱなしであった。

「固苦しい挨拶はやめて、早く座りたまえ。秋山、森下さんにシャンパンを」

空いている席に座ると、その前に秋山はるかがシャンパンのグラスを置いた。

「こんな時間に呼び出して、申し訳なかった」

そう言いながら、煙草に火を点けるリー博士には、少しも悪びれた様子はない。むしろ来るのが、当然だ、と言わんばかりであった。

「悪い夢を見て、金縛りに遭ってたところですから、お礼を言いたいくらいです」

杏里はグラスを持ち上げながら応えた。

「……悪い夢か」

煙草を口から離して、その火尖を隻眼で見つめつつ、リー博士は杏里の言葉を繰り返した。片岡と秋山がグラスを持ち上げる。それにやっと気づいて、リー博士もグラスを取ると、

「では、杏里さんの悪い夢とやらに」

首を横に振って片岡が言い直す。

「被験体の第一次調査の完成を祝って」

秋山はるかが、さらに言い直す。

「プロジェクトＹＩＮの成功を祈って」

肩をすくめると、杏里は苦笑しながら、

「わたしたちの御先祖様の天敵、旧支配者に」

そして一同はグラスを打ち鳴らす。

「乾杯」

シャンパンとキャビアは、杏里を束の間の陽気へと誘った。高級感溢れるパブに、耳に心地好いジャズ、そして楽しい語らい。このうえはなにも要らない、と杏里は思った。しかし、杏里の心の片隅で、爬虫類のＤＮＡを有したミイラの不気味さや、全貌が把握出来ないプロジェクトＹＩＮのもどかしさなどが、わだかまっているのも事実である。さらに、何度となくやって来るあの幻覚に、また襲われないか、と気にかかる。

　そんな思いが、どこか態度に出てしまったのであろうか。杏里がシャンパンの三杯目を傾けた頃、リー博士はこう切り出した。

「森下さん。あなたにとって、今回のプロジェクトは、腑に落ちないことだらけではないかな」

　うっ、と詰まった杏里に、リー博士は上機嫌でシャンパンの壜を傾ける。グラスになみなみと注ぐと、ぴたりと壜を止めて、なんとも言いようのない笑みを広げた。メフィストフェレスが笑ったらこんな様子だろうか、と杏里は思ったが素直に応じる。

「そうですね。あの程度の分析なら、なにもわたしが来る必要もなかったじゃない、というのが本音です」

「城南大学助教授として、また分子生物学の碩学として、まったく役不足だろう。よく分かる。それは、理解出来る」

　リー博士は念を押すように、何度となくうなずいた。

「しかし、今日の結果は、ほんの端緒に過ぎないのだ。明日からは、もっともっと、あなたに働いてもらわねばならないだろう」

「DNA分析以外の仕事ですの？」

シャンパンを一口啜ってから、杏里は、興味深そうに尋ねた。

「分子生物学的な暗号解読が、おそらく、仕事の中心となるだろう。それから、ミイラのDNAの活性化実験……」

二人の横から、片岡が口を差し挟む。

「ぼくみたいな素人は、いよいよ出る幕が無くなる訳ですね」

リー博士は、片岡に向き直ると、鼻尖に皺を寄せて笑った。そんなリー博士の表情は、まるで少女のようだ。

「そんなに難解な問題ではないよ、片岡主任。君のような一般人こそが、このプロジェクトには必要なのだ。つまり妙なパターンを妙だと感じる素直な視点が」

「もうちょっと、具体的にお話し願えませんか」

杏里はグラスから手を引いて、両手の指を組み合わせ、リー博士の顔を正面から見つめた。

「DNAとは、四十億語から成る一冊の書物だ、と昼にも言ったが――」

リー博士は本をめくるポーズをしながら、杏里から片岡、さらに秋山はるかに眼を移していった。

「プロジェクトYINには、この書物に記された暗号を解読し、四千年前の情報を得ることも含まれている」

「そんな……可能なんですか」

片岡は、信じられない話を耳にした常識人にありがちの、苦笑に顔を歪ませた表情で首をひねった。

「可能よ。人間のDNA情報を解読する作業は、ヒト・ゲノム計画と呼ばれ、二〇〇五年には完全に解読される、と言われているわ」

そう応えたのは、リー博士ではなく、杏里であった。杏里は眉をひそめ、険しい表情になって、リー博士に詰め寄る。

「でも……それで、なにを知りたいのです」

リー博士は唇の両端をニッと吊りあげた。一瞬、杏里は博士の唇が、耳まで裂けたように錯覚する。まるで、悪魔の笑いだ。

「すべてだ」

と、リー博士は応えた。

「あのミイラの正体。どうして爬虫類のDNAを有した生物が、人類の姿をしているのか。かれらは、どの程度の文化を有していたのか。どんな技術を持っていたのか。かれらの仲間は、どこに行ってしまったのか。どんな宗教を持ち、どんな神を崇拝していたのか。当時の地球の気候や自然環境は？　我が中国の神話は、どこまで事実を語っているのか。……とにかく、すべてを知りたい」

「それって――」

秋山はるかが震え声で呟く。

「オカルトで言う、禁断の書物じゃないのでしょうか」

「オカルトか」

リー博士は秋山はるかに振り返った。

「君の好きなオカルト的な用語を使えば、今回のプロジェクトは、こう言い替えることも出来るだろう。すなわち、四十億語の暗号で記された魔道書の解読だと――」

3

不意にパブの照明が瞬いた。

一同は顔を曇らせて天井を見上げる。

鏡張りの天井にはめこまれた淡い照明は、すべて点滅していた。

「また、発電機の故障かよ」

片岡がいまいましそうに唇を歪めた。

「いっそ、自家発電をやめちゃえばいいのに」

秋山はるかも相槌を打って言った。

「このビルは完全自給が建前だ。東京電力を使うとなれば、基礎工事から、やり直さなくてはならない」

リー博士は平然と言って、グラスを口につけた。そんな言い方は、まるでＪＧＥの社長のようだ、と杏里は思う。

「すぐに復旧する」

自信たっぷりに、リー博士は言い添えた。

「それで？　その後は、どうなさるんです」

杏里は思い出したように尋ねた。

「どうなるって。照明も電気も、もとのままだ」

「発電機の話じゃなくて、プロジェクトＹＩＮのことですよ。四十億語の書物を解読した、そのあとは？」

「プロジェクトは第三段階に入る。ミイラの解剖やら柩の分析やら――」

リー博士は急に口を濁した。

「わたしが今回のプロジェクトのお手伝いをして、最も感じたのは、展望のなさです。努力目標が見えないと言うか、全体像がまったく分からないと言うか。なんのためのプロジェクトなのか、全然、見えてこない」

「それは解説済みと思うが」

と言ったリー博士の言葉を押し戻し、杏里は、きっぱりと尋ねる。

「博士。あなたや宮原課長や下河原部長は、なにか、隠しごとをしているのではありませんか。あなたたちと、ＪＧＥ社長しか知らない秘密の目的があるのでは？」

その時、店内アナウンスが、まるで問い詰められたリー博士に対する助け舟のように、響き渡る。

「リー博士、リー博士。社長より内線が入っております。入り口付近のクロークで電話をお取り下さい」

「――失礼」

軽く頭を下げて、リー博士は腰を上げた。小走りでクロークに向かうリー博士の後ろ姿を眼で追いながら、杏里は鼻を鳴らす。

「まったく、このビルの中では、偶然まで経営者に管理されているみたいね」

そう呟（つぶや）いてから、片岡に振り返った。

「主任。あなた、中国には詳しい、と言ってたでしょう」

片岡は照れ臭そうに、真（ま）っ皓（しろ）い歯列を見せて、首を横に振る。

「いやあ、詳しいなんてことは、とても」

「わたしがお訊（き）きしたいのは別に難しいことじゃないわ。あのミイラのニックネームよ」

「はあ？」

片岡は困ったような声を洩らした。

「リー博士は、あれを〝崑央（クン・ヤン）のプリンセス〟って呼んでいたでしょう。崑央（クン・ヤン）ってなんなの？　地名？　神名？　人名なのかな？」

「……崑央（クン・ヤン）ですか。そうか。ぼくたちも、日頃（ひごろ）、あのミイラをそんなふうに呼んでいるけど……言われてみれば、どんな意味か、知らずに使っていたな」

腕を組むと、片岡は首を傾（かし）げた。

また、照明が瞬きだす。まるで「その件には、もうこれ以上、首を突っこむな」と無言で警告するように。確かに杏里の言った通り、リヴァイアサンの塔のなかでは、偶然さえも管理されているのかもしれない。

「秋山さん」

杏里に名を呼ばれて、秋山はるかは、椅子（いす）から跳び上がらんばかりに驚いた。

「はいっ」

「リー博士がいないうちに訊いときたいんだけど、その後、超常現象には出くわした？」

しばらく宙を見上げて、秋山はるかは考えこんだ。

「そういえば、昨夜、火事の夢を見ました」

（夢は超常現象じゃないんだけど）と、思いながらも、

「どんな火事？」と杏里は畳みかける。

「よく覚えていませんけど、もの凄い炎と熱に取り巻かれた夢だったと思います」

「火事ねえ」

小さく呟いて、杏里は、ガラスの壁に振り返った。誰かがその向こうから、こちらを見つめているような気がしたのだ。だが、見てみれば、監視する者などなく、無人のプールが漣を打っているばかりである。

（さっきは人気のないプールが、不気味に感じられたんだけど。いまは、プールが、全然、怖くないな。むしろ、見ているうちに安心してくるみたい……）

だが、それがどうしてなのか、杏里には分からなかった。このまま、一晩中、プールを眺め続けていたい思いに駆られてくる。

（なぜなんだろう。絶えず揺れている水面のせいかな。それとも、濃い緑色が眼に心地良いからだろうか）

そう考えた杏里の片頬に、片岡の呟きが投げつけられる。

「プールってのは、ぼくは、あんまり好きじゃないな」

杏里は肩越しに片岡を見遣って、

「どうして？」

片岡は少しばかりひきつった笑みを滲ませて、哀しげに応える。

「別れた女房と知り会ったのが、プールだったせいですかね。どうも、プールを見ていると、気が重く

なってきちゃって」

「……離婚されたの」

と言った時、杏里の心の奥底で、鈍い痛みが起こった。それは古傷の痛みと同じで、起こった次の瞬間には忘れてしまう類のものだったが、片岡にはまだ生々しい痛みのようだ。

「大学時代から付き合っていたのと、一昨年結婚しましてね。で、去年、離婚しました。水泳部だったのがきっかけだけに、水が入った感じで」

軽口を言い足しても、杏里も、秋山はるかも、笑わなかった。その場を何ともやりきれない、しらけた空気が覆っていく。

杏里はグラスを傾けた。シャンパンは、いつの間にか、生ぬるくなっている。そういえば、パブの空気も気持ち、暑苦しくなってきたような気がする。空調装置が照明のように点滅を繰り返したためであろうか。

グラスを置くと、杏里は溜息をおとした。自分でも、びっくりするほど大きな音が口から洩れ、杏里は慌てて唇を押さえる。

「誰にでも……」

秋山はるかが、シャンパンの罎に手を伸ばしながら、昏い声で言った。

「心の傷ってのはありますよね」

「あの人には、あるのかしら」

杏里はそう言って、クロークからこちらに戻って来るリー博士を見つめた。

七十歳を越えているだろうに、ぴんと伸びた背と腰。輝いている見事な銀髪。威嚇的なアイパッチ。そして、小柄な身にもかかわらず威風堂々とした存在感――。

（とても、心の傷を思い出して、笑みを拭うようなタマじゃないわ）

杏里は溜息をそっとおとし、頬杖をついた。

「わたしも会議に参加しろ、との社長のお達しだ。レシートには、サインしとくから、諸君は好きなものを飲み食いして、ゆっくりしてくれたまえ」

　言いながら、リー博士はレシートにサインを走り書きした。杏里はその文字に眼を凝らす。「李秀麗」――それがリー博士のフルネームであった。

（ふうん……意外に可愛らしい名前なんだ）

「では、これで失礼する」

　リー博士はそう言うと、身を翻した。その背に、片岡と秋山はるかが異口同音に呼びかける。

「失礼します。御馳走さまでした」

　リー博士はこちらに振り返ることなく、軽く右手を挙げて応えただけで、足早にパブから去っていった。

「さてと」

　と、杏里は、片岡と秋山はるかの紅潮した顔を交互に見て、微笑んだ。

「残ったわたしたちは、どうする？」

「もう十二時近くですね。あと一杯飲んで、お開きといきますか」

　腕時計に眼をおとして片岡が応えた。

　秋山はるかは、うなずいて、

「明日も休みじゃないですからね」

「それじゃあ、ボトルの残りを平らげたら、帰ることにしようか」

　と、杏里は提案し、ボトルの中味を三人のグラスに公平に分けながら付け加えた。

「ところで片岡さん。リー博士の名は中国読みではなんと読むの？」

4

　そんなことを思いついたのは、杏里にしては珍しく、酔っていたせいだろう。

　あるいは心の何処かで、自信たっぷりなリー博士の鼻をあかしてやりたい、という気持ちがあったのかもしれない。

とにかく杏里は、自室に戻り、ドレスを脱ぎ捨て、シャワーを浴びたのち、パジャマ姿になると、部屋に備えつけられたパソコンの前に坐（すわ）った。酔い覚めの状態のせいだろうか。頭は、このうえなく、冴（さ）え渡っている。

ＣＲＴのスイッチを入れた。

ラボのメインコンピュータにアクセスを試みる。

〈ハジメ　ニ　アナタ　ノ　名前　ヲ　登録シテ下サイ〉

メインコンピュータが、尋ねてきた。

ためらうことなく、杏里は、片岡に教えられたリー博士の中国語読みをローマ字で押していく。

〈Li Xiu-li〉

一呼吸おいて、ＣＲＴに文字が並びだす。

〈オ名前　ヲ　登録シマシタ　ドウゾ　御利用下サイ〉

杏里は会心の笑みを広げて、キーを押していった。

「ミイラのＤＮＡパターンを再生せよ」

ＣＲＴに、昼間のＣＧ映像が再生されていく。色とりどりなカプセルで構成された、螺旋（らせん）型の帯だ。

「ＤＮＡ配列は？」

アデニンのＡ、グアニンのＧ、シトチンのＣ、チミンのＴ……塩基配列が暗号文のように並んだ。Ｔ
ＴＡ　ＡＧＡ　ＣＣＴ　ＡＡＡ　ＣＣＣ　ＴＡＣ
――杏里は片眼を細める。

「ＤＮＡ配列情報を四色の組み合わせで再構成せよ。視角は九十度。垂直に見下ろした状態。四十億の情報のアタマから……」

四色に塗り分けられた、クロスワードパズルのようなパターンが、ＣＲＴに浮かんだ。

「これが最初のＤＮＡパターンか。……意味を成しそうなパターンを最初から検索してたら、夜が明けてしまうわね」

どうしようか、と杏里は首をひねった。暗号解読の基本は何だったろう。確か、ポオの作品では、英語で一番多用されるアルファベットがキーワードになっていた筈だ。そう思い到ると、杏里は指を弾いた。

「頻発するパターンは？」

ＣＲＴが目まぐるしく様々なパターンを映しだした。四十億もの情報が、四色のパターンと化して、一秒間に四万個の勢いで点滅していく。

「これで二・七時間待てば――」

独りごちて、杏里は、立ち上がった。

＊

ソファで仮眠をとっていた杏里は、甲高いアラーム音に叩き起こされる。腕時計のアラームを止めて、液晶面を見れば、午前三時を少し過ぎていた。

パソコンのＣＲＴに戻った。

〈頻発スル　パターン　ハ　以下ノ３パターンデス〉

第一パターンは、黒一色に塗り固められている。第二パターンは、ホワイトアウトしたパターンだ。そして、三番目のパターンは、三本指の手が下に向かって垂れているように見えた。

「……第一は、黒ね。これは闇とか夜のイメージかな。第二のホワイトアウトは、白。なにもない空白のイメージだから……死のモチーフかしら。そして第三は……天からの手？　救い？……」

黒。

死。

救い。

突然、杏里の頭のなかで、直感が閃いた。

「最後のは、救いじゃない！　与える意味だ」

と、すると――。

（黒い死を与える）

命令形としたら？――

（黒き死を与えよ）

（黒き死を与えたまえ）

（ミイラに黒き死を与えたまえ）!!

杏里は唇を歪ませる。

「どういうこと。なにを言っているの？」

独りごちた時、照明が瞬きはじめた。またしても、発電機の故障だ。杏里は音たかく舌打ちする。

「なんだっていうのよ。いっつも、いっつも大事な時に」

天井を見上げた――――純白の天井板が――――灰色の寒々しい――――打ちっぱなしのコンクリートに――――――そこから裸電球がぶら下がって――――揺れていた。

コンクリートで塗り固められた部屋に、初老の男の冷たい声が反響する。

「二十番から三十一番まで、チフス菌だ。三十二、三十三番、三十四番には腺ペスト菌。三十五番から四十二番は――」

上半身裸の痩せ細った男女が並んでいた。かの女も、列のなかに立っている。前に立った男と同じように疲れ果てた表情を顔に貼り付けて。後ろに立つ女とそっくりの、なにもかも捨てた、虚ろな瞳で。

露わな二の腕には、青い数字が刺青されている。

〈参拾伍〉

列の行く手には、木の椅子に座った初老の男と、看護婦が立っていた。男は白衣をまとい、手に注射器を構えている。

かの女の胸底から不安が滲んでくる。

（なにを注射されるんだろう）

背後から、きびきびした男の声が湧きあがる。

「這里！　進室!!」

その声に振り返った人々の列から、どよめきが起こった。二人の兵士に小銃を向けられて、この部屋に引きたてられたのは、三人の男女である。中年男と中年女、そして男の子。

あの一家だ。

人々のなかから小さな呟きが洩れる。

「……崑央……」

三人の家族は、人々の怯えた視線を全身に浴びながら、ゆっくりと列の横に進んでいく。

「三十二、三十三、三十四だな。こっちへ来い」

白衣の男がそう言って立ち上がった。手にした注射器を看護婦に渡す。看護婦は、代わりに新しい注射器と大きなアンプルを返した。

中年男の左の二の腕には、〈参拾貮〉。中年女の二の腕には〈参拾参〉。男の子のそこには〈参拾肆〉と刺青されている。

三人は、他の連中とは違って、怯えたところがまったく見当たらなかった。男の子にいたっては、薄ら笑いさえ浮かべていた。

白衣の男は、己れの前で足を止めた中年男に、金冠を被せた門歯を見せつけるように、笑いかける。

「お前らが満洲人どもの言うような化け物だとしても、これでお終いだ」

中年男は日本語が理解出来ないらしい。無表情に、左手をとられるままだ。白衣の男の右手の注射器の針が、裸電球の光に反射する。その尖から、液体が噴き出た。と思った次の瞬間、注射針は中年男の二の腕に突き立てられる。

思わず、かの女は、眼をそむけた。

(毒じゃない)

心の何処かからそんな声が湧いてくる。

(あれは毒よりも恐ろしいもの……。病原菌だ!?)

中年男の腕から引き抜かれた注射針は、続いて、中年女の二の腕に突き立った。ガラスのなかの液体が、きっかり10cc注入される。

最後は――――――男の子だ――――――が、しかし、かの女は――　――かれの細い腕に注射されるのを見ることなく、幻覚から解放された。

気がつけば、ＣＲＴを前に座っていた。

画面の上では一行の文章が点滅している。

それは――

（黒き死を与えたまえ）

杏里が解読した、四十億語の暗号文で最も多く繰り返されるパターンであった。杏里はＣＲＴに向かって問いかける。

「なにが言いたいのよ？」

だが、ＣＲＴは応（こた）えることなく、点滅を繰り返すばかりだった。

第四章　王女に黒き死を

1

ＴＶによれば、昨夜もセ氏三十五度の熱帯夜だったらしい。中国東北部の地震の被害は、未だ全容が把握されておらず、国連では救助隊の派遣を検討しはじめているそうだ。

睡眠不足の頭にパンチをいれてくれるニュースは他になく、杏里は少々ボケ気味で、オフィスに出勤した。

すでにオフィスでは、宮原と下河原、そして片岡が待っている。

「リー博士は、どうしました」

杏里が問うと、宮原がアクビを噛み殺しながら応える。

「とっくにラボだよ。今朝の三時ようやく会議が終わったんだ。リー博士は、その足でラボ入りさ。まったく中国人ってのはタフだね」

それを聞いて、杏里の唇の端が少しばかりひきつった。

（まさか、リー博士の名をかたって、ラボのメインコンピュータをいじったのがバレたんじゃないでしょうね）

ゆっくりと動悸が早くなっていくような気がする。もちろん、気のせいだろう。杏里は自分にそう言いきかせて、つとめて平静をとりつくろった。

「しかしまあ……昨夜の会議のお蔭で……なんとかプロジェクトの方向性も見えてきたんだから……いいじゃないか」

下河原は生アクビを三度も洩らしながら、宮原に言った。宮原は涙の浮かんだ眼をこすってうなずき、二人とも完全な睡眠不足の様子だった。

「では、ラボへ行きましょうか」

片岡が立ち上がって、大きな声で言った。今朝オフィスにいる人間のなかで、片岡一人、元気がいい。その陽灼(ひや)けした顔には二日酔いの影すら見受けられなかった。

「片岡さん、内臓が丈夫なのね」

杏里は半ば呆(あき)れ顔で言いながら、席を立った。下河原と宮原が、それに続く。宮原は白衣のポケットからIDカードを取り出し、片岡に手渡した。

「これ、預かっといてくれ。寝不足で、落とすか、忘れるかしてしまいそうなんだ」

「分かりました」

と、IDカードを受け取って、片岡は、杏里と肩を並べるかたちで歩きだす。

「崑央(クン・ヤン)のこと、ちょっとだけ、分かりましたよ」

いきなり片岡は小声で切り出した。

「よく調べる時間があったものね」

眼をまるくした杏里に、片岡は得意そうな笑みを投げかけて、

「昨夜(ゆうべ)くらいの酒だと、かえって頭が冴(さ)えてしまって、あれこれ本が読みたくなってくるんですよ。森下さんも、そういうこと、ありませんか」

杏里の心臓が、一瞬、縮みあがった。

(この人……昨夜のことを知ってるんじゃ)

だが、片岡はそんな表情は曖気(おくび)にも出さず、言葉を続ける。

「どうやら、崑央(クン・ヤン)ってのは、漢族じゃなくって、満洲族の伝説に出てくる土地のようですね」

「満洲……じゃあ、清(シン)朝の」

「ええ。それも、ポピュラーな伝説ではなくて、宮廷内で継承された伝説らしいです。日本でも、よくあるでしょう。『古事記』『日本書紀』以前の日本古

代史を記したとかいうインチキなのが。あの類です
ね。清朝こそは、漢族よりも古く、太古においては中国全土のみならず、世界を支配していたのである、と」

「……秋山さんが好きそうな話だわ」

「そう。オカルトです。おそらく清朝が成立した頃に、権威と格式を付けるためにデッチあげられた伝説なんでしょう」

「それで？　その伝説には、崑央はなんだって？」

杏里は、どうでもいいような口調で尋ねたが、その瞳は熱を帯びていた。

「人類が発生する以前、この地球は、何種類かの知的異生物によって分割・統治されていた。すなわち、龍族、祝融族、土狼族、風牛族、星辰族――これが、水・火・土・木・金を象徴しているのは、お分かりでしょう。このうち、龍族の末裔が漢族。土狼族の末裔が満洲族。風牛族の末裔がチベット民族となった……」

「祝融族と星辰族は？」

「それなんですよ。この伝説の面白い所は。火を象徴する祝融族は、黄帝――満民族の伝説なのに、ここに黄帝をちゃっかり持ってくるあたり、漢族も、もとは自分たちの仲間だ、と訴えてるんでしょうね。ええと、祝融族は、黄帝に反旗を翻したので、地底に封じこまれた。その大空洞のことを崑央というのだそうです。対して、星辰族は、天の彼方に放逐された、と――」

「……地底の大空洞が……崑央ですって」

唇を震わせて呟いた杏里の脳裡に、一枚の絵が浮かんできた。それは、足元の地面を指差して、哄笑するラマ僧。昨夜、秋山はるかから電話をもらう前に見た幻覚のひとコマだ。

（崑央は地底にある……）

そう心のなかで繰り返すと、ラマ僧の笑顔は消え、

代わって意味ありげな笑みを広げたリー博士と、かの女の言葉が耳の奥に甦る。

（旧支配者――）

戦慄が、杏里の尾骶骨から背骨を昇り、頭頂へと駆けぬけていった。

（人類以前の知的生命体ですって？　そんなの非科学だわ。まるで、オカルトそのもの。夢物語よ。絶対にありえない……）

理性がヒステリックに喚き散らした。

しかし、その一方で、杏里は自問する。

（どうして、人間は、己れ以前に地球を支配していたものの存在を、こんなにも気にかけるのだろう？）

片岡は、後ろについてくる二人の上司を、気づかれぬよう親指で差しながら、

「課長も部長も、リー博士と社長の影響を受けて、そんな伝説をマジに受け取っているみたいですよ」

杏里はつられて、肩越しに振り返る。

宮原のエリート社員然とした顔と、下河原のおだやかな初老男の顔――それらは、どんな角度から見ても、一九九七年のトップ企業において、いかにも役職に就いていそうな顔であった。

だが、その顔を一枚めくれば、怪しげなオカルトを信ずる愚かな顔がある……。

「信じられないわ。プロジェクトＹＩＮって、ひょっとすると、大いなる金の無駄使いなんじゃないかしら」

――やがて、一行は、四十階の西南の角にあるエレベーターに辿り着いた。ラボ直通のエレベーターだ。

片岡が、宮原のＩＤカードをリーダーに差しこんだ。リーダーがカードを吐き出す。それを片岡が引き抜くと、エレベーターの扉が開かれた。

エレベーターのなかから熱気が四人の顔に迫っ

てくる。いままで籠もっていたらしい。一瞬、四人は息苦しさを覚えた。

「エレベーターの冷房、故障してるんじゃないのか？」

手の甲で額を拭いながら、まず、下河原が乗りこんだ。

下河原にうなずいて、宮原がハンカチを取り出す。

「九時現在で、外界はセ氏三十八度だそうだ。昨晩は、遂に暑さで人死にが出たらしい」

「しかし、まあ、ラボに行けば、しっかり冷房が効いていますから」

にこやかに言うと、片岡は、杏里が乗りこんだのを確かめて、ボタンを押した。

静かにドアが閉まる。

杏里の横に立つ片岡が、不意に振り返った。かの女もつられて振り返る。背後では、宮原がエレベーターの壁を、下河原が天井を見つめていた。


「どうしました？」

杏里は尋ねながら、粘り付くような視線を感じ、扉の方へ眼を戻した。

「誰かに見られてるみたいな……」

宮原が困惑した口調で応えた。

「いや、壁じゃない。視線は上だよ。誰かが天井の方から、我々を監視しているのだ」

下河原は、しきりに天井に向かって顎をしゃくった。

「ぼくは、部長と課長が、ぼくの背中を見つめてるように感じてるんですけどね」

片岡がそう言うと、杏里は首を横に振る。

「違うわ。扉よ。扉のなかにＴＶカメラが仕掛けられてるのよ。あと、四十階のオフィスのいたる所に。わたし、初めてオフィスに着いた時、それを感じたわ」

〔全方位からの視線〕

そんな言葉が心に浮かんできて、杏里は口をつぐむ。他の三人も、同様に沈黙した。四人の汗ばんだ顔が蒼ざめていく。

沈黙と熱気で杏里は息苦しくなってきた。胸を押さえる。心なしか、少しずつ動悸が早くなってくるようだ。

(早く着け、早く着け、早く着け……)

杏里は口のなかで呪文のように繰り返した。

エレベーターが静かに止まる。

四人は一斉に、音をたてて安堵の吐息をおとした。静止と同時に何者かの視線が、嘘のように消えてしまったのだ。

「気のせいだろう」

下河原が自分に言いきかせる口調で呟いた。

残る三人は、小さくうなずく。

(そう信じるしかないわ。きっと睡眠不足のせいよ)


扉が左右に分かれていった。

戸口の向こうは、純白に塗り固められたラボだ。ただし、その様子は、いつもとまるで違っていた。

人民帽を目深に被り、人民服の腰に弾帯を巻きつけ、旧ソ連式の銃剣付き突撃銃を縦に構えた男たちが、ずらりと横に並んでいる。

「……なに、これ……人民解放軍じゃない」

ひきつった顔で、杏里は、片岡に向き直った。片岡は同じ表情になって身を翻す。

「課長、これは――」

宮原は激しくかぶりを振った。

「わたしは何も聞いていない！」

「いや、わたしも知らないぞ」

下河原も首を横に振った。

と、その時、兵士たちは一斉に担え銃の姿勢をとる。狭い廊下から高らかな靴音が響いてきた。白衣をまとった銀髪の女性が、唇に浅い笑みを刻んで足早にエレベーターの前にやって来る。

　リー博士であった。

「諸君、おはよう。今日も頑張って仕事をしようではないか」

「そんなことより、このものものしさは何ですか!?　かれらはどうして小銃を携行しているのです。明らかに法律違反ですよ」

　宮原がエレベーターを跳び出して、小柄な博士に食ってかかった。

「そう喚くな。これはプロジェクトの機密を保持するためのやむを得ない処置だ。社長の了承は得ているし、日本政府も認可している」

「……なんで政府が……」

　杏里は絶句した。

「今朝三時すぎ、ラボのメインコンピュータに、アメリカの多国籍企業と思われるハッカーが侵入したのだ」

　リー博士は説明しながら、ついて来い、と人差し指を何度となく曲げた。四人は、互いに顔を見合わせ、おずおずと博士のあとに従う。ただでさえ狭い廊下に、胸板の分厚い兵士が横一列に並んでいるため、四人は肩をせばめなければならないほどだ。

「しかし、世の中はどう転ぶか分からないな。ハッカーのお蔭で、ミイラのＤＮＡに秘められていた古代のメッセージが明らかになった」

　そう言うと、リー博士は杏里に一瞥をくれた。杏里の心臓が縮みあがる。

（まさか、博士はコンピュータにアクセスしたのが、わたしだと知っているのでは……）

2

　まるで兵士たちが北京式の寒気を放射してでもいるかのように、今日のラボの寒さは、大陸の冬を杏里に連想させた。

おそらく冷房を最大にしているのだろう。まるで冷蔵庫のなかのようだ。吐く息は空中で白く曇り、眼の粘膜が痛くなってきた。さらに腰の奥の方からも、鈍い痛みが湧(わ)いてくる。

「この冷房は何事です」

宮原が神経質に瞬きを繰り返しながら、リー博士に尋ねた。その口調には微(かす)かに不安がこめられている。

「兵士と同様に社長の了解は得ている。ラボを零下四度前後に保たねば、ミイラは保存出来ないことが分かったのだ」

「――急に？　昨夜ですか？」

杏里は疑わしげな眼差(まなざ)しをリー博士に投げつけた。

「今朝だよ、森下さん。今朝、午前四時に、突如としてミイラは腐敗の徴候を見せはじめた。だから、やむを得ず、冷蔵保存に切り替えた」

ラボの入口のドアの左右に、防菌マスクをして、白衣をまとった男が一人ずつ立っている。かれらの前には、消毒液の湛(たた)えられた洗面器と、空圧式の注射ガン、そして薬液の入ったアンプルが並んだトレイが据えられていた。

「かれらは何者だ。ラボのスタッフではないようだが」

下河原がマスクの男を指差し、大声で尋ねた。男たちは、ゆっくりとこちらに振り返る。

「今朝早く、わたしが呼び出した在日大使館の防疫班チームだ」

平然とリー博士は応(こた)えてから、下河原の耳に爪尖(つまさき)立って、何事か囁(ささや)いた。

すかさず、杏里は耳を澄ませる。

「……プリンセスを目覚めさせる方法を……発見したのだ……鍵(かぎ)は……菌だ……」

確かに、杏里にはそう聞こえた。

（プリンセスを目覚めさせるって!?　博士は、ミイラを蘇生(そせい)させるつもりなの。この人、本当に正気なの？　それでも科学者の端くれ？）

　下河原は顔色を変えて、小さくうなずくと、宮原の方に顔を寄せ、そっと耳打ちした。

　コクッ、という音が廊下に響く。宮原が唾(つば)を呑(の)みこんだ音であった。普段は冷徹そのものの宮原の顔が、瞬く間に紙のように白くなっていく。ただし、銀縁眼鏡のレンズの底で、瞳(ひとみ)が顔色に反比例して、狂ったように熱を帯びはじめた。

「森下さん、片岡主任。リー博士の説明によると、ミイラの体内で特殊な病原菌が生存しているのが、確認されたそうだ。そのため、万が一に備えて、ラボに立ち入る人間は、全員、予防注射を受けることに決まった」

　抑揚を圧(お)し殺した口調で、宮原は説明しながら、四人に率先して片腕をまくりはじめる。

「病原菌ですって。新宿区保健所には連絡したのですか」

　片岡が詰め寄ると、宮原は微かに首を縦に振って、

「した」と蚊(か)の鳴くような声で呟(つぶや)いた。その腕に注射ガンの射出口が押し当てられる。

「それで、病原菌は何です」

　杏里が尋ねるのと同時に、注射ガンの引き鉄(がね)が引かれた。シュウッ——空気の洩(も)れる音とともに、宮原の頬(ほお)が歪(ゆが)められる。

　下河原と杏里の手が引かれ、手際よく袖(そで)がまくられていった。宮原がドアの前まで進む。かれに注射した男に、片腕を露(あら)わにした片岡が近づいていく。

「注射を受けたなら、教えてやろう」

　リー博士は、そう応えると、メス狼(おおかみ)を思わせる細面に薄笑いを広げた。

「…………」

　杏里の左腕が消毒液を含んだ脱脂綿で拭(ぬぐ)われた。

注射ガンの射出口が、ぐいと押し当てられる。清潔な白い指が引き鉄を引いた。

シュウッ――その音と同時に、鈍痛が左腕に走った。痛みは、ほんの一瞬だ。注射ガンが引かれる頃には消えている。

「注射を受けましたよ。病源菌は何ですか」

杏里は挑戦的な視線をリー博士に叩きつけた。博士は、ちょっと肩をすくませる。まるで昨夜と同じだ。シャンパンを呑みながら軽口を叩くのと変わらぬ口調で、

「腺ペストだ」

リー博士は笑いながら言った。

杏里と肩を並べた片岡が身震いする。

「法定伝染病だぜ、確か」

片岡は動揺のあまり、砕けた口調で呟いた。

杏里の耳奥で、昨夜の幻覚に現れた白衣の男の声が反響してくる。

（三十二番、三十三番、三十四番には腺ペスト菌――）

あの男は、哀れな三人家族に、こうも言っていた。

（お前らが満洲人どもの言うような化け物だとしても、これでお終いだ）

ＣＲＴの画面で点滅している一文が、眼に浮かんでくる。

（黒き死を与えたまえ）

中世ヨーロッパにおいて暴威をふるい、何百万人という死者を出したペストは、黒死病と呼ばれたのではなかったか。

潜伏期間は、二日から八日ほど。高熱を発し、激しい頭痛、衰弱、手足の疼痛、悪心、嘔吐、下痢、腹痛に襲われ、やがて患者は悶え死ぬという。

現在は、中国雲南地方やヒマラヤ高原といった中央アジア、中央アフリカ、中央アラビアにしか見られない伝染病であった。

「心配には及ばん。現在はストレプトマイシンで、

簡単に治療出来る。殷代や、中世ならば悪魔の業病かもしれんが、一九九七年においては、香港風邪より遥かにマシな病気だ」

リー博士は、杏里と片岡に言うと、宮原の方に向き直った。

「課長、ラボへ入りたまえ」

「ちょっと待って下さい！」

杏里は語気を荒げて、リー博士に迫った。

「わたしたち以外のＪＧＥビルにいる、すべての人間に予防注射をすることを要求します」

「必要ない」

リー博士は、言下に決めつけた。

「そうとも。そんなことをしたなら、いらぬパニックを社員に惹き起こすだけだ」

下河原が杏里をたしなめる。

「さらにプロジェクトＹＩＮの機密が、出入り業者の口から、他社に洩れる危険性もある。企業は大学の研究室とは違うのだ」

ドアのノブを握った宮原も、ぎらぎら光る眼を杏里に向けて、

「ラボに出入りする者だけで充分だろう。もし、何か起こったら、わたしがすべての責任を取る」

杏里は、宮原の白い顔を睨めつけた。

「本当ですね。この場限りの言葉ではありませんね」

宮原はこっくりとうなずき、苛立たしげな口調で、片岡を怒鳴りつける。

「おい！　ＩＤカードをリーダーに入れろ」

「――はい」

片岡が杏里の眼の前を擦り抜けて、ドアの横に取り付けられた磁気リーダーに駆け寄っていった。かれのいた位置まで、リー博士が進む。博士は杏里の耳に口を寄せると、笑いを帯びた口調で囁く。

「……黒き死を与えたまえ……」

杏里は、それを聞いて、竦みあがった。

やはり博士は、杏里がコンピュータに侵入したのを知っているのだ。

（ひょっとすると、わたしがアクセスするのを、ラボで見ていたのかもしれない）

そう思い到ると、杏里は、リー博士の不気味さに、いまさらながら戦慄を禁じ得なかった。

（だとしたら、どうして黙っているの？　なぜアメリカの多国籍企業の仕業だなんて、とぼけるの？）

眼をまるくして、杏里はリー博士を見つめる。だが、博士はそれ以上、なにも囁くことなく、片岡の開けたドアの向こうへと去っていった。

3

ラボのなかは、廊下よりもさらに冷やされており、まるで冷凍庫といった有様だ。

精密機器にはいいのだろうが、人間にはたまらない。冷たい空気を吸いこむなり、片岡はクシャミを二発洩らした。

鼻を啜りながら、片岡はリー博士に尋ねる。

「本当に、これで零下四度なんですか」

「諸君は蒸し暑いエレベーターからラボに移ったので、実際以上の寒さを感じるのだろう」

「真冬の北海道みたいだ。上着を持って来ればよかった……」

げんなりした表情で、片岡は両肩を抱いていった。

「そうぼやくな。これでも北京の晩秋程度だ」

リー博士は笑い顔で応える。

「いずれ、十一月の北京に、諸君をご招待しよう。あの身も引き締まるような空気を是非とも味わわせてやりたいものだ」

杏里はそっと下唇を噛み、心のなかでリー博士に呼びかける。

（そんな空気をいくら吸ったからって、あなたの訳

の分からない性格を理解できるとでも言うのかしら）

広すぎるフロアのラボを二十分ほど、五人は黙って進み続けた。そうしているうちに体が寒さに馴れてきたのであろうか。とげとげしいばかりに思われた冷房が、さして気にならなくなってきた。

いや、それどころか、肌からうっすらと汗が滲みだしてくる。

「暑いな」

眉をひそめて、片岡は言った。

「ねえ、森下さん。暑いでしょう」と同意を求めてくる。

「そうね……言われてみれば、少し暑いかしら」

杏里はリー博士の反応を窺いながら、曖昧に言葉を濁した。

リー博士の唇の端が、片岡の台詞を聞いて、わずかに吊り上がったように感じたが、多分、気のせいだろう。杏里は息を潜めて、さらに眼を凝らした。

と、不意に眼が痛くなる。汗だ。杏里はツンと染みる眼をこすった。額から垂れてきた汗が、眼に落ちてしまったのだ。

杏里は、片岡に振り返って、苦い表情で応える。

「少しじゃなく、かなり暑くなってきたわね。汗が眼に入っちゃった」

白衣をめくって、片岡はズボンのポケットからハンカチを引き出した。貸しましょうか、と杏里に差しだす。杏里が首を横に振ったのを見ると、己れの額を拭った。

「晩秋の北京から、一気に春のボルネオにやって来たみたいですね」

だが、軽口を叩けるのも、そのあたりまでだった。

行く手に、白銀の輝きが見えてくる。それが透明な正方形の内側から光が放射されているのだ、と杏里は眼を細めて、初めて理解出来た。ミイラの納められた例の箱だ。

(なに？　どういうこと？　ミイラに光線を照射しているの？)

「あれは何ですか、博士」

杏里が問うより早く、宮原がひきつった顔で尋ねた。

「…………」

リー博士はなにも答えず、ただ進み続ける。

強化プラスチックの正方形に近づくにつれて、暑さがつのってきた。どうやら白銀の光とともに、著しい熱が正方形の内側より放たれているようだ。

ミイラまで、あと十歩ほどというところで、リー博士は足を止めた。

「これ以上、近づくには防熱服が必要だ」

リー博士と肩を並べる位置で、四人は立ち止まり、強化プラスチックの障壁のなかの様子を観察しはじめる。

まず響いてきたのは、蒸気が噴き出すような音だった。何度も断続的にその音は繰り返される。音が発せられるごとに、白銀の輝光は一層眩(まばゆ)くなるようだ。

「これをかけるといい」

リー博士は手近のデスクに歩み寄り、抽斗(ひきだし)を引いて、漆黒(しっこく)のサングラスをかけた。サングラスはあと四個ある。おそらく、ミイラに変化が生じたので、兵士に用意させたのだろう。サングラスを宮原に手渡した。

「…………」

宮原はサングラスをひとつ取り、残りを下河原にまわした。バケツリレー式にサングラスは片岡へ、杏里へと、まわされていく。

「わたしが持っているのと同じだわ」

独りごちながら、杏里は、セルフレームの遮光性の強いレンズのサングラスをかけた。

漆黒（しっこく）のレンズを通して見た時、それはブラウン管に流れる砂嵐（すなあらし）のようだった。

白く眩（まばゆ）い正方形のなかで、ストレッチャーが激しく揺れている。その上では、少女のミイラのシルエットが……。

「――――!?」

杏里はレンズの底で眼を大きく見張った。

少女のミイラのシルエットが、一瞬、ぶれる。次いで、それは点描（てんびょう）で描（えが）かれた絵のように変わった。点（ドット）が荒くなる。また細（こま）かくなった。シルエット。ただし、少女のそれではない。うずくまった大きな爬虫類（はちゅうるい）のようなシルエットだ。また、シルエットがぶれた。点（ドット）が荒くなって、さらに、かつて目にしたこともないなにかのシルエットを形づくっていく。

「アニメーションみたいだ」

そう言って、むせたのは、片岡ではなく、下河原であった。


「量子レベルから変容しているのだ。この光も、熱も、変容に伴った現象で、すぐにおさまる。……多分、今日一日で」

「量子レベルなんて……信じられないわ。トリックでしょう、これは」

苦しげに杏里は呻（うめ）いた。

「分子生物学者としては絶対に信じたくない現象だろう。だが、この世には、あなたの知識も及ばない、神秘も存在する。いま、見ていることが、すべてだよ。森下さん」

リー博士は皮肉な笑みを貼（は）り付けて、両手を軽く開いた。そんなポーズは、まるでシェイクスピア俳優のようだ。

「こんな……こんな……馬鹿なことが……」

低く繰り返しながら、吸いつけられたように強化プラスチックのケースを杏里は見つめ続ける。

不意に、その肩のあたりで、甲高い弾裂（だんれつ）が響いた。

杏里は小さな悲鳴を洩らす。反射的に身構えた。今度は、ガラスが砕けたような音が、足元より発せられる。が、ガラスなど床に散らばっていないのは、言うまでもない。

「ラップ音だ!? 霊現象だ――」

片岡が愕然として叫ぶと、リー博士は舌打ち混じりに苦笑した。

「非科学的なことを言うな、片岡主任。これはミイラの変容に伴った超電導現象だ。この光や熱と同じものと考えればいい」

「そうだ、言葉を慎しめ。かた――」

片岡に振り向いて、そう言いかけた宮原の声が宙に呑まれた。かれの身の両脇を、まるで何十人もの子供が駆けぬけるような音が横切っていく。きゃっきゃっ、という甲高い笑い声を曳いて――。

「量子レベルの変容とは、個体の振動率の変化でもある。あまりに激しい振動変化に、ラボ内の空気が共鳴して、このような音を発しているのだ」

大きな声で解説するリー博士は、なぜか、勝ち誇ったような表情をしていた。その博士の背後から黒くて細長い人影が伸び上がる。人影は女の金切り声を響かせて、一メートル七〇ほどの位置まで伸びたところで砕け散った。まるで幽霊や叩音、騒霊のオンパレードだ。

「耐えられないわ」

短く独りごちると、杏里は眦を決して、リー博士の正面まで足早に歩を進めた。博士の鼻尖に、人差し指を突きつける。

「なにをしたのよ、あのミイラに!?」

リー博士の隻眼が細められ、唇の両端が吊り上がった。メフィストフェレスの笑みだ。

「知っているのではないかね、森下さん」

意味ありげに前置いてから、リー博士は、言葉を続ける。

「黒き死を崑央のプリンセスに注入したのだ。すなわち、腺ペスト菌を、ね。五十三年前に佳木斯郊外にあった、関東軍の秘密研究所で、軍医がやったように……崑央の住人に腺ペスト菌を植えつけてやった……」

「……五十三年前……軍の秘密研究所……どうして、あなたはあれを知っているの？」

「石井部隊と同じだ。日本人が誰も知らないか、忘れたか、なかったことにしたがっているかのどれかだが、中国人で知らない者などいない」

リー博士は常になく感情の昂ぶりを見せ、吐き捨てるように応えた。

「結果は、五十三年前と、まったく同様のようだ。まず発光。次いで発熱。それから超電導を引き起こし、空気の異常振動へと続く」

「それから!?　それから、どうなるのよ」

杏里は、じれったそうに叫んだ。

リー博士は急に笑みを拭い、いつものような冷徹そのものの表情に戻って、

「怖れることはない。崑央のプリンセスが……ク、イーンに脱皮するだけのことだ……」

言うなり、右手をさっと挙げた。

杏里の眼の端で、宮原が、素早く動いた。

デスクに走り寄ると、その上から注射ガンを取り上げる。

「だから、なにが起こるかって訊いてるのよ！　あのミイラが、蘇るとでもいうの!?」

杏里の口から、ヒステリックな声が発せられた。自分でも驚いてしまうほど、感情的な口調である。

「落ち着いて下さい、森下先生」

リー博士と杏里の間に、下河原が身を滑りこませた。杏里の両手首を掴みとる。

「離してよ、部長。その手を離して!?」

そう叫んだ杏里の横首に、生ぬるくて硬いものが

押しつけられた。横目で見遣れば、宮原が、注射ガンを頸動脈の上に固定している。

「心配はいらない。ただの鎮静剤だ」

宮原はそう言うと、注射ガンの引き鉄を一気に絞っていった。

ぷしゅうぅぅっ――

圧縮空気の洩れる音を聞いてから、意識がとおのくまでは、一秒と隔たっていなかった。

4

そして――――かの女は――――――またしても――――悪夢とも幻覚ともつかぬ――――――世界に――――――放りだされていく。

まず感じるのは、夜。厳冬の凍った曠野を覆う夜の息吹きだ。それは、たとえば身を刺すような雪まじりの強風。薄いガラスが、カタカタ鳴っている。あまりの寒さに張りつめた電線が、風に震えて、女の泣き声に似た音をたてている。

それから、シュウシュウというスチームの音。とおくで誰かが歌をくちずさんでいる。もの哀しいメロディに乗った、あの歌は、なんだろう。何度も繰り返される「イエライシャン」というフレーズは、どういう意味だろう。

裸電球の明かりが、静かに眼になじんできた。剥き出しになったコンクリートの天井と壁と床。壁には棚式の寝台が、三段、据えつけられている。

かの女は、その一番下の段で薄っぺらな毛布にくるまって、病気の徴候に怯えていた。

寝台の上の方からは、同室の女たちの苦しげな呻きが、おとされ続けている。みんなと同じ注射をかの女は施されたのだ。

（三十五番から四十二番は――）

軍医の台詞が耳の奥で再生されるが、その声はひどくひずんでおり、語尾が曖昧で、おまけに早口の外国語のように感じられてよく理解出来なかった。ただし、あれが栄養剤や風邪薬でなかったのだけは、痛いほど理解していた。

（細菌を注射された……）

そう考えると、左の二の腕が痛みだす。そっと押さえた二の腕には、〈参拾伍〉の刺青が彫られていた。

「……烫……疼……痛苦……」

上の段に横たわった女が、切れ切れに訴えながら、激しく身をよじらせた。おそらく、女は、今夜中に死ぬだろう。悶え方がいよいよひどくなっている。

かの女は手を二の腕から薄い胸に移した。

鼓動は正常だ。熱もない。痛みも感じないし、吐き気もしない。かの女は、己れの症状をチェックしていく。

（同じ日に、同じ細菌を注射されて、わたしだけが正常だ。ひょっとすると……助かるかもしれない。きっと、免疫があったんだ……）

そう考えると、先程までの怯えが小さくなっていった。一瞬、かの女は首をひねる。

（いまのは誰の考えだろう。森下杏里なのか、それとも名も知らぬ、収容所に捕われた中国人の少女なのか？）

二人の意識は重なり、絡み合い、記憶さえも混濁していた。疑問を抱いた一秒後には、

（銃を手に入れられれば、ここから脱出できるのだが――）

などと真剣に思いを巡らせている。

不意に鉄格子のはまった窓が光った。

昼の陽光を連想させる眩い光だ。しかも、白銀の光!? 室内が明るく照らされる。

弾かれたように寝台から起き上がった時、今度は、爆発音が轟いた。

かの女は寝台から跳び降りると、反対側の壁へ駆け寄る。そこには一段だけ寝台が設えられていた。

死亡した者を横たえるための寝台だ。寝台に跳び乗って、爪尖だった。

窓から外を覗きこむ。

満洲人たちが収監された獄舎の壁に、大きな穴が穿たれていた。その内側から白銀の光輝が迸っている。光は水平に、杏里の眼と顔を襲った。反射的に眼をつぶる。顔に熱波が注がれる。

「敵襲だ！　敵襲、敵襲」

そんな叫びが近づいてきた。叫びに銃声が重ねられる。まるで爆竹のような安っぽい音。

かの女は窓に背を向け、腰をおとした。膝を立て、寝台に坐る。じんじんと痛む眼を押さえ続けた。赤黒い残像が、真黒いスクリーンを流れていく。

（あそこには……崑央から来た家族も……収監されていた……）

と、かの女は思った。次の瞬間、痛む両眼から涙が溢れてくる。胸の底から嗚咽がこみあげてきた。

外から日本兵の緊張した大声が聞こえる。

「火を消せ！」

「凄い熱と光だ」

「光源は何だ!?　なかの丸太は無事か」

（丸太だって……。無抵抗の人間を強制的に狩り集めて、そんな名前で呼ぶような奴らは、みんな、殺されてしまえばいいんだ）

そう考えたかの女は、突然、笑いの発作に襲われた。

（……崑央から来た化け物に……みんな……食われてしまえ）

かの女は激しく哄笑し、同時に号泣しはじめる。狂ったように、何度も、何度も、コンクリートの壁に背中と後頭部を叩きつけていった。鈍い音が空気を掻きまわす。

それに、機関銃を一斉掃射する銃声と、爆発音、兵士たちの叫喚、他の獄舎に捕われた人々の悲鳴が重なって――――――窓の外から――――――白銀の光は洩れ入り続け――――――いつの間にか――――――かの女は幻覚より解放された。

白い光。

銀色ではない。純白の光だ。

蛍光灯か……。

秋山はるかの声が聞こえてくる。

「気がつかれましたか」

眼の焦点が、徐々に戻ってきた。それに伴って五体の感覚も甦る。杏里は、ゆっくりと声のした方に首をまわしていった。

秋山はるかの心配そうな顔が、視界に飛びこんでくる。

「ご気分はいかがです」

「最低よ」

いがらっぽい声で応えた。呂律が少しおかしい。おそらく鎮静剤の副作用であろう。静かに上体を起こしていった。

「ミネラルウォーターでもいかがです」

「ありがとう。いただくわ」

その頃になって、ようやく自分が医務室らしき部屋にいるのが、ぼんやりと分かってきた。白い内装に、純白のベッドとシーツ。染みひとつない、真っ白な衝立。特有のエタノール臭。そして薬品棚――。

秋山はるかは、衝立の向うに消えると、少しして、水の入ったコップを持って来た。

杏里はコップを受け取り、冷たい水を一息に飲み干した。コップを秋山はるかに返しながら、尋ねる。

「どのくらい眠らされていたの」

「いまは午後三時ですから、大体、五時間ほどじゃないでしょうか」

「なんてこと……。時間を無駄にしてしまった。おまけに、まだ頭がくらくらするし」

杏里は愚痴っぽく言いながら、軽く頭を振った。

偏頭痛を覚える。妙に地に足がつかない感じもしていた。

「それじゃ、わたし――」

と、秋山はるかが頭を下げようとするのを見て、杏里は鋭い語調で、

「待って！」

次いで、懇願するように続ける。

「お願いよ。一人にしないで。あんなものを見てしまって、たった一人にされたら、気がどうかなってしまうわ」

秋山はるかの瞳が、衝立の向こうに流された。

衝立の裏から、咳払いがある。

哀しげに眼を伏せて、秋山はるかは、一礼すると、衝立の向こうへ消えていった。

「誰なの、そこにいるのは？」

杏里が怒った口調で問うと、衝立に、小柄な人影がおとされた。人影は黙っている。


ドアが閉まる音が聞こえた。

秋山はるかは、出ていってしまったようだ。

それに安心したか、老女の声があがった。

「ラボ内の出来事を口にするのは、厳禁だ。これは、二度と忘れないでいただきたい」

リー博士だ。

衝立の裏から、ぬっと現われる。

杏里は唇の両端を引き締め、表情を硬張らせた。

「普通、薬物で得られた睡眠は、夢を伴わない筈だが。それにしては、ひどく魘されていた。余程の悪夢を見たらしいな」

つとめて冷静に、杏里は応える。

「量子レベルから個体が変容するのを目撃した分子生物学者は、大抵、悪夢に魘されると思いますが」

「確かにそうだ」

と、うなずいて、リー博士は笑い声をあげた。乾いた笑い声である。杏里には、それが陶器のこすれ

合う音に聞こえた。自然に杏里の眉は、ひそめられていく。

「ここは何処なの？　ラボのある階じゃないわね。秋山さんはラボには入れないもの」

「五十三階だ。つまり、パブと同じ階。ラボの一階上――。医務室を置くには恰好の階ではないかね」

　肩をすくめてリー博士は応えると、白衣のポケットから煙草を取り出した。一本くわえて、火を点す。紫煙を美味そうに吸い、音をたてて吐き出していった。

　リー博士の隻眼が、杏里を見据える。

「プロジェクトＹＩＮのスタッフともあろう者が、あの程度のことで、ヒステリーを起こしては困る。今後のステップに進めないではないか」

「だったら、わたしをいますぐ解任しては？」

　杏里が皮肉に唇を歪めて問うと、リー博士は、力をこめて断じる。

「それは、駄目だ！　絶対に出来ない」

「どうして、わたしが必要なの」

「それは――」

　と言いかけて、リー博士は煙草をくわえた。

「あなたが、日本有数の分子生物学者だからだ。わたしは、あなた以外の人物を認めない」

「嬉しいけど……ちっとも嬉しくない言葉ね」

　杏里は鼻を鳴らした。

「どうして、あなたなのかは、プロジェクトＹＩＮが進むにつれて、分かるだろう」

　リー博士の口調は、やや、トーンダウンしていた。煙草を吸い、煙を吐く。まるで、そうやって、喉元まで出かかっている言葉を消そうとするかのように。

「それよりも、あなたに、多くのことを知ってもらいたいのだ。そうして、神秘に対して耐性を持っていただきたい。先程のような反応を二度と見せないように……」

「ヒステリーで悪かったわね」

子供みたいにふくれっ面になった杏里に、リー博士は、右手の人差し指を立てて、何度か曲げて見せた。ついてこい、というサインである。

「歩けるか?」

「偏頭痛がして、足が雲の上にいるみたいだけど」

「あの処置については、本当に悪かった。心の底より詫びさせてもらおう」

リー博士は、深々と頭を垂れてから、片手を杏里に差し出した。

「さあ、わたしの手に掴まりたまえ」

杏里は、おずおずと、リー博士の手に己れの手を伸ばしていった。静かに掴む。その手応えは硬く、頼もしく、とても七十過ぎの老女とは思えない。

がっしりと杏里の体重を受けとめて、ベッドから降ろさせた。

「見かけは小柄だけど、強い力ね」

「これでも貧農の生まれでな。十六の時まで畑仕事から水汲み、荷運び、と男に出来ることは、すべてこなしてきた」

リー博士は杏里に肩を貸して、歩きだした。

衝立を越えると、デスクがあった。その上の灰皿に、くわえた煙草を揉み消して、リー博士はいよいよ本格的に、杏里を医務室の外へと連れ出していく。

そんなリー博士に、杏里は、これまでとは正反対の好感を覚えはじめた。

なんだか、怪我を負った娘が、優しい母親に肩を借りて、歩いているような気持ちだ。

5

リー博士に導かれて、杏里は医務室の外に出る。

驚いたことに、そこは、パブの入口に続く鉄の螺旋階段の後ろであった。

「それで、どこへ行くの？」

　杏里は投げ遣りに尋ねた。

「五十一階に来てもらおう。わたしの自室と図書室がある。そこで……神秘を知ってもらいたい」

「はいはい、神秘ね。なんでも前向きに知りたいわ。なんたって、わたしは科学者なんですから」

「建設的な意見だ」

　一言呟いて、リー博士は破顔した。

「で、五十一階へは階段で行くの？」

「このビルには緊急避難路以外の階段はない。それは火災や地震が起こった場合のみ、コンピュータによって解放される」

「火災防止条例違反ね」

　杏里は、呆れたように天井を仰いだ。

「日本の法律など、ここには適用しない。……それより、プールの向こうに直通エレベーターがある。そこまで歩けるか」

「なんとか大丈夫そう。……どうでもいいけど、このビルは、直通エレベーターが何台あるの」

「網の目の数ほども、だ」

「よく覚えていられるわね」

「一般社員には覚える必要はない。頭に叩きこんでいるのは、幹部社員だけだろう」

　そんな会話を交わしながら、二人は、プールの横を通りすぎていった。

＊

　五十三階と五十一階を結ぶ直通エレベーターは、完全にプライヴェート使用が目的のようだ。

　広さは、大人二人が立って一杯である。床には赤い絨毯仕様のマットが敷かれ、四方の壁は黄色と黒という工事表示のような斜め縞の入った防音マットが貼られていた。天井から牛の頭のレリーフ――殷代風だ――が、こちらを見下ろしている。

「凝った作りのエレベーターだこと……」

レリーフを仰ぎ見ながら、杏里は呟（つぶや）いた。

「理由があっての内装だ。けっして無意味な虚飾ではない」

リー博士は、小学生を諭す口調で応（こた）えた。

エレベーターが止まる。

五十一階だ。扉が音もなく左に流れていった。

扉の向こうは、まるで鰻（うなぎ）の寝床といった有様であった。

エレベーターからフロアの果てまで、目測でおよそ四メートルほどの幅の廊下が一直線に伸びている。その左右には安っぽい合板の壁とドアが連なっていた。

「ここは？」

と、首をひねる杏里に肩を貸して、エレベーターの外へ進みながら、リー博士は応える。

「我々、中国人スタッフの〈寮〉だ。わたしの自室と研究室、そして図書資料室がある」

そう説明されても、どのドアにもプレートや数字の表示はない。ただ、同じような合板のドアと出来合いのノブが、べったりと並んでいるばかりだ。杏里にはどこがどうなのか、皆目、分からなかった。

「六つ目の右のドア……ここだ。ここが、わたしの研究室になっている」

リー博士は右手でドアを指差して、右に折れ、ノブに手を伸ばした。

ドアを開けると、異様な臭気が室内より放たれる。それは埃（ほこり）とカビと湿った紙――古本屋の匂（にお）いだ。次いでコピー機から漂うような匂い。さらに、エアコンをフル稼働させた時に感じるような匂いが、鼻を掠（かす）めた。

「入りたまえ」

杏里はリー博士に促され、研究室に踏み入る。博士が壁のスイッチを押し、蛍光灯が瞬いて、真っ暗だった研究室を照らしていった。

広い研究室であった。

この部屋だけ、特別仕様になっているのかもしれない。少なくとも、二十畳はありそうだ。そこに書籍を詰められるだけ詰めこんだ書棚や、スチール製のパソコンラック、十台近いTVモニター、さらに杏里でも何に使用するのか判別できない計器類や精密機器が犇めいている。

かろうじて、中央に据えられた巨大なスチールデスクと椅子、その正面の細長いソファが置かれたあたりだけが、空いていた。

リー博士はドアを閉めると、杏里をソファまで運んでいき、静かに座らせた。

杏里は、デスクの上にうずたかく平積みされた、分厚い本の山を見つめる。――『山海経釈義』『淮南子異論』『繫辞伝』『尚書』といった中国の神話や伝説、易や呪術を論じた書物があった。その横には、ウィリアム・リードの『極点の幻影』、ベラリング=グールドの『断崖の城と欧州の穴居生活』、ハロルド・ベイリー著『古代英国』といった英語で書かれた本が雑然と並んでいる。

あるいは、なんの関係もないSFの古雑誌が、その上に載せられていた。

（ええと……〈空飛ぶ円盤〉誌ですって。一九五九年十二月号……ボロボロのパルプマガジンじゃない。こんなものを、どうして後生大事に置いてるのかしら？）

かと思えば、書棚にはブルワー・リットンだの、ニコライ・リョーロフだの、ドネリーだの、オッセンドフスキーだのといった、聞いたこともない名前が仰々しく並べられている。

「おそらく、あなたは神がかった連中の著した、読めば頭のおかしくなりそうな本ばかりだ、と思っているだろう」

皮肉に笑いながら、リー博士は、ソファに面したデスクに就いて言った。

「とんでもない。見る人が見れば、きっと凄いコレクションなんだろうな、と思ってるわ。生憎と、わたしには興味がないけれど」

　杏里は静かな口調で、煙草をくわえるリー博士に応えた。古本屋のような匂いは、この圧倒的な奇書の山から発せられていたのか、と心密かに納得する。ドアの上に眼を移せば、大型のエアコンが低い振動音をたてながら、埃を掻きまぜていた。

「ひとつだけ、質問していい？」

　もの珍しげに、書棚の書名を眼で追いつつ、杏里は尋ねる。

「リー博士、あなたの専攻は何学なの。史学かしら。それとも民俗学？　考古学じゃないわよね。まさか量子力学とか、生体工学ってことはないでしょうね」

「…………」

　リー博士は、下を向いて、じっと考えこむような表情を杏里に見せた。煙草の煙を吐き出す。顔を上げると、途切れがちに応える。

「わたしの専攻は……日本のアカデミズム体系では……おそらく……当てはめることはおろか……定義することも不可能だろう……」

　そこで、また、煙草をくわえる。

「たとえるならば、漢方医学は、日本において明治時代以降、長らく正統の医療とは認められなかった。鍼術や灸、整体術、太極拳、気功法、気息や導引すら日本医学界は、迷信あるいは民間治療に準ずるものとして退けてきただろう」

　話しているうちに、少しばかり、饒舌になっていく。

「それと同じことが、わたしの専攻する学問や研究にも言えるのだ。西洋式の自然科学者に言わせれば『科学の敵』、人文科学者の立場で見れば『客観性の欠如』、社会科学者は……さあ『病理学的思考』とでも呼ぶだろうか」

　杏里は鼻白んだ顔で口を差し挟む。

「つまりは……オカルトなのね!?」

「西欧の人間や、西欧かぶれの日本人の言うオカルトではない。わたしは超能力を論じたりはしないし、心霊の存在には懐疑的だ。UFOについては不可知論の立場にある。ただ――」

　と、そこで、リー博士の隻眼は細まり、とおい眼差しに変わった。

「若き日に体験した、恐怖と神秘……。あれが何であったのか。わたしは、それを究明しようと、学問の道を志した。そして、五十年近い歳月をかけて、ようやく神秘の手掛かりを掴んだのだ。そんな折も折……あの遺跡と崑央のプリンセスが発掘された」

「神の思し召し？」

　杏里は半畳を入れた。

　と、リー博士は鋭く杏里を睨み返し、険しい口調で問う。

「どの神だ!?」

　あまりに強い語調に気圧されて、杏里は、思わず頭を下げてしまう。

「ごめんなさい。唯物主義者をからかうつもりはなかったのよ。ただ……博士の言いようが……あまり神がかったものだったので……」

　リー博士はちびた煙草を灰皿に押し付け、小さく首を横に振りながら、二本目の煙草を唇にねじこむ。

「いや、そういう意味で怒ったのではない。誤解しないでくれ。わたしが神秘を探求していることと、中国共産党員であることとは、少しも矛盾してはいないのだ。我が中華人民共和国内に、道観、つまり、道教寺院があり、道士がいるのが、なんら矛盾しないようにね」

　煙草に火を点すと、リー博士は、銀色のライターをデスクに立てた。それを見て、杏里は墓石を連想する。続いて、このビルを。

リー博士は、あたりを憚るかのように、デスクの上に身を乗り出し、背を屈め、声をひそめた。

「そうだ。いま、あなたは、神と言った。あなたにとって、神とはなんだ？」

「わたしの家は、代々、浄土宗だから。ええと……阿弥陀如来と……法然上人かしら」

「いや、違う。それは象徴であり、象徴体系を築いた過去の人物に過ぎない。わたしの言っているのは……直に触れられる、超絶対的生命体としての神だ」

「そんなもの、いるわけないでしょう。神とは人間の創造した抽象概念ですもの！」

「我々、人類の弱々しい精神力で創造しうるのは、確かに抽象概念でしかなかった。ヒンドゥー教の神々も、ラマ教の神々も、仏教の諸尊も、道教の神々も、すべては抽象概念であり、単なる象徴でしかない。だが……人類以上の精神力を有した、知的生命体が、もし神なるものを崇拝しているとしたならば……それは実体を持った神だとは思わないかね」

「博士は、崑央の住人のことを言っているの」

杏里が悲鳴に近い調子で洩らすと、リー博士はデスクから身を引いた。煙草の灰をおとし、首を傾げる。

「あなたは、崑央について、なにを知っている？」

「今朝、片岡主任から、断片的に教わったわ。清朝が興った頃にデッチあげられた、偽りの神話だって。黄帝に叛いた祝融族が、地底に封じこめられ、そこが崑央となった――」

リー博士は一言で杏里を黙らせる。

「下らん。片岡に、神秘のなにが分かる」

次いでリー博士は立ち上がった。

右手を挙げ、杏里に向かって、何度も人差し指を曲げるジェスチャーをする。

　ついて来い、という合図であった。

　杏里はソファの手摺を掴むと、ゆっくりと腰を上げた。まだ少し、ふらついているが、歩けないことはなさそうだ。

　リー博士のあとに従って、パソコンの据えられた一角へ歩いていく。

　頑丈そうなデコラの台の上に、パソコンとビデオデッキ、TVモニターが据えられていた。リー博士は、パソコンの前のパイプ椅子に杏里を坐らせて、自らはキーボードに屈みこむ。

「例の地下遺跡の壁画、及び、ミイラを納めていた柩の表面のレリーフは、実は中国のアカデミズムが総力をかけて解読している」

「じゃ、わたしに嘘をついたの!?」

「いきなり、超古代だの、神秘だの、神だのを持ち出せば、まともな神経をした科学者ならば、誰でも怒り狂うだろう。……そうさせないための方便だ。許してもらおう」

　蛙の面に水、といった表情でリー博士は、キーボードを叩きはじめる。

　CRTの表面に、三角形を基調にした、地下遺跡特有のモチーフが次々に浮かび、消え、訳されていった。

「十万人近い、関連した学問のエキスパートが、中国全土に分散する研究施設をパソコンネットで結び、考えられる可能性をすべて検討し、分析したのだ。解読は、わずか三ヵ月で終わった」

　CRTの右に〈壁〉、左に〈柩〉のローマ字が浮かんだ。どちらかを選べ、と点滅しはじめる。

「結論は、こう出た。〈壁画〉には地下遺跡を築いたものたちの歴史が記され、〈柩〉には〝あとから来るものたちへのメッセージ〟が記されている」

「…………」

杏里は眉(まゆ)をひそめて、点滅し続ける文字を凝視(ぎょうし)した。

「崑央(クン・ヤン)の歴史については、ロシア人の哲学者にして探検家リョーロフの語るところと、ほぼ等しかった。すなわち崑央(クン・ヤン)とは、チベットのラサの地底から、中国東北部、太平洋を通って北米大陸西海岸、南米大陸の一部の地底にまで及ぶ超巨大な大空洞のことだ。ただし、現在では地殻変動によって、大空洞は大半が埋没し、いくつかの小空洞に分割されているらしい」

「地球空洞説ってわけ？」と杏里。

「若干、ニュアンスが異なる。多くの神秘家たちが幻視した、地底の聖地……ないしは悪魔の棲(す)む地底というイメージの根源が、崑央(クン・ヤン)なのだ」

「かれらは、人類なの？　それとも、爬虫類(はちゅうるい)？」

「限りなく人類に近く進化した爬虫類だ。神智学や古代神話で言及されている〝蛇人間〟は、この崑央(クン・ヤン)の住人のことだろう」

と、そこで、リー博士はキーボードを叩(たた)き、〈枢〉を選択した。

「かれらは、自分たちが滅亡に向かっている、と確信した時、代わりに地球を支配するであろう〝猿人〟あるいは〝原始人〟にメッセージとプレゼントを残した。それが、これだ」

ＣＲＴの表面に、ローマ字が並びだす。リー博士は、それを中国語に変換しようとして、思い直し、日本語変換に切り替えた。

奇妙な文章が漢字と平仮名、そしてローマ字混じりで横に並んでいく。

それは――。

「西海(せいかい)の神なるＴＨＣＬＨに頼(たの)み奉(たてまつ)る。
〈焰霧(えんむ)の祖(そ)〉なるＴＨＧＨＣに頼み奉る。
亦(ま)た
我等が産(う)み主(ぬし)なるＺＴＨＲＮＧに頼み奉る。

孩姫、黒疫に依りて
皇妃と変生したれば
死さえ死せんことを……」

杏里は謎に充ちた一文を読み終えると、リー博士の横顔を向いて、

「このローマ字部分はなにを意味するの？」

「分からない。が、多分、神の名前だろう。崑央の文字は表音文字であることが明らかになっている。それに当てはめてローマナイズさせてみたところ、こうなった。どんな漢字が当てはまるかは、目下、分析中だ」

とても人間の舌や喉では発声できそうにない名前であった。

「ただ、最後のＺＴＨＲＮＧは、漢音で〝祝融〟を表わす発音、Zhurong によく似てる」

「……祝融……」

「孩とは、幼い、の意だ。つまり孩姫とは幼い王女という意味になる。それが〝黒疫に依りて〟――皇妃と変生する……。ここが謎だった」

そこでリー博士は、言葉を切って、杏里を見遣った。

「メッセージ中の〝黒疫〟が腺ペスト菌である、と解読できたのは、あなたのお蔭だ。……成程、ＤＮＡが腺ペスト菌と結びつくことを求めていたとは……」

杏里は声をひそめて尋ねる。

「やっぱり、わたしがラボのメインコンピュータにアクセスするのを、黙って見ていたのね。ＣＲＴに〝黒き死を与えたまえ〟と打ったのも……博士だった……」

リー博士は背を伸ばすと、杏里の肩に手を置いた。触れられた部分から鳥肌が立ち、肩から背一面に広がっていく。

「これで〈柩〉のメッセージが真実を語っていると、

判明した。次は、腺ペスト菌と結びついたプリンセスが、如何なるクイーンへと変貌し、なにを見せてくれるかだ」

　リー博士は満足そうな溜息をおとし、その手を杏里の肩から、己れのポケットに流した。なかから一枚のＩＤカードを抜き出す。それを杏里の面前に差し出した。

　ＩＤカードには、杏里の名と、顔写真のホログラフィが印刷されている。

「あなたが眠っているあいだに、ＩＤカードを新調しておいた。これは、中国人Ａクラススタッフ用のカードだ。このカードさえあれば、地下三階から六十階まで、フリーパスになる」

「……どうして……これをわたしに……」

　おずおずとＩＤカードを受け取って、杏里は不思議そうに尋ねた。

「それは――」

　と、リー博士は言いかけてから、不意に身を翻した。五歩向こうのＴＶモニターに歩み寄り、スイッチを入れる。画面に、下河原の顔が浮かんだ。

「御用ですか、博士」

「ラボの様子はどうだ。なにか変化は？」

「熱は消えましたが、依然として、光に包まれています」

「分かった。すぐ、行く」

　下河原に応えてスイッチを消すと、リー博士は、杏里に向き直る。

「わたしはラボに戻るが、あなたは、ここに残りたまえ。そして、神秘に関する知識を蓄えるのだ」

「――どうして？　カードの件にしても、神秘の知識にしても、どうしてわたしなのか、全然、説明がなければ……」

　研究室から廊下へ通じるドアに、足早に進みながら、リー博士は、こちらに振り返りもせずに応える。

「それは、あなたが日本人、森下杏里だからだ。あなたには、カードを持つ権利と、神秘を究(きわ)める義務がある」

　ドアを勢い良く開いて、リー博士は、研究室をあとにした。

　残された杏里は、研究室を眺め渡した。怪しげな書物とハイテク機器。そして、現実とも非現実ともつかない、奇妙な研究内容。

　漠然たる不安が、杏里の足元から這(は)い上がってきた。

　額を不安に翳(かげ)らせて、ＣＲＴを見れば、古怪な名前が、未だに緑色に輝いている。

　発音不可能な三柱(みはしら)の神の名前。

　それは……。

〔ＴＨＣＬＨ〕

〔ＴＨＧＨＣ〕

〔ＺＴＨＲＮＧ〕

第五章　ヴェールを脱いだ女王(クイーン)

1

幼い頃、わがままを言って親に叱(しか)られ、押入れに閉じこめられた経験は、ある一定年齢以上の者なら誰でも覚えがあるだろう。

　そんな時の押入れは、信じられないほど闇(やみ)が濃く、息苦しく、そして、なにかの気配が漂っていた。だが押入れの戸は固く閉ざされ、押しても引いても、開けることはできなかった。そうしているうちにも、なにかの気配は強くなってくる……。

　リー博士の研究室にたった一人残された杏里は、次第にそんな幼い頃の記憶を反芻(はんすう)していた。

（一人でいるには、この部屋は広すぎるわ）

　そう感じとると、急に、誰かに観察されている、という例の感覚に襲われた。息をこらし、背後を振り返る。誰もいるはずはない。蛍光灯の光に映えて、洋書の背文字が金色に光っているばかりだ。

（この部屋に、まともな本や情報はないの？　超古代も、旧支配者も、蛇人類も、夏(か)王朝だの殷(いん)王朝だのも、まっぴらよ）

　杏里はＣＲＴのスイッチを切った。なんだか、三つの名前が、やけに凶(まが)まがしく感じられてきたのだ。

　沈黙が明るくカビ臭い研究室を覆っている。

　ビデオデッキが、杏里の眼を惹(ひ)いた。

（そうだ。ＴＶをつけよう。けたたましいＣＭや、甲高い音楽、耳障(みみざわ)りなタレントの笑い声……あれが流れたなら、少しは気が晴れるかもしれない）

　ビデオデッキのスイッチを入れ、ＴＶモニターのスイッチもＯＮにした。チャンネルを２に合わせ、デッキをＴＶ電波に切り替える。

　いきなり大声が再生された。

「――その後、連絡が一切絶たれ、佳木斯（チャムスー）地震の罹災（りさい）者の安否が気づかわれています」

　慌てて、杏里はボリュームを絞る。

　画面に黒煙に包まれた大地を鳥瞰（ちょうかん）する視点の映像が浮かんだ。右肩に(97/8/2)の字が刻まれている。昨日（きのう）の映像であった。

「一部では罹災地に熱病が発生した、との情報もありますが、周囲が炎に取り巻かれているため、まったく確認できない状態です――」

　どうやら、中国東北部の大災害の続報のようだ。杏里は眉（まゆ）をひそめてチャンネルを切り替えた。しばらく、中国の話題からは、とおざかりたかった。

　大災害の映像が消え、炎天下の丸の内が現われる。

「関東一円に居座り続ける高気圧により、本日三日の午後三時には、最高気温四十一・五度を記録しました。このため、一時的に東京一帯がエアコンの集中利用による停電に襲われ――」

　丸の内に建ち並ぶビル群は、蜃気楼（しんきろう）のようにゆらめき、渋滞した車の列はまるで髑髏（どくろ）の連なりを連想させた。街（まち）を往く人々は、一様に帽子を被（かぶ）り、ハンカチを頭に戴いて、苦しげに顔を歪（ゆが）ませている。

「暑さによる死者は二十三区内で、六百人を数えております。そのうちの大半は、お年寄りと乳幼児で――」

　アナウンサーがそこまで言った時、杏里の脳裡（のうり）で母のことが閃（ひらめ）いた。

（そうだ!?　母さんに連絡しなくては。あの人、人一倍、暑さ寒さに弱いんだから）

　杏里は電話を求めて、周囲を見まわした。

　見当たらない。

「なんなのよ。パソコンもビデオもＴＶも……電磁気センサーまである部屋なのに……なぜ、電話ひとつないのよ!?」

先程(さきほど)、リー博士が下河原と会話をしたのは、ラボ直通のTV電話であった。

「外線……。外線は、つながらないのかしら」

パイプ椅子(いす)から、よろよろと立ち上がって杏里は、五歩向こうのTVモニターに歩み寄った。どうしよう。少し、ためらったのち、意を決して、スイッチを押した。

ラボの様子が映し出される。

ハレーションを起こしかけた眩(まばゆ)い画面に、下河原とリー博士らしいシルエットが、右往左往していた。

「こんなの、見たくもないわ」

でたらめに、チャンネルを押してみる。

人民帽を目深に被(かぶ)った、兵士の顔が大写しになった。無表情な眼が杏里を見据える。

「您有什么事吗(ニンヨウシェンマーシーマ)？」

機械的に、兵士は中国語で杏里に尋ねた。

「間違いよ。間違い！」

苛立(いらだ)たしげな口調で応(こた)え、杏里はスイッチを切った。

まだ鎮静剤の副作用は消えてはいない。それどころか、フラッシュバックしてきたようだ。いきなり、立って歩いたため、足元がふらついてくる。なにか、ひとつのことを思いつくと、それに執着してしまうのも、副作用であろう。つまり、ひどく酒に酔っているのと、よく似た状態なのだ。

「電話はどこよ……どこにあるの……」

譫言(うわごと)のように杏里は繰り返しながら、ドアに向かって歩きだした。まるで、あらしに揺れる船の甲板を歩いているような足どりだ。大きく右に行ったと思えば、左へ後退してしまう。そのたびに備品が床にぶちまけられた。

そんな杏里の背に、つけっ放しのTVニュースが、淡々と言葉を投げかけ続ける。

「……さらに高熱によって道路のアスファルトが溶け……水の使用制限も……埼玉県熊谷市では自然発火と思われる火事が続発し……信号制御のコンピュータが狂った首都高では……石神井公園では池の魚が死んで、大量に浮かぶ事態も……総武線の一部レールが熱でねじ曲がり、あわや大惨事の……」

杏里の体がデスクにぶつかった。

板面に積まれていた古書の山が崩れ、床に落ちていく。ページが、ひとりでに開き、様々なイラストを天井に晒していった。

地底の洞窟で、イクチオサウルスの化石を掘るゴブリンども――ドーナツみたいに、まんなかに穴の開いた地球――下半身を水に埋めて、地の底深くで苦悶するルシファー――地底の黄金を護っているトロル――地下鉄のプラットホームほどもある一枚岩――。

「うるさいわ。……わたし、オカルトなんて大っ嫌いよ！」

独りごちると、杏里は、デスクの上の本をすべて薙ぎ払った。乾いた音をたてて、怪しげな書物群が、蝙蝠のように羽搏きながら宙を舞う。

苦労してバランスをとり、また、立った。足に力をこめ、神経を集中させて歩を進めていく。

「電話……電話……どこにあるのかしら……」

一言呟くごとに、偏頭痛が甦ってきた。

（宮原の馬鹿野郎め。処方以上の鎮静剤を注射したな。なんて、ひどいフラッシュバックなの。完全に酔っぱらいじゃない）

偏頭痛に軋む頭で、杏里は、冷酷な容貌の課長に罵声を投げつけた。そうすることで、少しは薬品酔いから解放されるような気がしたのだ。

（あと六歩くらいね。オーケー……わたしは大丈夫よ。一歩……ほら。ちゃんと歩ける。二歩。さ、三歩目も歩けたわ。四歩。あと二歩で終わり。いい？

……五歩……六歩……）

ドアの板面は、鼻尖（はなさき）まで迫っていた。

ノブをしっかりと、掴（つか）む。力が入りすぎて、指尖（ゆびさき）が、真っ白になっていった。そのまま、廻（まわ）すと——。

左右に廊下が伸びている。

廊下に沿って並ぶ、ドアと壁。まるで合わせ鏡のトリックのように。

「電話……電話……電話……」

低く呟（つぶや）きながら、左に折れた。その向こうには、エレベーターがある。たとえ、この階に電話がなくとも、パブか、〈寮〉へ戻ればきっとあるはずだ。

まっすぐ歩こうとしているのに、体は、さらに左に流れてしまった。研究室の隣の隣の部屋のドアにぶち当たる。

「请送挿身分证明（チンソンチャーシェンフェンジョンミン）」

コンピュータ合成された女の声が中国語で再生された。続いて、それは日本語で、

「IDカードをお入れ下さい」

ドアから身を引き、杏里は眼を凝（こ）らした。

言われてみれば、ドアの左の壁に磁気リーダーが取り付けられている。

（ここに電話がある……）

確証もないのに、杏里は、ついさっきリー博士より手渡された、AクラスのIDカードを取り出した。磁気リーダーの挿入口に、カードを押しつける。静かにカードは呑（の）まれていった。

カードが戻される。

「Aクラスと確認いたしました。どうぞ、御入室ください」中国語と日本語が朗らかに呼びかけた。

カチッという音とともに、ドアが、僅（わず）かに前に押し出される。杏里は手に力をこめて、ノブを握り、ドアを引いた。

なかには闇（やみ）が充満していた。

一歩踏みこみ、壁に手を遣る。蛍光灯のスイッチが、手に触れた。上へ持ち上げる。

白い光が瞬いた。

広々とした部屋の全容が照らされていく。

それは、三方の壁を覆い尽くした棚、また棚。そのガラス戸の向こうには、自動小銃や軽機関銃、突撃銃、グレネードランチャーなどが整然と立てかけられている。

さらに部屋の中央に積み上げられた木箱の側面には、こんな焼印が捺されているではないか。……

〈TNT〉〈耐水性炸薬〉〈火箭弾〉〈手榴弾〉〈炮弾〉〈火焔噴射器用液化気瓶〉〈弾药〉……。

杏里は全身から血が引いていくような気がした。

ドアの裏を確かめる。そこには、小さなプレートが貼られていた。

〈弾药库〉

その三文字が、「弾薬庫」を表わしていると知るには、二秒とかからなかった。

「どうして？　なぜ、民間企業に、こんな装備があるの。どうしてよ⁉」

まだしっかりしていない口調で呟くと、杏里は、蛍光灯を切り、廊下へ跳び出した。

力をこめて、ドアを閉める。

「こんなところに……長居は……無用よ……」

呻くように言いながら、エレベーターに向かって、また、歩きはじめた。

ズンッ、とした縦揺れが、その身を圧する。

上から垂直に、圧力をかけられたような感じだ。

杏里は、天井を見上げた。

突然、鼓膜も破らんばかりの、凄まじいベルが鳴り響く。非常警報である。

「…………」

杏里は慌てて、首を前後に振った。果てしなく続くドアが一斉に開かれて、人民解放軍の兵士たちが、廊下に溢れだすかと思ったのだ。だが、兵士は、影すら現われない。

　ただ、ベルが響き続けている。

2

（ラボで、なにかが起こった）

　ようやく直通エレベーターに辿り着いた杏里は、そう結論づけていた。

（どうしよう……）

　自問してみるが、なかなか考えがまとまらない。鎮静剤のフラッシュバックで、まだ頭はボケたままだし、この喧しい非常ベルのせいもある。杏里は無性に顔が洗いたかった。

（どうしたらいいの）

　杏里は落ち着きなく、右を、左を、さらに肩越しに背後を見遣った。なにかがやって来るような気配がする。思いもしない方向から、とても恐ろしいものの触手が、こちらに伸びてきそうな予感がする。

（ラボへ行ってみる？　それとも、パブか〈寮〉へ——五十三階か四十九階に逃げてみる？）

　エレベーターは、五十三階と五十一階を直接、結ぶ機能しかなかった。

（あるいは……他にエレベーターがないか、五十一階を隅から隅まで捜してみる？）

「なにを考えてるの、わたしは！　電話を見つけるのが、先決じゃない」

　杏里は大声で自分を叱りとばした。

だとしたら、迷うことなど何もない。IDカードを磁気リーダーに挿入し、直通エレベーターに乗るのだ。そして、パブまで昇って、公衆電話か、社用電話で、母親に連絡する。

「ラボでなにがあろうと、知ったことか」

　憎々しげに独りごちて杏里はカードをつまみだした。磁気リーダーに差しこむ。リーダーが、するするとカードを呑(の)みこんでいった。

その時、二度目の縦揺れが、五十一階を襲った。今度のは、かなり激しい。天井から、いくつかの蛍光灯が、内装塗料とともに落ちてきた。床にぶち当たった白熱管の割れる、甲高い音が残響を曳(ひ)いて、廊下に谺(こだま)する。

杏里はエレベーターの扉に身を寄せた。

リーダーがカードを吐き出すのが、やけにもどかしく感じられる。

雷鳴に似た轟音(ごうおん)が、頭上からおとされた。

反射的に杏里は両耳を庇(かば)う姿勢をとってしまう。

その音を耳にした者の身を、瞬間的に竦(すく)ませる——銃声であった。

(ラボで兵士が一斉射撃している……)

そう察した途端に、杏里の全身は怯(おび)えに縛(いまし)められた。手や肩や背が小刻みに震えだし、奥歯の根が合わなくなってくる。カチカチと歯を鳴らしながら、杏里は、やっと出てきたカードを震える手で引き抜いた。

エレベーターの扉が横に滑る。と同時に、なかに跳びこんだ。

「なにをしているの、早く、閉まってよ」

思わず、声を荒げてしまうほど、扉は容易に閉まらなかった。それもそのはずだ。まだ開ききっていない。

三度目の縦揺れが来た。五十一階の天井が紙みたいに、びりびりと震える。

エレベーターも、激しく上下する。天井の蛍光灯が点滅し、低いブザーが鳴りだした。

「地震じゃないってば。早く、動いて!」

杏里は声帯も破れんばかりに叫んだ。

その声に、しぶしぶ従うかのように、扉が閉じていく。杏里の眼には、扉の動きが蝸牛(かたつむり)の歩みと映った。ようやく扉が完全に閉じる。ふわり、とした上昇感——。

杏里はエレベーターにコントローラーがあるのに、初めて気がついた。苦笑を滲ませる。

「なんだ。最初から〈閉〉のボタンを押せばよかったんだ……」

コントローラーの前に寄って、独りごちた。

次の刹那、ステンレス製の扉の表面に、上下左右に孔が穿たれる。

鼓膜を破るか、と思われるほどの銃声を曳いて、オレンジ色の火箭が、扉と反対側の壁に、水平にぶち当たっていった。

杏里は耳を押さえ、コントローラーのある狭い一角に身を屈める。顔が恐怖に歪んだ。

硝煙の匂いが、狭いエレベーター内に充満した。

五十二階を通過中――。

兵士たちの放った銃弾が、ラボの壁を貫いて、エレベーターの扉から側壁まで貫通したようだ。流れ弾を被弾しなかったのが奇跡であった。

「……いや……いやよ……こんなビル……」

杏里は恐怖のために涙を流し、嗚咽しながら、力なく首を横に振った。

それでも、エレベーターは、淡々と上昇を続け、五十三階で静止すると、扉を開く。

這うようにして、杏里は、五十三階に降りていった。

広々としたプール。青く波打つ、清澄な水。明るい内装の、そこここに飾られた牛のレリーフ。そしてプールの向こうには、まだ明かりの点されていない北欧風のパブ。

五十三階は、戦場と化した階下とは、別世界だった。

静寂に押し包まれており、人影ひとつ、ない。

杏里は、濡れた床に手をつくと、大声で呼びかける。

「誰か!?――誰か、いない。電話を貸して。ラボで事故が

——兵士たちが銃を——誰か、いないの。ねえっ!! 返事をして。お願いよ」

杏里の叫びが、吹きぬけの天井に吸いこまれていった。四方の壁から、かの女を嘲るかのように谺が返される。

——お願いよ——お願い——おねが——おね——お……——……——

「畜生っ！」

歯を剥き出して、唸ると、杏里は両手で髪を掻きむしった。その手で拳を握り、濡れたコンクリートの床に叩きつける。じん、とした痛みが拳に生じた。痛みが、杏里に、冷静になれ、と訴える。

「…………」

拳をほどいて、杏里は、己れの掌を見つめた。指を一本ずつ、内側に折っていく。

（大丈夫……。まだ、わたしは狂っちゃいない。ひとりで、この事態に対処できるわ）

ラボで発生したらしい事故と、銃弾による肉体的恐怖が、内分泌系を刺激して、鎮静剤のフラッシュバックを完全に脳から駆逐したらしい。杏里は急速に意識が澄みきっていくのを自覚する。

（どうして、電話にあれほど、こだわっていたんだろう。とおくの母のことなんかより、目下は、自分の命の方が重要だわ）

静かに立ち上がった。

プールの左端の壁に据えられた鏡と洗面台に向かって歩みだす。

（まず、顔を洗って、しゃんとしなくちゃ）

洗面台は五メートルほどの長さで、眼を洗うための蛇口、鼻を洗うための蛇口、そしてウガイ用の蛇口が並んでいた。そのうち、ウガイ用の蛇口に寄ると、杏里は噴水孔を下げ、蛇口をひねった。勢いよく迸る冷水で、顔を洗う。

冷水のひりひりした感触が、さらに杏里の覚醒を促した。

「ふう――」

息をついて、杏里は、ハンカチで顔を拭った。眼を重点的に拭くと、まだ腫れていないか、鏡を覗きこむ。

化粧っ気のない三十女の険しい表情があった。

そして、その背後には、壁一面にびっしりと並んだ、生きている牛の首が。

「――――!」

杏里は息を呑んで、鏡に映った背後の光景に眼を凝らす。プールを挟んで向こう側の壁だ。点々と、牛をモチーフにしたレリーフが飾られていたはずの、その壁一面を、成牛仔牛の別なく、牛の首が、まるで群棲した茸のように覆っていた。牛の首は生きており、哀しげな眼を瞬かせ、ピンク色の鼻をひくつかせ、口を開けたり閉じたりしているではないか!?

ぞっとして、杏里は、肩越しに背後を見遣った。

プールの向こうの壁に、牛の首などは、ひとつもない。ただ、牛をモチーフにした青銅のレリーフが、幾何学的に並べられているばかりだ。

もう一度、鏡を覗いた。

鏡のなかでは、怯えの色を双眸に漲らせて、蒼ざめた顔をした三十女がいたが、その背後に、牛の首はない。

(なんて幻覚なの。マジで、おかしくなりかけているみたいだわ)

杏里は、絶望的に、首を大きく左右に振った。次いで両手で頬を打つ。ぱんっ、ぱんっ、という乾いた音が、プールに反響した。

その音に、杏里は、銃声を重ね合わせてしまい、手を止める。

「大丈夫。わたしは正気よ。ヒステリーでもないし、牛の首も見えやしない」

明確な声と口調で、鏡のなかの自分に断言した。

凛とした表情になると、プールの入口に身を向ける。そちらには、トイレと消毒シャワー、そして、昨夜、片岡にエスコートされて、ここに来たエレベーターがあった。

（とにかく、〈寮〉の自室に戻ってみよう。あそこには電話もあるし、TVもある。内線でオフィスに連絡を入れることも可能だ）

意を決して、杏里は、〈寮〉へ通ずるエレベーターへ駆けだした。かの女の濡れた靴音が、人気のないフロアに谺する。足音は乱反射して、終いには背後から聞こえてきた。

まるで、眼に見えないなにかが、音をたてて、あとを追ってくるようだ。

そう感じると、自然に、走る速度が早まっていった。

エレベーターに辿り着く。

カードを取り出し、磁気リーダーへ。

「行ってちょうだい。Aクラスよ、Aクラス」

気忙しくリーダーに言った時、またしても、縦揺れがフロアを揺るがした。今度のは上からの圧力ではない。下から押し上げてくるような力だ。……

3

杏里は扉の右上に設えられた、通過階数を示すデジタル画面を見上げながら、

（今度こそ本格的な閉所恐怖症になりそうだわ）

と感じていた。

〔52〕――ラボの階数が浮かびあがると、反射的にコントローラーに身を寄せてしまう。息を潜めた。幸い、今回は、扉が蜂の巣になる気配はない。そのまま、通過して〔51〕に変わった。

（研究室のTVをつけっ放しにして来ちゃった……）

杏里は、乾いた唇をそっと押さえる。

〔50〕

早くも上の〈寮〉だ。

(でも、仕方ないか。リー博士が戻ったら、消すだろうし——)

そこまで考えた時、杏里の心の暗い部分から意地の悪い声が響いてくる。

(戻ったら、って……。あなた、リー博士がまだ生きていると思ってるの?)

こんな大きなビルを揺るがすほどの衝撃がラボで発生したのだ。ミイラのすぐ近くで観察していた下河原教授とリー博士が、まったくの無傷でいられるとは、考えられなかった。

〔49〕

デジタル表示が、下の〈寮〉の階数を示す。

エレベーターが静止し、ドアが左右に滑っていった。

杏里はロビーに踏み出した。

四十九階は沈黙が溢(あふ)れていた。長く広い廊下はもちろん、廊下に面した個室のなかからも、咳(せき)ひとつ聞こえない。それどころか、人の気配というものが、皆無であった。

左袖(ひだりそで)をめくって、腕時計を見てみれば、午後五時十五分だ。そろそろ、早帰りの社員が〈寮〉に帰ってくる時刻である。

だが、四十九階は、見たところ無人のフロアだった。

(どうしたの? わたしが五十一階にいる間に、避難命令でも出されたのかしら)

四九四九号室に向かって、確かな足取りで進みながら、杏里は、どんな小さな物音も聞き逃すまい、と耳を澄ませる。

しかし、聞こえてくるのは、病人の苦しげな息遣いにも似たエアコンの音。ずっと上の方から響く、とおい銃声。それから、杏里の足音。

あとは、完全な静寂――――。

煌々とした眩い照明に映えている分だけ、フロアの広さが、一層、寒々しく感じられる。

杏里は、ふと小学生の頃の〝こわい体験〟を思い出した。

あれは小学校四年生の時だ。掃除をさぼるためと悪戯心から、かの女は体育館の用具室に隠れたことがある。体育館の掃除当番たちが、かの女の名を呼ぶのを、笑いをこらえて聞いているうちに、眠気を催した。そして、いつしか、本当に眠ってしまったのだ。

目が覚めた時には、体育館はおろか、学校の校舎のどこにも誰もいない状態であった。

あまりに広くて、あまりに静かな、夜の学校に、杏里はたった一人で置いていかれたのである。その不気味さは、とても九歳の少女に耐えられるものではなかった。

用具室のドアの重い軋み。体育館に、やけに大きく反響する自分の足音。暗がりになにかが身を屈めて、潜んでいるような予感。そして、眼に見えない、誰かの視線。

九歳の時の杏里は、それらに怯えながら、やっとのことで、体育館の窓から逃げ出したのだった。

(あの時は学校にランドセルを置いてきたって、母に大目玉をくらったっけ……)

記憶を反芻してみても、杏里の唇は、ほころぶことがなかった。ノスタルジーとは無縁の不快かつ恐ろしい思い出なのだ。いまでも時折、夢で見ることさえある。

いまの杏里を取り巻く状況は、そんな九歳の時の悪夢の再現であった。

(ここは小学校の体育館より、ずっと広いし、遥かに明るい。だから、なにも恐がることなんかない)

自分に言いきかせながら、杏里は、歩を進めていく。だが、少しずつ歩速は早まっていき、気がつけば廊下を小走りしていた。

どの部屋も、ぴったりとドアが閉ざされている。その裏で、ＪＧＥの社員たちが、ドアに耳を押しつけて、臆病な女性分子生物学者が蒼ざめた顔で廊下を駆けるのを、笑いを殺して聞いているのではないか。と、そんな非現実的な考えが、杏里の脳裡を掠める。

（しっかりしろ。そいつは被害妄想だぞ）

杏里の理性が心のなかで囁いた。

あるいは、今回のプロジェクト自体、かの女を笑い者にするために、誰かが仕掛けた罠なのではないか。そう思われてくる。誰かの視線を感じて、杏里は、何度となくあとを振り返った。

（そうじゃないっ！）

駆けながら、杏里は激しくかぶりを振った。

それを合図にしたように、天井板と床が、鈍く縦揺れする。また、上の方から銃声が聞こえてきた。

（これは現実。ラボで、なにかが起こり、兵士たちが銃を乱射しているのと同じくらい、確かな現実よ。だけど、どこにも陰謀だの、悪企みなんかは介在していない。誰もいないのは、単なる偶然にすぎないのだわ）

ともすれば、客観性というタガを外して、妄想世界に逃避しようとしている意識を、杏里は懸命に引き締め続けた。

やがて四九四九の数字が見えてくる。

自室だ。

（あそこには、電話もＴＶもパソコンもある。冷えたミネラルウォーターも――）

もどかしげな手つきで磁気リーダーにＩＤカードを差しこんだ。数秒の確認作業が、十分にも感じられる。戻されたカードをひったくるようにして、杏里はノブを廻した。

ドアを引き、入室すると、注意深く後ろ手で閉める。オートロックの下りる音を聞いて、初めて口から安堵の息が洩れた。

リビングにダッシュする。

壁に取り付けられた電話器に跳びついて、受話器を取り上げた。震える指で〈外線〉のボタンを押す。

甲高いノイズが鼓膜を震わせた。まるでTVのテストパターンと一緒に流される、ピーッという音そっくりだ。それが不意に熄んで、コンピュータ再生された女の声が流れだす。

「ただいま、当ビルの電話回線は、外線と接続不能です。もう少々、お待ちください」

「いつ、つながるのよ!?」

杏里は語気を荒げた。

「ただいま、当ビルの電話回線は、外線と接続不能です。もう少々、お待ちください」

「いつつながるかって訊いてるの」

機械相手になにを言っても、無駄なことは理性で分かっていても、大声で尋ねずにはいられなかった。

「オフィス……オフィスの番号は……何番だったかしら」

一度、電話を切ってから、杏里は、苛々と壁を叩きはじめる。四〇……四〇……四〇……アタマのふたつの数字は出てくるのだが、続く番号が急に思い出せない。ままよ、と意を決し、〈内線〉のボタンを押して、四〇一二、と続けてみた。

呼び出し音。

呼び出し音。

呼び出し音。

呼び出し音。

カチャリ、と回線のつながる音がして、

「はい、四十階です」

緊張した片岡の声が再生された。

「片岡主任!? わたしよ、森下」

杏里は両膝から力が抜けて、その場にへたりこみそうになるのを、かろうじて耐えた。

「森下さん……。どうしました？　医務室じゃないのですか」

「医務室から五十一階の研究室へ連れて行かれて、たったいま、死ぬ思いで四十九階に戻ってきたところよ。ところが、このフロアには、人っ子ひとりいない。ラボでなにが起こったの？　人民解放軍が機関銃を派手にぶっ放しているけど……」

「なんですって!!」

と、片岡は、叫んだきり、絶句してしまった。

「もしもし、聞こえてる」

杏里が呼びかけても、片岡は、沈黙を続けた。何度か、「もしもし」と呼びかけ続けると、ようやく重い溜息が再生されて、

「ミイラに変化が見られた、とかで、ぼくと宮原課長は、ラボから追い出されたんです。それで仕方なく、オフィスに戻ると、今度は課長が社長に呼び出されて、六十階へ……」

「そっちには、人がいるの？」

「いいえ。ぼく以外は、みんな命令で五十二階に行き、その後、〈寮〉に戻ったはずですが」

「いないのよ、誰も。きっと五十階も同じだと思う」

「………」

片岡は、また、沈黙した。どうやら、なにが発生したのか、理解できなくて、困惑しきっている様子である。

「とにかく、早く、四十九階に来てちょうだい。このままだと静かすぎて、わたし、どうかなってしまいそうだわ」

「分かりました」

「ちょっと、待って。まだ、切らないで、ラボの内線番号を教えてちょうだい」

「五二〇一から〇九までです」

「ありがとう」

「では、すぐ、そちらへ」

「待っているわ」

　杏里は、そう言って電話を切った。続いてラボの番号を押していく。五……二……〇……一……。呼び出し音。呼び出し音。呼び出し音。呼び出し音。

（わたしったら、どうかしてるわ。あんな爆発や銃撃が起こったラボで、電話に出る人なんて、いる訳ないじゃない）

　そう思い到って、杏里は、受話器から耳を離しかけた。と、不意に、回線のつながる音。

「もしもし――」

　慌てて、大声で呼びかけた。

　ぜいぜいという荒い息遣いが、まず、聞こえてくる。重傷を負った男が、必死に力を振り絞って受話器を取り、なんとか話そうとしている――という絵が杏里の脳裡に浮かんできた。

「……喂……我是……王少尉……此方……全队士死了…崑央……千戸……魔鬼子……」

「日本語で言ってよ！　そこで、なにが起こってるの。どうして銃を撃ってるのよ!?」

　しかし、電話を取った兵士は、喘ぎながら、中国語を繰り返すばかりだ。

「……请求支援……魔鬼子乱跑乱闹……」

　その声の後ろから、乾いた銃声や男の呻き、さらに明らかに狂っていると思われる馬鹿笑いが響いてくる。

「リー博士に替わって。博士を出して」

「……李博士？……」

「そうよ！　リー博士よ!!」

　杏里が力をこめて、その名を叫ぶと、虚ろな笑い声が返された。笑い声は咳で中断された。咳こみながら、相手は、切れ切れに応える。

「……找了……哪里也没有……」

その時、受話器の向こうから、複数の男の悲鳴があがった。ガラガラという瓦礫（がれき）の崩れるような騒音。蛇がたてるような、シュウシュウという妙な音。銃声。悲鳴。そして――

「助けてくれ！　巻きつかれた!!　誰か、この触手を切ってくれ！　助けて――」

下河原部長の悲鳴が、聞こえた、と思った次の瞬間には、とおくなっていった。

兵士の絶叫とともに、電話は切れる。

ズンッ、とした縦揺れが、杏里の部屋を揺さぶった。上からの衝撃だ。かすかに銃声が聞こえるが、ほんの五、六秒で、やんでしまう。

そして、また、杏里は静寂の底に突き落とされていった。

4

あまりに異常な状況と対峙（たいじ）した時、人間の五官は、バランスを取るために、あえて狂うことがあるらしい。

受話器を本器に戻した杏里は、奇妙な感覚に襲われ、軽い眩暈（めまい）を覚えた。

それは自分が、かつて、これと同じ体験をしたことがある、という錯覚であった。いまと同じように、広大な建物に閉じこめられ、なにかが出現し、兵士たちがそれに向かって機銃掃射するのを見聞きした……。

ふらふらと二、三歩進んで、手近の椅子（いす）に腰を下ろす。眼の前には、パソコンが置かれていた。杏里はパソコンのＣＲＴ画面を見つめながら、自問する。

(どこで同じ目に遭（あ）ったっていうのよ？)

少なくとも、それは、先週の記憶ではなかった。大学院の時でも、学部にいた頃でもない。ましてや、高校や中学、小学生だった頃の記憶でもあり得なかった。

もっと古い記憶。

たとえば——生まれる前の——わたしが森下——杏里——である以前の——そう心のなかで言葉を続けるうちに——杏里の意識は————幻覚のなかへ——。

潜んでいる。

崩れた獄舎の陰で、かの女は、震えながら隠れ続けていた。息を潜め、気配を殺し、闇のなかで白眼をぎらぎらと輝かせて、あれから逃れるために。

あれが、崑央から来た三人の親子の成れの果てだと、二日前に会った満洲人は言っていた。

だが、かの女には信じられなかった。

なにしろ、親子は三人いたのに、あれは一匹なのだ。それに、親子は人間だった。

あれは人間ではない。

人間以外のどんな猛獣でもない。

外見は多少、人間に似ていなくもなかったが、それを言えば、蛸や烏賊の方が、ずっとあれに近いだろう。なにしろ、あれは両手の他に、何十本もの触手を持っているのだから。

（あの夜——）と、かの女は思い出す。

満洲人の丸太を収容した獄舎が、突然、爆発した。壁が崩れ、なかから白銀の光と凄まじい熱が放射されたのだ。敵襲と勘違いした日本兵たちが、多数、獄舎に集まってきた。かれらは、水を放射しながら、獄舎に向けて銃を掃射した。

その行為が、あれを怒らせたのだった。

かの女は幽閉された獄舎の窓から、すべてを目撃した。

重機関銃より発射された火箭を跳ね返して、獄舎の壁の穴から伸ばされる鉛色の触手を。触手が、兵士に巻きついていくのを。触手に巻かれた部分から、兵士の肉が燃えあがるのを。

穴の向こうで、光がゆらめいた。光の中央には、三メートル近い人影があった。だが、それは立って歩いているところだけが人間に似ている、もっと何か別の生物だった。

　それは足をまったく動かすことなく、前進を開始した。その動きは、歩行というより移動とか、滑走とか表現した方が、よりふさわしいものであった。監視塔のサーチライトが点され、光条が、それを照らし出した。と、次の瞬間、兵士たちのあいだから、恐怖と嘔吐を催したどよめきが起こった。

　三メートルほどの身長と見えたが、それはあくまでも、地上に立っている部分で、蜂の腹を連想させる紡錘型の器官を二メートルは引き摺っていた。その器官の表面には、眼と触手が蠢き、獲物を求めているかのようだ。

　約三メートルの部分の頭部は逆三角形をしていて、蜥蜴によく似ていたが、まるで炎に包まれたように、あかく輝いていた。首は長く、伸縮自在だ。肩は盛り上がり、昆虫類の前肢を思わせる腕が続いている。胸には、ふたつの赤く輝く球がはめこまれ、腹から先に吸盤の付いた触手が生えて、海草のように揺らめいていた。両足は太く深い皺に覆われている。

　しかし、なによりかの女を恐怖させたのは、その頭部に、まだ人間の容貌が残されているところであった。それは、男の子の眼と、父親の輪郭、そして母親の鼻と口である。

　腹の触手が伸び、他の兵士の腕や脚をからめとった。触手の先の吸盤が、鋭い牙を戦闘服に突き立てた。昆虫の腕が重機関銃を軽々と持ち上げ、アルミの棒みたいにへし折った。

　同じ手が兵士の首をちぎり、胴をまっぷたつにしていく。

　そして、怪物は、溢れだした兵士の内臓に舌鼓を打った……。

(音をたてちゃ駄目。あいつに気づかれる)

瓦礫に潜んで、かの女は、何度となく己れに言いきかせていた。見つかれば、殺される。

(二日前に会った陸さんみたいに……)

陸は五十前後の満洲人で、もと農民と名のっていた。人体実験のために鼻と口を切除され、髑髏のような恐ろしい顔をしていたが、かの女を「小李」と呼んで、かばってくれた。

なにしろ、いま、かの女が生きていられるのは、陸がおとりになってくれたお蔭なのである。収容所のもと食堂に隠れて、わずかに残された食料で命をつないでいた二人は、かの女が食器を落としたために、怪物に気づかれた。

そこで、陸は、かの女を逃がし、自らは怪物に突進していったのだ。

陸を触手で捕え、頭から貪った怪物は、あの夜とは似ても似つかぬほど、変容していた。すでに類人的な外観を失い、蜘蛛と蛞蝓と蛸の混成物と化していた。

かの女は逃げた。逃げに逃げた。

だが、収容所の周囲は、五メートル以上のコンクリート塀で囲まれ、入口には鉄格子がかたく下ろされている。鍵を持っていた兵士は、ミンチにされて、敷地のどこかに転がっているはずだ。

かの女は、完全な閉塞空間で、餓えた怪物と追いかけっこをしなければならぬ運命だった。

――あまりに異常な状況が疲弊の極みにあるかの女に、錯覚を起こさせた。

(ここにいるはずはない。これは夢よ。きっと悪い夢……)

かの女は自分に言いきかせる。

(本当のわたしは……科学者で……三十歳くらいの美人……戦争も怪物もない平和な時代に生きている……そして、清潔で、とっても近代的な設備で働いている……）

たとえば、六十階建ての――――――インテリジェントビルで――――――分子生物学の実験を――――――いや、四千年前のミイラのＤＮＡの分析を――――――そうじゃなくって――――――コンピュータを前にして――――――――――と、そこで、かの女の意識は現実に戻っていた。

ドアチャイム。たて続けに五度も鳴らされる。次いで、ドアを破らんばかりに、激しくノックする音。

パソコンを前に座って、ぼんやりしていた杏里は、それらの音で我に返った。

「はい！　いま、開けます」

大声で応えながら、椅子から腰を上げた。

（片岡だ。……それにしても、来るのがずいぶん早いような気がする）

訝しく感じつつも、杏里は、戸口に向かっていった。ノブを掴んでから、ちょっと不安を覚えて、小声で尋ねる。

「片岡さん……なの？」

不安に怯えた女の声が返される。

「いいえ。秋山です」

「あっ……」

ノブを廻して、ドアを開いた。そこには、白衣をまとった秋山はるかが、両肩を抱いて立っている。顔色が紙のように蒼白で、瞳に怯えた色を湛え、何度となく周囲を見渡していた。どうやら誰かに追われているらしい。

秋山はるかは跳びこむように、杏里の部屋に踏み入ると、素早くドアを閉める。オートロックが下りたのにもかかわらず、さらに閂を鎖した。ドアの向こうに耳を澄ませる。足音がないのを確かめると、ようやく安堵した表情になった。

「よかった。助かった……」

小さく呟いた秋山はるかの背に手をやって、杏里は、かの女をリビングに促しながら、

「どうしたっていうの。教えてくれない。なぜ、〈寮〉に誰もいなくなってしまったの。わたしが五十一階にいるあいだに、一体、なにが起こったの？」

秋山はるかは、へたりこむようにソファに腰を下ろした。額に手を当てると、大きな溜息をおとす。

「どこから話したらいいのか……」

杏里は台所に立ち、コップを取って、冷蔵庫からミネラルウォーターを出し、なかに注いだ。コップを秋山はるかに渡し、かの女の隣に坐る。

「なんでもいいわ。思いつくままでいいから、話してみて」

「片岡主任と宮原課長がオフィスに戻ってきて、すぐだったかしら。いきなり、非常ベルが鳴り響いた。内線が入って、課長は社長に呼び出された。課長は『このベルは間違いだ。気にせず、平常業務に戻れ』と命じて、社長室に行ってしまった。それから十分くらいして、いきなり縦揺れが起こって……」

「ラボの爆発ね」杏里はうなずいた。

「そこに中国の兵士がやって来た。たどたどしい日本語で、『ラボからペスト菌が洩れた。感染のおそれがあるから、全員、五十二階で予防注射をうけろ』と……」

「ラボで？　どうしてよ。かえって危険じゃない」

「わたしも変に思った……それに……胸騒ぎがして……そっと更衣室に隠れたの……」

そこで、秋山はるかは、手にしたコップを口につけて、一気に傾けた。

「ラボに連れていかれたのは、四十階のオフィスの人たちだけなの？」と杏里。

秋山はるかは、自信がなさそうに首を傾けた。

「さあ……。わたしは、そのまま、エレベーターを乗り継いで、四十九階に来て、ずっと隠れていたか

ら……」

（さっき、廊下で視線を感じたのは、錯覚ではなかったんだ。秋山がこちらを見ていたから――）

杏里は独りで納得した。

「ラボで兵士たちは、ずっと銃を撃ち続けているわ。とても、予防注射をＪＧＥの社員にする暇なんて、ないみたい……」

最悪の事態を想像して、杏里は、胸がむかむかしてくるのを覚えながら、吐き捨てた。

秋山はるかの眼が見開かれる。

「まさか!?　みんなは兵士たちに――」

杏里は肩をすくめて、

「なんとも断言はできないわね。なにしろ、片岡主任は、オフィスに残されたんだから、本当に予防注射をしたのかもしれないし。それで、みんな、三々五々、自宅に戻されたかもしれない」

「では、主任は無事なんですね」

「ええ。もうすぐ、ここに来るはずよ。……何事もなければ」

「…………」

秋山はるかは静かに眼を伏せ、目頭をそっと拭(ぬぐ)った。それを見た杏里の瞳(ひとみ)にも涙が滲(にじ)んでくる。ぎこちなく、微笑(ほほえ)んで、杏里は囁(ささや)いた。

「大丈夫よ、きっと、片岡主任はタフだから」

思いつきの慰めを口にする自分に対する嫌悪が、杏里の胸を詰まらせる。

（なにが大丈夫だっていうの？　兵士たちは銃を持っているのよ）

5

ノックの音がした。

杏里と秋山はるかは、びくりと身を竦(すく)ませる。互いの顔を見つめ合った。

ドアチャイムも鳴らされる。

　次いで、聞き覚えのある男の声が、投げかけられる。

「森下さん！　開けてください、片岡です」

　杏里と秋山はるかは、同時に肩から力を抜き、安堵の表情を広げた。二人は立ち上がり、入口に駆けていく。

　閂を外し、ドアを開けば、片岡の顔があった。全力疾走して来たのか、顔一面に汗が浮いている。

　片岡が素早く部屋に入ると、秋山はるかは勢いをつけてドアを閉め、閂を下ろした。

「外の状態はどう？」

　杏里が尋ねると、片岡は唇に人差し指を立てて、リビングへ行こう、と無言で合図した。片岡を先頭に、杏里と秋山はるかは、足早にリビングに向かった。

「……異常事態だ……」

　両手で汗を拭きながら、片岡は、ソファに座った。その隣に秋山はるかが座り、杏里はパソコン前の椅子に腰を掛ける。

「だから、どうなのよ」

　苛立たしげに杏里は繰り返した。

「四十階から、ここまで、エレベーターを一階ずつ乗り継いで来ましたが、どのフロアももぬけの殻です。おまけに、非常階段は封鎖されたままで、中国人の兵士が二人一組になって、パトロールしていて……」

　秋山はるかの口が、悲鳴をあげるかたちに開かれた。その口に、秋山はるかは両手を当てる。

「それから？　他に変わったところは」

　焦れったそうに、杏里は訊いた。

「兵士たちは、なにかに怯えている様子でした。ひょっとすると、ラボから――」

　そこまで言いかけてから、片岡は、かぶりを振って、

「いや。そんなはずはないな。あり得ない」

「――ラボから、蘇ったミイラが逃げ出した？　そう考えているんでしょう」

杏里は決めつけると、唇の端を吊り上げた。

「わたし、リー博士から聞いたわよ。崑央のプリンセスにペスト菌を注入して、クイーンに脱皮させる。それも、プロジェクトＹＩＮの目的に入っている、と」

「そんなこと、ぼくは聞いていません」

片岡は、むっとした表情になって、杏里を睨み返した。

「じゃあ、教えてよ。プロジェクトＹＩＮの最終目的は、なに？　莫大な予算は、なんのために投入されているの？」

「それは、中国古代の――」

「国家なんてものは、文化や文明には、金を出ししぶるもんだわ。少なくとも日本はそうよね。この今世紀最大の不況下では、ヨーロッパ各国も文化予算は削減する方向にある。なのに、どうして、中国は文化に大金を投じるの？　殷王朝だの、夏王朝だの、そんな大昔のことを、いま、どうして急いで調べたがるのよ!?」

「…………」

片岡は眉を垂れさせる。むっつりと口をつぐんだ。

そんな片岡の表情を見て、杏里は、

（この人は、本当に、なにも知らない。プロジェクトＹＩＮの真の目的を、なにも知らされていないんだわ）

と、察した。おそらく、それを知っているのは、リー博士と宮原。あと、ＪＧＥの社長だけなのだろう。要するに、片岡は、複雑な機械の一個の部品にすぎないのだ。

「ごめんなさい。言いすぎたようね」

杏里が謝ると、片岡は顔を上げ、首を横に振った。

「いいえ。気にしてはいませんよ。……それより、こうしませんか？」

　そう言うと、片岡は、秋山はるかに向き直り、有能な上司の表情になって、

「秋山君。ラボのコンピュータにアクセスしてみてくれ。ひょっとすると、ミイラになにがあったか、リー博士か部長が、記録に残しているかもしれない」

「分かりました」

　秋山はるかが、そう応えて立ち上がりかけるのを、杏里は制した。

「待って。それくらいなら、わたしにもできるわ。前にも一度、データを引き出したことがあるから――」

　言いながら、杏里は、パソコンのスイッチを入れ、キーボードを叩きはじめた。

「あの熱で、イカれていなければ、いいんだけど」

　ＣＲＴにローマ字が並んでいく。

〈Li Xiu-li〉

　と、その文字は、即座に漢字に変換された。

〈李秀麗〉

「あら……変よ。これ」

　困惑した顔で杏里が洩らした。その背後に、片岡と秋山はるかが立ち、杏里の肩越しにＣＲＴを覗きこむ。

　リー博士の名が、ＣＲＴの右肩に移った。

　画面の左に、リー博士の正面から見た顔写真が再生される。

「……自動的にラボじゃなくて、本社のメインコンピュータにアクセスされたみたいですね。でも、なぜだろう？」

　片岡が訝しげに呟くうちにも、ＣＲＴにはリー博士の詳細なプロフィールが打ちつけられていく。

『李秀麗／一九二七年五月十日生まれ／国籍・中華人民共和国／最終学歴・北京大学理学部大学院博士

課程修了／経歴・一九四三年、中国共産党入党。一九四四年、抗日ゲリラとして中国東北部で活動。一九四六年、北京大学入学。一九五〇年、同大学卒業。大学院へ進学。一九五六年、博士号取得。理学博士／現在の肩書・陸軍北京世界戦略アカデミー生物兵器開発プロジェクト技術部長／専攻・宇宙考古学・神秘思想史学・応用軍事生物学……』

「なんですって!?」

杏里は、最後の一語を眼にするや、ひきつった声を洩らした。その耳の奥で、リー博士がラボで呟いた言葉が、エコーを効かせて甦る。

『わたしの専攻は、日本のアカデミズム体系では、おそらく、当てはめることはおろか、定義することも不可能だろう』

「主任、どういうことです？」

秋山はるかが、不安そうに、片岡の横顔を見やった。片岡は、魘されたような表情で、力なくかぶりを振る。

「そんな……知らされていない……リー博士が……生物兵器のエキスパートだなんて……」

「胸がムカムカしてきたわ」

吐き捨てるように呟いて、杏里は、リー博士のデータを消去した。また、キーボードを叩く。ＣＲＴに新たな単語が横に並べられた。

〈Project YIN〉

その文字は、すぐに新華字に変換される。

〈ＹＩＮ计划〉

上の三つのローマ字が、列から外れて、左の方に、縦に並んでいった。

〈Ｙ Ｉ Ｎ〉

〈Yellow peril operation,
Intermecine biology for
New order〉

片岡が嗄れ声でその英文を逐語訳する。

「……黄禍作戦……新秩序のための……殺人的生物学……」

「狂ってる……みんな、狂ってるわ！……リー博士も、宮原課長も、ＪＧＥの社長も……誰もが、みんな、狂ってる!?」

秋山はるかがヒステリックに喚いた。

左手の親指の爪を噛んで、杏里は、ＣＲＴを凝視する。

「悪の予想が適中したようね。プロジェクトＹＩＮは、殷王朝の文化を探究する計画なんかじゃなかった。人類発生以前に、この地球に君臨していた知的生命体の力を借りて、最終生物兵器を開発する計画だった。……ＪＧＥは、中国の軍部の依頼を受けて、生物兵器を開発していた……。大変なスキャンダルだわ。日本の一民間企業が、中国の軍部が企む黄色人種世界征服計画に加担しているなんて……政府は知っているのかしら……」

「馬鹿な！　これは、誰かの仕掛けた悪戯だ。たちの悪い冗談に違いない」

半面を痙攣させて、片岡は、杏里を引き立てると、自らキーボードに向かった。慌しくキーボードを叩きだす。

「プロジェクトＹＩＮの現在の進行状況は？」

『崑央のプリンセスの蘇生に成功。プリンセスは量子レベルより変容し、八月三日午後、変容を終了。熱、光、ともに消失。リー博士の指示により、新鮮な血液を大量投与。新鮮な生肉も大量投与。五時現在において第二回目の変容を開始。体長二・八メートル。体重三〇〇キロ。……』

「これを記録しているのは、誰なの!?」

秋山はるかが、また、叫んだ。

それに対して杏里は冷たい口調で応える。

「決まってるでしょう。リー博士よ。博士はリヴァイアサンの塔のどこかで、じっと化け物を観察し、記録をコンピュータに打ちこみ続けているんだわ。五時三分、JGEの社員約五十名を食料として投与。五時二十分、人民解放軍の兵士により、銃弾を大量投与。五時二五分、下河原部長を投与ってね……」

「下河原部長だって？　部長がどうしたんだ」

　片岡に問われて、杏里はしらけた表情で投げ遣りに、

「さっき電話の向こうで、悲鳴をあげていた。触手にからみつかれた、とか、なんとか……」

「くそっ」

　力任せに、片岡は、キーボードを殴りつけた。と、CRTの文字が吹き消されたように、見えなくなる。代わって暗い画面に、日本語が、横一列に並びはじめた。

『森下君、片岡主任、秋山君――』

　行が改まる。

『プロジェクトYINは、お蔭（かげ）をもって、第三のステップへ踏み出すこととなった。すでに、崑央（クン・ヤン）のクイーンの食性、殺傷力、耐弾性はテストにより確かめられた。続いては捕獲力、隠密（おんみつ）性、俊敏性のテストが必要だ。ついては、テストに協力を依頼する。いまから、三分後に、すべての非常階段を開放する。諸君にあっては、クイーンに捕獲されることなく、このビルより脱出されたい。幸運を祈る。』

　さらに行が改まって――

『プロジェクトYIN総責任者　李秀麗／JGE社長／JGE宮原スタッフ代表　宮原一郎』

　それを読んで、杏里は憎々しげに唇を歪（ゆが）める。

「この期に及んで、まだ、JGEの社長は名を匿（かく）していたいのかしら？」

　杏里の台詞（せりふ）を聞いて、秋山はるかは、思い出したように片岡に振り返った。か細い声で、ぽつりと呟（つぶや）く。

「……そういえば……社員のわたしでも……社長

の名は知らなかったわ……」
　片岡は苦々しい顔でうなずいた。
「ぼくもだよ」
　三人は、次いで、一斉に壁の時計に眼を向けた。
　午後六時三十五分。
　崑央（クン・ヤン）のクイーンは、三分後に、五十二階から解放されるというのだ。

第六章　忍び寄る恐怖

1

硬(かた)い木の床に大量の小豆(あずき)をぶちまけるような音。

正確に三秒続いて、ぴたりと止まる。

そんな音が、エコーを効かせて廊下から響いてきた。最初は、とおく――三人が耳をそばだてている部屋から、ずっと離れた下の方から。音は、響いては止まり、止まっては、また響きながら、少しずつ四十九階に近づいてくる。

「非常階段のシャッターが開く音だ。一階から順番に、開かれている」

片岡がＣＲＴから空中に眼を移しながら、不安に震える声で呟(つぶや)いた。

「崑央(クンヤン)のプリンセス……じゃなかった、クイーンは……いま、何階にいるの」

泣きっ面で秋山はるかが、杏里を見つめた。

杏里は上方に眼を向けて、

「ラボにまだいるというのなら、上の方ね。だけど、電話の感じじゃ逃げ出したみたいだって。だとしたら、もう、この階にいるかもしれない」

片岡が、かぶりを振りながら、割りこむ。

「兵士たちは、なにかを探している様子だったんだ！　だとしたら、ずっと下の階だろう」

「探しているなにかはＪＧＥの社員かもしれないじゃない！　わたしたちみたいに……姿を隠した……」

秋山はるかは喧嘩(けんか)腰で片岡に言い返した。

「体長二・八メートル、体重三〇〇キロの怪物よ。力まかせに体当たりしたら、非常階段のシャッターなんか、簡単に破れると思うわ。あるいは、エレベーターを使った？　四千年前ＩＤカードやエレベーターがあったら、の話だけど」

　杏里は、そう片岡と秋山に言ってから、こんな事態に投げこまれたのに、急速に冷静になっていく自分に驚いた。

（どうしたっていうの、わたしったら。まるで、こんな状況を一度シミュレーションしたことがあるみたい）

　と、考えてから、眉をよせる。

　広大な閉塞空間に閉じこめられて、量子レベルからの変容を繰り返す、血に餓えた怪物から逃げ続ける。――その体験のシミュレーションは、間違いなく、経験しているではないか。

　間欠的に襲ってくる幻覚のなかで。

　あの関東軍の秘密細菌戦研究施設のなかで。

　杏里の前世とも、かの女の精神が同調した誰かの記憶とも知れない、奇怪な夢のなかで。

「時間が惜しいわ」

　杏里は乾いた声で呟き、こう続ける。

「早く逃げましょう」

　片岡と秋山はるかは、同時に首を縦に振った。

＊

　廊下に出るなり、蛍光灯が瞬いた。

「お願いだから、わたしたちが外に脱出するまでは、ショートしないでね」

　囁き声で言いながら、杏里は蛍光灯を見上げた。杏里の願いが伝わったか、すぐに瞬きはやんで、煌々と輝きだす。小さく溜息をおとし、秋山はるかが杏里に囁き返した。

「大丈夫です。太陽電池が干上がって、ビル全体が停電になったら、一番困るのはリー博士なんですから」

「どうして、かの女が困るの？」と杏里。

「だって、停電したら、コンピュータも監視カメラも使えないでしょう」

　秋山の言葉を聞いて、片岡が言下に否定する。

「それは希望的にすぎる見方だな。もし、リー博士が、五十五階より上にいるなら、太陽電池がどうなろうと、観察を続け、記録をインプットし続けるだろう」

「どういうこと？」杏里は片岡に振り返った。

「五十五階から六十階までのフロアは、太陽電池からの供給が途絶えたら、自動的に、外部よりの送電に切り替えられるんだ。万が一、それが切れたって、ガスタービン式の発電機も、一週間分のバッテリーもある。つまり、なにがどうあっても、ＪＧＥ本社のメインコンピュータは作動し続ける仕掛けなんだ」

　杏里は平手で、ぴしゃりと額を打つと、小さな叫びを洩らす。

「なんてこと！　手まわしが良すぎるわ!?」

　すかさず、片岡は「しっ」と鋭く言って、杏里を黙らせた。前方のオフィスに通じるエレベーターを顎で示す。

「見ろ。下から昇ってくるぞ」

　いかにも、電光表示板のオレンジ色の数字が、四十五から四十六に移りつつあった。

「どっちなの!?　怪物、それとも、兵隊？」

「いずれにしても――」

　杏里は、得物になりそうなものを求めて、素早く眼を左右に走らせながら、

「出会えば殺されるのよ。どっちかに決めるしかない。戦うか、逃げるか」

　エレベーターは四十七階に達し、さらに上昇を続けている。ここ、四十九階のエレベーター前のロビーにあるものは、観葉植物の植木鉢がひとつ。長椅子。それから……。

　赤く塗られた扉が、エレベーターの扉の左、二

メートルほど離れた位置にあった。扉の上には、金文字が三個、並んでいる。

〈消火栓〉

杏里の脳裡で、一〇〇ワット電球が点った。

腰を屈めた姿勢のまま、消火栓の扉に走り寄る。手早く扉を引き、なかに畳みこまれたホースを引きはじめた。

「どうする気だ」

片岡が小声で尋ねた。

「出てくるのが怪物なら、水をぶっかけてやるのよ。兵士ならば、足をホースですくって引き倒す。手伝ってちょうだい」

「よし、分かった。行こう、秋山君」

片岡に呼びかけられて、秋山はるかは身を竦ませた。震える手で両肩を抱き、激しくかぶりを振る。

「駄目！　わたし……怖くて……動けない」

ホースを持って、エレベーターの前を横切りながら、杏里は舌打ちまじりに、

「動けないなら、エレベーターのまん前に立っていてよ。そして、扉が開いたら、怪物か兵士か、わたしたちに教えて」

片岡が小走りにロビーを横断していった。長椅子を抱え、エレベーターの前三メートルの位置まで運ぶと、横たえる。

「これをバリケードにしよう。秋山君、長椅子の後ろに立つんだ。扉が開いたら、一声叫んで、すぐに屈みこめ」

「いやです、主任」

秋山はるかは、また、かぶりを振ったが、先程よりも、ずっと力なかった。

「早くしろ！」

有無を言わせぬ口調で命じてから、片岡は電光表示板を横目で見た。すでに、四十八階までエレベーターは進んでいる。杏里の方に顔を向けると、

「怪物なら、一気に消火栓を開く。あんたはノズルをエレベーターに向けてくれ。兵士だったら、お互いに、ホースを引っぱろう」

「オーライ。分かったわ」

杏里はうなずくと、ホースをたぐりよせた。ホースの長さは、五メートル以上ありそうだった。

エレベーターの差し渡しは、二メートルというところか。

片岡と、自分とで、力まかせに引けば、充分に兵士の足を取れそうだ。

納得した杏里の眼の端を、秋山はるかが、のろのろと進んでいく。べそをかきながらも、長椅子の後方で立ち止まった。どうやら、かの女も、生き残る努力をしようと、決心したらしい。

杏里は静かに、床に腰をおとした。

向かい側で、片岡も屈(かが)んでいく。二人の間には、一本の頑丈そうなホースが伸びていた。

ホースが床に垂らされる。

まるで大蛇の脱(ぬ)け殻(がら)のようだ。

電光表示板が、四十九階で止まった。

エレベーターの扉が、左右に分かれだす。

秋山はるかが悲鳴をあげるかたちに口を開いた。

かの女が叫ぶより早く、エレベーターのなかから、男たちの声が湧(わ)き起こる。

「啊(アー)！　她(ター)!?」

「呀(シア)——。怎么(ゼンマー)？」

それを聞くと同時に、杏里は片岡と視線を合わせた。

(兵士よ！)

無言で叫び、ホースを握る手に力をこめる。

片岡も無言で、(分かった)と叫んだようだ。二人は、タイミングをはかろうと、息を詰める。

自動小銃を持ち上げる、機械的な音がした。

秋山はるかは、ようやく悲鳴をあげる。

「兵隊よ！　こっちに銃を向けたわ」

(伏せなさいよ、このバカ娘!!)

杏里が口を動かして、声にならない声を発した時、エレベーターのなかから軍靴が跳び出した。

「いまだ！」

片岡の声を聞き、杏里は反射的にホースを力いっぱい引いた。

エレベーターの扉ぎりぎりで、ホースが張りつめられる。それに、兵士の向こう臑が引っかかった。小銃を構えた兵士が前につんのめる。それに巻きこまれて、もう一人の兵士も前倒しになっていく。

派手な音が、ロビーに反響した。

床を自動小銃が杏里の方に滑っていく。

ホースを投げ捨てると、杏里は、自動小銃に頭からダッシュした。

その次の動きは、かの女の意思とは関わりなく、肉体がとっていた。小銃を抱きとめる。銃身を高く掲げる。硬い木製の銃床を、兵士の脳天めがけて、力まかせに振り下ろす。

ガッ——という鈍い音が、人民帽の下からあがった。一撃を受けた兵士は、白眼を剥いて失神する。銃身を返すと、杏里は、こちらを見上げている、もう一人の兵士に銃口を向けた。そのまま、鼻と唇のあいだの溝めがけ、銃口を叩きこむ。

そこが顔面において、最もダメージを与える急所だと、杏里の体は知っていた。

「……いいわ、終わったわよ……」

荒く肩で息をつきながら、杏里は、片岡と秋山はるかを交互に見廻した。二人とも、唖然として、こちらを見つめている。杏里は自動小銃を肩に掛けると、兵士の一人に屈みこみ、身に着けた軍装を検分しはじめた。

「弾倉付きのベルトと、コンパクトトーキーか。こいつは、いただきね」

そんなことを言いながら、失神した兵士の腰から弾帯を外す杏里に、片岡と秋山はるかは、おずおずと近づいていった。

「分子生物学者は趣味で……本職は女性自衛官なのか……」

片岡は真剣そのものの口調で尋ねた。

「まさか。火事場のクソ力って奴でしょう」

コンパクトトーキーを耳に持っていきながら、杏里は、笑いを帯びた調子で応えた。

「格闘技の心得があるんですか」

と秋山はるかが、怯えた口調で問うた。

「ないったら。本っ当に無我夢中だったのよ」

トーキーのボディの赤いランプが、不意に点された。雑音まじりだが、明らかに聞き覚えのある声が、スピーカーから再生される。

「お見事だ、森下さん。その腕ならば、必ずや、崑央のクイーンの手を逃れて、外界へ脱出できると思う」

「いまのも見ていたの、リー博士。いっそ、わたしの勇姿を録画したビデオを、投稿雑誌に送ってみたらどう？」

「はっは――」

リー博士は短く笑ってから、言葉を続ける。

「元気が有り余っているなら、もう少し、運動してもらおう」

一呼吸おいて、エレベーターから、犬が鼻を鳴らすような音が発せられた。それは、フルに動いていた機械が、唐突にスイッチを切られる、あの音に他ならない。

エレベーター内の照明が消えていく。電光表示板のライトも消えてしまった。

「四十階より五十四階までの、すべてのエレベーターを停止させた。今後の諸君の健闘を祈る。まだ諸君には勝ち目が残っているだろう。なにしろ、わたしと違って、諸君はまだ若いのだから」

コンパクトトーキーのスピーカーに向かって、秋山はるかが、ひしゃげた声で言う。

「わたしたちが、なにをしたっていうのよ!?」

その言葉を聞いたか、聞かずか、コンパクトトーキーのランプは消え、博士は沈黙した。

「まるで日本人に怨みがあるみたいだ」

もう一人の兵士から自動小銃と弾帯、コンパクトトーキーを取り上げながら、片岡は、暗澹とした表情で独りごちた。

「違う」

白衣を脱いで、シックな白いブラウスと淡いクリーム色のキュロットスカートだけの姿となり、腰に弾帯を巻いた杏里は短く言った。

「かの女が憎んでいるのは……日本人じゃない……わたしたちの若さだわ」

「…………」

複雑な表情になって、片岡と秋山はるかも、白衣を脱ぎはじめた。

2

非常階段に二人の女を案内するのは、片岡の役目であった。

「こんな方向に非常階段があるなんて思わなかったろう」

小声で言いながら、片岡は、四十九階の奥へ杏里と秋山はるかを導いていく。そこは、ちょうど、四十階のロビーとオフィスの堺あたりの真上に位置していた。シャッターが巻き上げられて、縦二・三メートル横三メートルの四角い口が開いている。その向こうが踊り場で、上下に続く階段が伸びていた。

薄暗い踊り場に立つと、片岡は鼻を鳴らす。

「なんだか、妙な匂いがするな」

そう言われてみれば、周りに、カビと薬物臭の混じったような匂いが漂っていた。

「ビルが建てられてから、ずっと閉めきられていたなら、濁った空気と内装の塗料の匂いじゃない？」

　杏里は応えながら、嗅覚を凝らしてみた。さらに、甘酸っぱい匂いと、微かな糞便臭が上に昇る階段の方から流れてくる。

（吐き気を催す悪臭だ）

　杏里は思わず、鼻と口を手で覆った。この階段の上に、甦ったミイラが怪物化して、と考えると、不思議にかえって眼が惹き寄せられる。それどころか、足音を忍ばせて、昇りの階段の前まで進み、そっと爪先立って上階の気配を窺ってみたい気持ちに襲われてきた。

（よしなさいよ、そんな馬鹿なこと）

　心で自分を叱る声が聞こえる。

（まるで子供っぽいでしょう）

　だが、杏里は、下のフロアに続く階段を見つめる二人を置いて、そちらの方へ歩きだしていた。

「…………」

　ほんの二歩、向こうの位置であった。静かに歩を運び、床に足をつける。もう一歩、さらに進む。と、ずるりとした感触が蹠に伝わってきた。体のバランスが崩れる。

　軽く転んで、床に手と膝をついた。

　床は濡れている。

「…………」

　濡れた掌を返して、眼をおとした。掌がどす黒く染まっている。

　いや、それは黒ではない。赤だ。上階から赤い液体が流れてきて、踊り場にたまっているのだ。液体の正体に思い到って、杏里は低く叫ぶ。

「……血!?」

　杏里の脳裡に、あかいイメージが広がった。

　それは五十階のフロアをいっぱいに充たして、小川となり、踊り場から溢れて、階段を伝う大量の鮮血のイメージだ。

「なんだって」

尋ねながら、片岡が歩み寄った。杏里に手を貸して立たせる。次いで、いまだに血が流れている階段を、眉をひそめて見つめた。

「………」

「誰の血だと思う？　ＪＧＥの社員かしら。それとも、人民解放軍？」

杏里が問うと、片岡は、ようやく視線を階段から薄闇に移した。怒った口調で応える。

「知るもんか」

「ねえっ！」

秋山はるかが、そんな二人に焦れたように呼びかけた。

「早く、下に降りましょう。わたし、なにか――胸騒ぎがするのよ」

だが、杏里と片岡は、すぐには動こうとしない。互いに眼を見合わせ、ゆっくりと上階に続く血まみれの階段に視線を移していった。

しばらくの沈黙ののち、杏里は尋ねる。

「聞こえる？」

片岡は小さくうなずいて、

「ああ」

何人かがぺちゃくちゃ喋る声を高速再生させたような音が、五十階から聞こえていた。その音は、ゆっくり――ごく、ゆっくりと近づいてくるようだ。

ぴちゃり。

水の跳ねる音が、ずっと上の方から響いた。

本当は、たいして大きくないのだろうが、杏里にはジェット機の爆音のように聞こえる。

「逃げよう」

片岡が掠れ声で言うのを無視して、杏里は弾倉の底を力一杯、叩いた。完全に弾倉が銃身にはまっているのを確かめる。自然に右手が、安全装置（セイフティ・ロック）に流れた。眼を階段に定めたまま、杏里は自動小銃の安全装置（セイフティ・ロック）が、すでに外されているのを確認する。

　ぴちゃり。

　また、水の跳ねる音が谺（こだま）した。

「どうする気だ!?」

　片岡は、分子生物学者が肩に銃床を当てるのに、眼を見張った。秋山はるかが、ひしゃげた声で叫ぶ。

「わたし、もう、行くわよ！」

「…………」

　杏里は、無言で銃口を、上方の空中に向けた。片眼をつぶり、照門を覗（のぞ）きこみ。照星と照門が重なるように、構え直した。

　人差し指がトリガーガードをくぐり、引き鉄（トリガー）を押さえていく。

　ぴちゃり。

　三度目の音は、かなり近くから発せられた。

（きっと、曲がり角の踊り場だわ）

　そう考えて、杏里は下唇を噛（か）みしめた。

「戦う気なのか。相手は、プロの兵士でも、かなわなかったんだぞ」

　片岡が言っても、杏里は構えを解こうとはしなかった。

「くそ」

　一言吐き捨てて、片岡は、銃床を右肩に当てた。杏里を真似（まね）て銃口を上の踊り場付近に向ける。左手の力が入りすぎて、銃身がぶるぶる震えた。

　ぴちゃり。ぴちゃり。

　二度たて続けに響いてから、音は、唐突に止まった。

「…………」

　杏里は息を潜めた。

　片岡は、しきりに唇を舐（な）める。

「狂ってるわ、あんたたち。絶対に狂ってる」

そう金切り声で言うなり、秋山はるかは、四十八階めがけて駆け下りはじめた。

秋山の足音が周囲に反響する。

踊り場の怪物は、その音に気づいたらしい。

突然、上の踊り場の蔭（かげ）から、鉛色の矢が射放たれた。

杏里は反射的に引き鉄（トリガー）を絞る。

片岡も、やけくそで、引き鉄（トリガー）を引いた。

自動小銃が、セミオートで乱射されはじめる。青白い銃火（ガン・ファイアー）があたりを照らしあげた。さらに、こちらに迫ってくる鉛色の矢も――。

それは、矢ではない。

一直線に伸ばされた細長い触手だ。

触手は鞭（むち）のようにしなって、杏里の左の額に炸裂（さくれつ）する。弾けたような痛みを覚えながらも、杏里は掃射をやめなかった。触手の源めがけて、撃ち続ける。

壁に弾痕（だんこん）が走った。

触手が額から引かれる。そのまま、触手は、片岡の顔をかすめ、U字型にしなって、下の階へと伸ばされていった。

上の踊り場の蔭から、なにかが現われる。それは数知れぬ触手を蠢（うごめ）かせた、巨大な球根のようなものだった。

「出たわね、崑央（クン・ヤン）のクイーンが」

球根状の部分だけで、おそらく二メートル近い高さだろう。その頭頂部からは長い触手が、基底部には短い触手が生えている。上の触手は獲物を捕えるため、下の触手は本体を移動させるための器官と思われた。

「いやあああああっ――」

秋山はるかの絶叫が、下から、こちらに向かって急接近してきた。

その右足首に触手が巻きついている。階段を逆さに引きずり上げられた状態だ。

杏里は、秋山の右足を捕えた触手に、銃口を転じた。ザイルロープほどの太さの触手である。同じ箇処に、たて続けに撃ちこめば、切れないことはない、と杏里は計算していた。

鈍い銃声が一定の間隔をおいて、六発、連射されていった。すべて、一点に炸裂(さくれつ)する。最後の銃弾が、触手を裁ち切った。

杏里の足元で、秋山の体がバウンドした。

触手の切断面は真紅(しんく)で、緑色の体液を噴出させている。するすると触手は本体に戻っていった。

それを追うように、杏里は、掃射し続ける。

オレンジの火箭(かせん)が次々と球根状の本体に呑(の)みこまれていく。

球根が悲鳴をあげた。

その声を耳にした杏里の背に鳥肌がたった。

悲鳴は、杏里が予想していたような、野獣の咆哮(ほうこう)ではない。

苦痛を訴える人間の声であった。しかも、複数の人間の声だ。

「…………」

愕然(がくぜん)とした表情を顔一杯に広げながら、片岡は引き鉄(トリガー)から人差し指を離した。なにか言いたそうに、口をぱくぱくさせて、杏里の横顔に振り返る。

杏里は、歯を剥(む)き出して、弾倉に残った銃弾のありたけを撃ちつくした。

球根のバランスが崩れる。階段の段差を底部の触手が取りそこなったのだ。そのまま、横倒しになって、階段を転げ落ちていった。

踊り場の三人は、大きく後退(あとじさ)る。

廊下から洩(も)れ入る光のなかに、球根状の本体が、ゆっくりと転がっていった。

明かりに照らされた本体を見るなり、秋山ははるかの口から、ヒューッという甲高い音が発せられる。あまりの恐怖で、悲鳴も出ない様子であった。

本体は、タマネギに似たかたちをしている。その表面は複雑な皺に覆われ、所々に腫物のような盛り上がりが認められた。三人を戦慄させたのは、その盛り上がりの形状であった。

眼と鼻と口がある。言うまでもなく、どれも人間のそれだ。そのなかのひとつは三人にとって馴染みのあるものだった。

「……下河原……部長……なの……」

秋山はるかが、やっとのことで呟いた。

「どういうことなんだ？」

片岡は、しきりに手の甲で、首のあたりに浮かんでくる冷や汗を拭いながら、杏里に尋ねた。

空になった弾倉を銃身から抜き、下河原の顔の特徴を呈した腫物に投げつけると、杏里は溜息まじりで応える。

「少なくとも、これだけは確かだわ。……こいつは、崑央のクイーンじゃない。クイーンが手すさびに創った……なにかよ」

「人間の肉体をもとにして創ったっていうのか」

片岡は、両眼を細めて首を横に振った。

「遺伝子をいじって、そこらに転がった死体に植えつけ、あっという間に改造したと思う。相手は、自分の体さえ、量子レベルから変容させることが出来る化け物よ。人間の肉体なんて造作もないでしょう。機械に詳しい学生が、手近の部品で、ラジオを作るようなもの——」

そこまで言うと、杏里は、片岡を見返した。

「きっと、こいつ一匹じゃない。このビル中、こんなのが溢れているわ。それでも下へ行く？」

「あなたは、どうするつもりだ」と片岡。

「わたしは、真っ平よ。ホラー映画に出てくる、ただキャーキャー喚いて、逃げるだけのヒロインにはなりたくない。戦ってやる。リー博士とも、崑央のクイーンとも……」

3

秋山はるかの懸命の反対を押し切って、一行は、階段を上りはじめた。

血に濡れた階段を一歩一歩と、足を滑らさぬよう注意して進みながら、片岡が小声で囁く。

「森下さん、ぼくは断じて、あなたのヒロイズムに同調したわけじゃない」

「わたしは女だからヒロイニズムでしょう」

杏里が口を挟むと、片岡は怒った口調で、

「まぜっかえすな。……ぼくはラボの構造を視覚化してみたんだ。細部まで洩らすことなく、可能な限り、この頭のなかに再現してみた。そこで、妙なことに気づいたんだ」

すかさず秋山はるかが小さく叫ぶ。

「やめて！　なんだか、怖い」

制止を無視して、片岡は言葉を続ける。

「あのラボはどう考えてもおかしかった。他の階にも研究設備の揃ったラボがあるのに、なぜ、わざわざ五十二階に新しくラボを造る必要があったのか？」

ようやく三人は四十九階と五十階の中間にある踊り場に立った。床は血溜りが池のように広がり、屍臭と血臭でむせかえるほどだ。

片岡は、ちょっと咳こんでから、

「だが、もっと変なのは、ミイラを安置する方法だった。……四方を透明な障壁で囲み、天井も覆って、ミイラを横たえたストレッチャーの下には空の柩。天井板の上には、柩の蓋が置かれていた。単にミイラを安置するだけなら、なんで、そんなことをする必要がある？」

杏里は両頬の筋肉が硬直していくのを覚えながら、片岡の横顔を見返した。

「これは、あなたは絶対に知らなかったろうが。あのミイラのあった位置……あそこの真上に、なにがあるか」

「…………」杏里は黙って瞬きを繰り返した。

片岡の唇が、皮肉に歪められる。

「プールさ。五十三階にあるプールの真下に、ミイラは置かれていたんだ。これは偶然かな？〈火〉の種族とされる祝融。その祝融のものと思われるミイラの、真上の階に、水の湛えられたプールだぜ」

「ねえ！　もう、やめましょうよ」

秋山はるかが悲鳴に近い怒鳴り声を発しても、片岡は口をつぐもうとしない。

「リー博士は知っているんだよ。祝融の倒し方を。ひょっとすると、前にも同じ体験を体験しているのかもしれない。それで、知っているから、わざわざミイラをプールの下に設置したんだ。いつでも退治できるように」

「――それは科学的な方法？　それとも、文化人類学的な……つまり、呪術的な方法かしら？」

「それは分からない。ただ、ぼくの乏しい中国思想や易の知識によれば――」

そこで、片岡の台詞は、秋山はるかの絶叫で中断された。杏里は身をそちらに翻す。秋山はるかは、両手で顔のまわりを払っていた。まるで、しつこく迫る毒虫を払おうとするかのように。

最初、杏里は、それを熊ん蜂かと思った。

大人の親指ほどの大きさで、ブンブン唸りながら、空中を舞っていたからだ。

しかし、それが方向を変えて、自分に襲いかかってくるのを見るや、杏里は初めの考えを撤回した。

(どこの世界に頭も脚もなくて、胴体と羽根だけの蜂がいるっていうのよ!?)

いかにも、唸りながら、杏里にまとわりつこうとしているものには頭も脚もなかった。ただ、渦巻き状の皺が刻まれた半面と、二枚の半透明な羽根が羽搏く、横皺に覆われたもう半面があるだけだ。皺以外には、どこにも眼も顎もない。絶対に、昆虫では有り得なかった。

杏里は、そのものに対して、恐怖よりも嫌悪よりも、まず喧しさを感じた。

（ひとが考えごとをしたり、話しこんでる時に、割りこんでくるんじゃないの！）

銃身を一閃させる。銃床で宙を薙ぎ払った。カナブンのような手応えが両手に伝わってくる。

杏里の銃に打たれて、それは床に叩きつけられた。相当のダメージを負ったのだろう。こちらに渦巻状の皺が寄った腹を見せて、もがいている。二枚の羽根が、血溜りを漕ぎ続けていた。

杏里はそれに眼をおとし、視覚を凝らした。

その正体に気づくや、唇の端がひきつる。

片岡も、ようやく、それが何だったのか、気づいたようだ。小さく洩らす。

「……指だ。男の指……第二関節から上の部分……。クソッ、羽根は爪じゃないか!?」

秋山はるかが口を押さえた。くぐもった声が手の下から溢れてくる。必死で嘔吐をこらえているのだ。

それを横目に、片岡は、血溜りでもがき続ける、蜂を模した指を、無表情で踏み潰した。

なんとも形容できない耳障りな音が響く。

片岡は、かたく両眼をつぶった。秋山はるかは耐えきれなくなったか、踊り場の暗がりに駆け寄ると、しゃがみこんで吐きはじめる。

そんな二人を尻目に、杏里は血で濡れた階段を大股で三段ほど上がっていった。銃口を天井に向け、引き鉄に人差し指をかけながら、二人に振り返る。

蒼い顔の片岡と秋山を、五秒ほど見下ろし続けた。

沈黙を不意に破って、杏里は、

「まだ、地獄の一丁目よ。お楽しみは、これからだわ」

明るい口調で言うと、にっこりと微笑(ほほえ)んだ。

「楽しそうだな、あなたは」

非難がましい口調で片岡は言うと、血溜(ちだま)りから足を上げた。その下から、平べったくなったあれが現われる。二枚の羽根が胴体にへばりついたそれは、爪が二枚ある親指そのものだった。

「ええ、楽しくてしょうがないわよ」

笑みを拭(ぬぐ)うと、杏里は険しい調子で応(こた)える。

「これだけ派手にアタマを振ってきたんですからね。本物の崑央(クンヤン)のクイーンは、思いっきりおぞましくあってほしいわ。一目見ただけで、こちらがショック死するか、発狂するかくらいにね」

「狂ってる……森下さんも……狂ってるわ」

秋山はるかは、老婆が念仏を唱える時のように、口のなかで繰り返した。

そんな秋山の肩を抱いて、片岡は歩きだす。上眼遣いに、杏里を見上げると、いまいましそうに、

「リー博士とあなたとは、皮一枚の違いだ」

片岡が吐き捨てた一語が、杏里の心臓を縮みあがらせた。

(こんなにも他人に対して残酷かつ無慈悲になれるなんて……リー博士は、一体、どのような過去を背負っているのだろう?)

そんな声と同時に、自問が心の底から湧(わ)いてくる。

(わたしは、どうなの?)

(どうして、わたしは、こんなに冷笑的になっているのかしら)

母の顔が、突然、浮かんだ。

それは怒っている顔だ。杏里の記憶のなかで、母は、ふたつの表情しか持っていなかった。ひとつは怒り。もうひとつは、かの女を冷笑する表情。存在を根底から否定するかのように、冷たく見下ろして、せせら笑っている——。

もの心ついてから、一体、どれほど、そんな母の

表情に傷つき、泣かされてきただろう。誉められたことなどは、一度もない。テストで満点をとっても、運動で優秀な成績を残しても、母の言うことは決まっていた。

『うぬぼれるな』『天狗になっているだろう』『お前よりも成績のいい子は、もっといる』

常に杏里の母は、かの女に否定的な観念を植え続けてきたのであった。

嫌いな台詞が、杏里の耳の奥で再生される。

それは、母の口にする言葉で、一番、杏里の嫌いなものだ。

『大きくなるたびに、お前は、少しずつ、お父さんに似てくるね』

(父も、母も、わたしにはいらない!!)

中学生の頃から、杏里は漠然と、そう考えるようになっていた。

(いっそ、天涯孤独であったならば、どんなにさばさばすることだろう。さらに小うるさい近所の連中や、自分をからかう学校の奴等もいない、どこか、とおくの大地に生まれていたならば——)

そう、たとえば、見渡す限り、何もない曠野が地平線まで続いているような大地だ。そして、東京と違って、冷たく乾いているところ。

隣家など、何十キロも、馬で行った先にしかないような場所。

(そんなところで銃を取り、威張りくさった奴らや、弱い者をいじめる奴ら、ひとの大事なものを掠め盗る連中と戦う……)

それが、杏里の中学時代の夢であった。

高校、大学へと進み、夢は少しずつ変容して、銃は学問に、果てしない大地は分子の世界に変わり果てていった。

気がつけば、かの女の戦場は大学の研究室に——。

そして、いまは、六十階建てのビルのなかになっている。

杏里は眉をひそめた。

むっつりと口をつぐんで、銃を構え、血塗られた階段を上りながら――――――杏里は――――――必死に抵抗してみても――――――また、幻覚の世界に――――投げだされる。

4

最初に感じたのは、喪失感だ。

現実のなにかを失った感覚ではない。

夢の喪失感。

たったいままで、圧倒的なリアリティを持っていた現実が、ほんのささいなきっかけで、すべて失われてしまった、と感ずる悔しさ。

気がつけば、かの女は空腹を抱え、ドブネズミのように瓦礫の山に身を隠していた。

身を責め苛むのは、空腹だけではない。

刺すような寒さ。胸を灼き続ける焦燥感。手足のあちこちに走る傷跡の痛み。だが、なによりも切実なのは得体の知れないものに追われる恐怖であった。

（なんて夢なの……）

かの女は暗澹とした表情を広げた。最初に夢を見たのは、収容所に運ばれるトラックのなかである。以後、かの女は頻繁に夢を見続けた。

夢のなかで、かの女は外国の侵略も内乱もない国で、母と二人で暮らしていた。母といっても、現実の母ではない。現実のかの女の母は、十四歳の時に日本軍に殺されていた。

夢の世界だけの母だ。

口やかましくて、時折、かの女を傷つけるような言葉を浴びせてくるが、それも女手ひとつで子供を育てる不安と苛立ちから来るものと、理解してしまえば、さして苦にもならなかった。

かの女は夢のなかで、勝気な少女として、生き生きと暮らしていた。科学を愛し、いつか自らも科学者となることを志して、勉強し続けた。

　そして、大学へ進み、大学院に進学し、遂に博士号を得るに到った。

　だが、夢が明るく楽しかったのは、そのあたりまでだ。大学の恩師に頼まれて、大都会の中心にある六十階建ての円柱型のビルに赴いた頃から、夢は、徐々に悪夢の坂へと転がってきた。

（収容所の体験が、夢に投影されたためだ）

と、かの女は、悪夢を反芻(はんすう)しながら思った。

　夢のなかにまで、崑央(クン・ヤン)の生き物が現われたのだ。それも、美しい少女のミイラに化けて。夢の世界の住人たちは、こともあろうに、ミイラに腺(せん)ペスト菌を注入して、変化を促進させようとしていた。

　当然のことながら、菌を注入されたミイラは――あの三人の親子と同じように――凄(すさ)まじい光と熱を発し、変身を開始したのである。

（夢のなかのわたしは、どうなっただろう）

　周囲に気を配りながら、かの女は考えた。

（いまのわたしと同じく逃げまわっているのだろうか？）

　目下、かの女が身を潜めている場所は、収容所の石炭小屋であった。小屋といえば小さなイメージがあるが、百名近い収容所の人間が、ひと冬を越すのに必要な燃料の置き場である。その広さは、四十畳ほどと、空手(からて)の道場ほどもあった。なかには石炭が文字通り、山と積まれている。

　入口は粗末なトタン貼(ば)りで、戸板の裏には二本のスコップと、石炭をボイラー室に運ぶためのトロッコが三台あった。

（こんなに、たくさんの石炭があるのに、火を焚(た)けないなんて……）

　かの女は、黒々と光る石の山を見上げて、皮肉に笑った。あいつは何にでも反応するのだ。人の気配や話し声、呼吸、ちょっとした物音、そして火――。

熱と光を自在に発することから考えて、あいつは、火と関わりがあるのに違いない。かの女の脳裡に、三日目にあいつと遭遇した時の様子が、まざまざと甦ってくる。

最初、かの女は、日本軍のサーチライトに照らし出されたのか、と思った。三日前の深夜、石炭小屋から二〇メートルほど離れたところに位置する、貯水タンクの前での出来事である。

実験用水は普通の飲料水とは別で、このタンクの水を使用していた。

あの大破壊以後、かの女は喉が乾くと、ここへ来て、蛇口をひねり、上から落ちてくるゴム臭い水を呑むようにしていた。すでに水道は使用不可能になってしまったからである。

その夜も、気配を殺して、かの女は貯水タンクに走り寄り、蛇口に手を伸ばした。

闇に伸ばされた手は、途中で止められる。

左のすぐ前方の闇で、いきなり、あいつの気配が生じたのだ。

なにかが超高速で回転しているような唸り。それが、あいつの気配だった。

眩い光。

白銀に輝く、光の暴力が、かの女を襲った。次いで、熱だ。息もできないほどの熱波が顔に押し寄せてきた。

不意の襲来に驚いて、かの女は右手を弧を描くようにして引いていった。その手が水道のコックにぶつかった。激しい痛みと同時に水飛沫が噴き上がった。

（そうしたら、あいつは、消えてしまった）

（ひょっとすると、あいつは火の仲間だから、水に弱いのかもしれない）

（いや、違う。なにしろ、あいつは雨のなかでも、雪のなかでも、消火用ホースで水をぶっかけられても、平気だったではないか）

タンクの水が空（から）になる前に、あいつは去り、かの女は水を呑むことができた。だが、以後は、貯水タンクに近づこうとはせず、喉（のど）の乾きは、もっぱら水溜り（みずたま）や雪で潤している。

（水……。直接の弱点ではないにせよ、きっと、水はあいつの苦手なもののひとつに違いない）

そこまで思い到った時、かの女は、ふと喉の乾きを覚えた。近くの水溜りに行くためには、ここから二〇メートルほど歩かなければならない。かの女は、石炭の山の頂きを見上げた。天井に小さな明かり取りがある。それは開閉できる窓で、ガラスの上に雪が少しだけ積もっていた。

（雪でいい）

小さくうなずき、かの女は石炭の山を上りだした。

子供の拳（こぶし）ほどの石炭が、小山ほども積み上げられて、できた山である。足場は安定せず、気をぬくと石炭もろとも下へ滑り落ちてしまう。だが、飢えて衰弱しているとはいえ、抗日戦線の若きゲリラ兵として、厳しい訓練を受けたかの女には、普通の丘と変わらなかった。

確かな足どりで、素早く山を上っていく。

その中腹まで来た時、戸板と戸口の隙間（すきま）から、白銀の光条が洩（も）れ入った。

かの女は、息を呑（の）み、肩越しに振り返る。

戸板が、一撃で破られた。

雪明りに蒼（あお）く映える廃墟（はいきょ）を背景に、黒い人影が現われる。その人影の胸あたりでは、まだ、たったいま放たれた光輝の名残りが、たゆたっていた。

かの女は無言で眼を見張る。

人影は、子供ほどの大きさであった。

より正確に言うならば、あの三人連れの男の子と同じ背丈だ。

だが、こんな場所に、生きている子供などいるはずがない。

かの女は、声にならない悲鳴をあげて、石炭の山を、さらに上ろうと手足を繰り出す。その身の周りで、大量の石炭が、重い音を曳いてなだれ落ちていった。

「大姐、看到！」

隠れんぼの鬼のような台詞が、人影から発せられた。次いで、甲高い子供の笑い声が。

かの女は、必死で上り続ける。

足が滑った。手が虚しく空を掴む。それでも生への執念によって、さらに上っていった。

あと、もう二、三歩で頂に達する、というところで、かの女は肩越しに背後を見遣る。

人影は、すでに、石炭の山の麓まで進んでいた。キャッキャッと笑う声が、石炭小屋に谺する。それは、かの女がこれまで聞いたなかで、最も恐ろしい笑い声であった。

夢中で、かの女は、後ろを見つめたまま、右手を伸ばした。右手が、ガラスに触れる。明かり取りだ。枠を求めて、右手が、ガラスの表面を滑っていった。硬くて細い木の棒の感触。そのまんなかにある留め金を外し、力まかせに、窓を跳ね上げる！

天井から、大量の雪片とともに、光が差しこんだ。光は平等に石炭小屋にいるものたちを照らしていく。石炭の山も、スコップも、トロッコも、かの女も。そして、全身が鱗に覆われた男の子の姿さえも。

光に照らされて、男の子の顔が、憎悪に歪んだ。その肉体も歪む。

人間から、それ以外のものへと。

「…………」

かの女はカチカチと奥歯を鳴り合わせながら、身を翻し、石炭の山に背をつけた。恐ろしくてたまらないのに、眼が惹き寄せられる。あいつの変容を目撃せずにはいられなかった。そのまま、後ろ向きに頂きへと、にじり寄っていく。

　人間の輪郭が、ぐにゃりと崩れた。

　代わって現われたのは、太い綱をないまぜたような、真紅の円錐形だ。側部のいたるところから大小長短、さまざまな触手が生え、ゴーゴンの髪のように蠢き、からみあっている。

　明かり取りから吹き入る寒風も、大量の雪も、かの女の眼をそらすことはできなかった。

　しゃあっっ――

　鋭い音を曳いて、触手の一本が突き出される。尖端に海星に似た星型の器官が付いた触手だ。それが、かの女の左眼いっぱいに近づいてきた。

「――――!!」野獣の咆哮をかの女は発する。

　眼球に異物が突き立つ惨痛が、かの女の左半面を襲った。

　ぐいっ、と引き抜かれる痛みは、突き刺さった時の痛みよりも、より激しかった。灼熱した鉄棒を左眼に突っこまれたようだ。熱湯で左半面を洗われているのに似た感覚に、かの女は手を遣った。掌が濡れていく。鮮血であった。

　かの女に泣いたり、のたうちまわっている余裕はなかった。

　ただ、必死に石炭の山を這い上るばかりだ。

「小李！　大丈夫か!?」

　山の下から、聞き覚えのある声が響いた。

（あの声は……陸さん。生きていたの）

　かの女は手足を休めて、頂き付近から見下ろした。が、石炭の山の麓に、優しい満州人の姿はない。奇怪な円錐型の肉塊が、ふるふると顫えているだけである。

　否――。

陸はいた。円錐の頂点に。ぽっかりと、鼻と口のない頭を出して。

あいつは、陸の頭と声を自在に再生できるのだ！

かの女と眼が合うと、陸の首が笑った。唇のない、剝きだしの歯茎と歯列が、くわっと開かれる。と、その口から、あいつの触手が、槍のように突き出された。

「唉呀——ッ」

声帯も破れんばかりの絶叫をあげるかの女に、触手が急接近してくる。

足場が崩れた。大量の石炭が、滝のように流れた。明かり取りから、烈風に乗って、物凄い量の雪が吹きこんできた。かの女は叫びながら、手足を——

————死にもの狂いで————石炭の山を崩して————————。

————————そして、杏里は、我に返った。

「どうしたんだ？」

片岡に訊かれて、杏里は弾かれたように振り返った。全身が汗まみれになっている。自然に手が左半面にいった。当然のことながら、左眼は潰れていないし、半面が血に染まってもいない。

杏里は、秋山はるかに向き直る。

「また、幻覚を見たわ」

掠れ声で言って、杏里は微笑んだ。

「…………」

秋山はるかは、なにも応えず、ただ怯えた表情を湛えたままであった。

「戦前の、中国の幻覚よ。前に話したでしょう。……あなたは、妙な音を聞かなかった」

「…………」

秋山はるかは、杏里がなんの話をしているか、まったく理解できない、という顔になっていった。

（この子ったら、もう忘れちゃったのかしら）

杏里が眉をひそめると、ようやく片岡が口を開く。

「戦前の中国の幻覚だって？　なんのことだ」

「このビルに来てから、時々、わたしの気がとおくなるのは知っているでしょう」

「ああ、着任当日から、デスクに突っ伏していたな」

「あれから、何度となく、昼といわず夜といわず、幻覚に襲われ続けているのよ。幻覚のなかでは、わたしは中国人の女の子なの。で、日本軍の細菌研究所みたいな施設に収容されている。人体実験のモルモットとして」

「七三一部隊か……」

「いいえ、あれとは、多分、別の施設ね。場所が違うもの。わたしの幻覚に出てくる収容所は、中国東北部、佳木斯（チャムスー）郊外にあった」

片岡は薄笑いを広げて、

「ばかに詳しく位置を特定できるんだな。幻覚なのに」

「TVに同じ施設が放映されていたのよ。目下、佳木斯（チャムスー）あたりは、大地震と大火災でパニックに陥っているでしょう。TVニュースで、新華社提供の映像が流された。そのなかにあったの。幻覚に出てきた建物が」

片岡は眼を一瞬大きく見開いた。

しばらく沈黙したのち、苦しげな声を絞り出す。

「……どういうことなんだ。信じられない。頭がおかしくなりそうだ」

杏里は皮肉に笑って、うなずいた。

「とっくに、わたしの頭はおかしくなっているわよ」

いつしか、三人は階段を上りきっていた。

五十階の廊下が、かれらの左に伸びている。明かりは、依然として、瞬いたままだ。

踊り場には、人民服をまとった、首なし死体が転がっていた。階段を濡（ぬ）らす大量の血は、どうやら、この死体から流れていたらしい。

「ねえっ！」

秋山はるかは、腰がすでに逃げていた。死体を見て、怯えが急激に高まった様子である。

「やっぱり、階下へ逃げましょう。兵士をこんなふうにしてしまう怪物が相手よ。とても勝ち目はないわ」

「いや、五十階を調べなくては――」

片岡が言いかけると、横から杏里が口を出す。

「いいことを思いついた。まず、五十一階に行きましょう」

「なぜだ？」と片岡。

「――武器を調達するのよ。小銃よりも強力なやつ――手榴弾や爆薬を」

そう言ってのけた杏里は、分子生物学者というよりも、女テロリストの肩書の方が、よく似合いそうな表情になっていた。

5

五十一階に続く階段には、杏里の予想した血の川も、飛び散った肉片も、手や足を失った死体も見当たらない。うっすらと埃が積もっている以外は、なんの変哲もない、ごくありきたりの非常階段だった。

杏里は、それに安堵して、階段を駆け上る。

「気をつけろ！　クイーンの創った化け物が隠れているかもしれないぞ」

注意する片岡の声が、杏里のあとから追いかけてきた。

「心配ないわ。ついさっき、行ってきたばかりだから。出払って、誰もいないのよ、五十一階には」

「待てったら」

五十階と五十一階の折り返し点――踊り場に立った杏里に、片岡が苛立たしげに言った。

「秋山君が、まだ、上ってこないんだ」

「また、あの子なの」

うんざりした口調で、杏里は舌打ちすると、足を止めた。身を翻(ひるがえ)して、階段の下を覗(のぞ)きこむ。片岡の蒼(あお)ざめた顔が、杏里と背後を交互に見遣っていた。杏里は大きな声で呼びかける。

「秋山さん、早く、いらっしゃいな。どうしたの？　足が竦(すく)んで動けないなら、手を貸すわよ」

秋山はるかの返事はない。

片岡の眉(まゆ)が、ゆっくりとひそめられた。訴えるような眼差(まなざ)しを杏里に送り、すぐに階下に振り返る。杏里は息を潜め、耳を澄ませた。

わずかな悲鳴も、聞きのがすまいと――。

沈黙。

金属的なまでの完全な沈黙が、あたりを包みこむ。

杏里と片岡は、沈黙の鋳型にはめこまれたように、微動だにせず、耳を澄まし続ける。

……五十階の方から聞こえてきた。声ではないが、音とも言いかねる。それは震動であった。なにか小さくて、力の弱いものが、懸命に震えて、その動きを空気に伝えようとしている気配だ。

杏里は、その気配を秋山はるかの怯(おび)えと感じ取った。これまで現われた二匹の怪物よりも、よりおぞましい姿のものが、秋山の前に出現して、かの女が金縛りになっている――という構図を思い浮かべる。

片岡も同じことを考えたようだ。自動小銃を持ち直すなり、後ろへ身を返した。

「秋山君！　どうした、大丈夫か」

大声で呼びかけながら、階段を駆け下りていった。

杏里はそれに続こうとして、下半身が逃げていることに、初めて気がついた。

（どうしたの？　わたしったら――）

これまでにない、反応であった。訝(いぶか)しく思う心の奥底から、奇妙な不安が滲(にじ)み上がる。

（このまま、片岡とともに下に行ったなら、二度と

取り返しのつかない事態に巻きこまれるのではないだろうか）

（ひょっとして、秋山は、崑央のクイーンと遭遇してしまったのではないか？）

　片岡が階段を駆け下りる音が乱反射する。

　まるで、上から、こちらに向かって誰かが走って下りてくるように、杏里は錯覚した。そう考えると、俄かに、恐ろしくなってくる。一人で待つのが、とても耐えられない苦痛に感じられた。

「待って、片岡さん。わたしも――」

　言い終えるよりも早く、杏里は、五十階に駆け戻っていた。一段ずつでは、まだるっこしい。二段、また二段と、跳んでいく。

　あと、三段で、五十階だ。

　――と、そこに片岡が立ちつくしていた。

　顔色を紙のように真っ白にさせ、なにかに憑かれた表情を貼り付けて、片岡は階段の上り口を見下ろしている。その瞳には驚異と恐怖の色が湛えられていた。

　片岡と肩を並べる位置で足を止めると、杏里は、かれの視線を追いはじめる。

　まず、見えたのは、上り口で凍りついた秋山はるかだ。杏里の予想した通り、かの女は恐怖にがんじがらめにされて、金縛り状態である。唇がわなわなと震えているが、悲鳴すらあげられない有様だ。その眼は、床の一点に吸い寄せられていた。

　杏里の眼が床を追った。

　階段の一段目に、それはいた。

　いつの間にか現われたのであろうか。杏里が駆け上った時には、まったく気がつかなかった。あるいは、気づかれないままに、それを踏んでしまったのかもしれない。

　そう考えた途端、全身に鳥肌がたった。

　もし、あんなものを踏んでいたとしたら……。

最初、杏里は、それを蛞蝓だと思った。

だがパールホワイトの光沢を帯びた、チェリーレッドの蛞蝓など、この世には存在しない。まして、それは、ふたつのパーツが両端でくっついているのだから、断じて、蛞蝓などでは、あり得なかった。

それは動いている。

どことなく卑猥な印象を見る者に与えながら、開いたり、閉じたりしていた。

（震動を……気配を……起こしていたのは……秋山ではなくて……これだったんだ……）

弾けるように、大きく開いた。

ぱくり、と閉じられた。

また、開かれる。それを繰り返し続ける。

片岡が、口に入った毒蛾を吐き出すような表情で、言葉を絞り出す。

「こいつは……女の唇だ……」

次いで、絶望的に、両眼をつぶった。

階段の上の唇の動きを、杏里は真似てみる。大きく開いて、閉じる。開いて、閉じる。開いて……閉じる。

「ママ……ママ……ママ……ママ……」

自然に、そんな単語が、口をついていた。

「やめてえっ!!」

秋山はるかが、両手で頭を抱えて絶叫した。

「唇に、ママと呼ばれる覚えは？」

皮肉でも冗談でもなく、杏里は、真剣な表情で、秋山はるかに尋ねた。

「あるわけ、ないでしょう」

秋山は、泣き声で応え、思いきり悲鳴をあげた。空気が、ひりひりと震える。尾を長く曳いた悲鳴は、コンクリートで固められた周囲に反響し、乱反射し、より甲高くなって上階へ吸いこまれていった。

一呼吸おいて、五十階の廊下の方から、雄叫びが返された。それは、複数の野獣の放つ咆哮のようであり、同時に何十人とも知れぬ傷ついた人々の助けを求める声のようでもあった。あるいは、産院に並べられた新生児たちの泣き声にも似ている。

だが、杏里には、いま聞こえる咆哮が、崑央(クンヤン)のクイーンによって、信じられない怪物に変化させられた、ＪＧＥの社員や兵士の叫びに思われた。

それは、あるいは吸盤状の、あるいは一体に三つもある、あるいは牙(きば)だらけの、ともかく原形をとどめぬまでに異化された口で、こう叫んでいる——。

「ママ！　ママ！　ママ！　ママ！」

秋山はるかの悲鳴を聞いて、そう叫びながら、こちらに向かって這(は)いうねっているのだ。

「ママは忙しくって、あんたの相手なんかしてられないのよ！」

一声叫んで、杏里は、二段下に跳んだ。ローヒールの靴底で、開閉する唇を踏み潰(つぶ)す。足首をねじり、力まかせに踏みにじった。生肉を踏んだような感触が、蹠(あしうら)に伝わるが、嫌悪すら、憎悪には負けてしまうらしい。すでに杏里は、ゴキブリを踏んだ時以上の嫌悪感を持ってはいなかった。

やがて、足を止めると、杏里は秋山はるかを見据える。

「これで怖(こわ)いものはやっつけたわ。もう歩けるでしょう。早く行くのよ。……奴等が来る」

「奴等って？」

秋山と片岡が同時に尋ねた。

「崑央(クンヤン)のクイーンがこしらえた連中よ」

と言って、杏里は、廊下に続く非常口を顎(あご)でしゃくった。秋山と片岡の眼が、そちらに向けられる。瞬く蛍光灯の明かりの下で、肌色の蟹(かに)のようなものが、のろのろと這(は)っていた。桃色をした蛇に似たなにかがうねり進んでいた。そして、先程(さきほど)の、爪(つめ)を羽搏(はばた)かせた指が、何匹か、宙を舞っていた。

「いまのあなたの悲鳴に惹(ひ)かれて、こちらにやって来るわ」

冷静に言いながら、杏里は、秋山はるかに「行け」と無言で促した。秋山が、脇を擦り抜けていく。かの女が、片岡の隣まで行ったのを確認すると同時に、杏里は銃身を上げた。

右手が弾倉を押し上げ、フルオート掃射に切り換える。

銃口を非常口に向けた。

すでに、そこには、異化した人々が――あるいは人々の器官だったものが――爬虫類の動きで群れ集っていた。

粘りつくような声が、杏里の耳朶を鞭打ちだす。

「ママ――ママ――ママ――ママ――ママ」

歯を剥いて、杏里は、引き鉄を引き絞った。

薄闇に青白い銃火が閃く。硝煙が周りを紫に染める。オレンジの火箭が闇を貫く。

フルオートで掃射される銃弾は、崑央のクイーンによって、まやかしの生命を与えられた異物どもを次々と地獄に送り返していくのだった。

第七章　混沌の女王

1

眼のある足首。唇を三つも持った左手。開口部に牙を生やし、背に翼のある大腸。二の腕ばかりが三十本ばかりも固まって、球と化したもの。顔の浮き出た太腿と細い手のある膝そして臑から足首。触手の生えた眼球。さらに自らの感覚器官を得た内臓群――。

非常口に丈高く積み重なった、それら、瀆神的な肉のオブジェは、いずれも銃創より鮮血や膿汁、漿液を滴らせている。すでに、ぴくりとも動く気配はなかった。

自動小銃を下ろすと、杏里は身を翻した。

二段上では、片岡が秋山の肩を抱き、佇立している。二人とも、悪夢に魘されているような表情だ。

「とりあえずは、ショー・アップよ。さ、二番手が来ないうちに上りましょう」

片岡は、杏里の言葉に、ぎこちなくうなずいた。と、その腕のなかで、秋山はるかは身を硬くする。

「嫌よ。わたしは、嫌……。もう上には行かない。一刻も早く外へ出なくちゃ、気が変になってしまう」

言いながら、何度も、大きくかぶりを振った。わななく唇や、怯えきった瞳が、いまの秋山はるかのショック状態を饒舌に語っている。その身は仔猫のように細かく震えていた。

「そう。なら、仕方ないわね」

冷たく言うと、杏里は、空の弾倉を抜いた。それを足元に投げ捨て、新しい弾倉を銃身に叩きこむ。

次いで銃口を秋山はるかの胸に向けた。それを見た片岡が、すかさず怒鳴る。

「なにをする。秋山君に銃口を向けるな。危ないじゃないか！」

「危ないのは、わたしの方よ。この子のために、生命を危機に晒(さら)すのは、まっぴらだわ。上へ進まないのなら、ここで射殺する」

「馬鹿なことを――」

舌打ちする片岡を、杏里は睨(にら)みつけた。

「止めるなら、あなたも射殺するわよ、片岡主任。わたしには、崑央(クン・ヤン)のクイーンを見つけて、息の根を止める義務がある。リー博士に会って、抗議する権利もある。さらに、なにがなんでも生き延び、外界に出て、今回の事件を世間に公表する義務があるわ」

「……狂ってる……森下さんは……狂ってる……怖(こわ)い……」

秋山はるかが、口のなかで呟(つぶや)いたのを、杏里は聞き逃さなかった。険しい眼差(まなざ)しを今度は秋山に転じ、

「狂っていても、臆病(おくびょう)者よりはマシでしょう。オーケー、射殺するのはやめるわ。だから、道をあけて。あなたたちとは、ここで別れましょう。わたし一人で……クイーンと戦う」

杏里はそう言うと、銃を持ち直した。

自然に二人は、杏里に道を譲るために、横へずれていく。

杏里は無表情で、階段を二段跳び越した。

右横に立って、まるで化け物を見るような眼つきで、こちらを見ている秋山に微笑(ほほえ)みかける。秋山は肩を竦(すく)ませた。

「怯(おび)えている時が、あなたは一番チャーミングね。初めて会ったわ、そんなタイプ」

軽口を言い捨てて、杏里は、二段ずつ階段を跳び越えはじめた。わずか三歩で中央の踊り場に着く。そこを折れ、五十一階をめざして駆け上っていった。

上りきると、眩(まばゆ)い光が杏里の眼を射る。

非常口から光が溢(あふ)れていた。いつしか太陽電池が復帰したらしい。蛍光灯の明かりが、煌々(こうこう)と五十一階の廊下を照らしあげている。

銃を構えたまま、杏里は、非常口をくぐりぬけた。

左右に伸びるのは果て知れぬ廊下である。そして、茶色いドアと壁の連なり。杏里は左に曲がった。その行く果てには、五十三階直通のエレベーターが見える。先程(さきほど)、杏里が使った代物(しろもの)だ。

（エレベーターから数えて六つ目の右が、リー博士の研究室。その隣の隣が武器庫だった）

ゆっくりと左右を見渡した。まったく人影はなく、人の気配もない。

よく見れば、左の奥のドアがひとつ開け放たれている。エレベーターから数えて六つ目のドアだ。

（向こうから見たなら、六つ目の右……。あそこがリー博士の研究室だ。わたしがドアを開けっ放しにしてきた……？）

首をひねって考えてみたが、よく覚えていない。なにしろ、鎮静剤で、半分ラリっていたのだ。覚えていないのも無理はなかった。

（ええい、考えていても仕方ないや。行っちゃえ！）

そう心を決めて、杏里は、全力疾走の体勢をとった。銃を斜めに構える。もし、万が一のことがあれば、走りながら撃つまでだ。そんな構えも、体が覚えていた。

（いくわよ……）

両腿(りょうもも)に力をこめる。

と、しろい手が、右肩に触れてきた。

小さく叫んで、杏里は銃口から振り返る。

秋山ははるかだった。

その少し後ろには、片岡もいる。

「威(おど)かさないでよ。もう少しで、撃ち殺しちゃうところだったじゃない」

言いながら、全身の力を一気にぬいた。

「威かすつもりはなかったんだ。謝るよ」

片岡が前に進んで、軽く頭を下げた。

「やっぱり一緒に行く方がいいって……主任が言うものだから……」

秋山はるかは、か細い声で弁解した。

「いいわよ。実を言うと、わたしも、三人の方が心強いの。来てくれれば、もういい。わたしは、なにも言わない」

杏里は苦笑を広げ、何度となく首を振る。頭を掻(か)きながら、いま頃になって、全身の毛孔(けあな)から冷や汗がどっと噴き出すのを感じていた。それをごまかすかのように、杏里は、前方を指で指し示す。

「あの開いたドアが、リー博士の研究室よ。それで、二つ隣が、武器庫になっている」

「本当にウチのビルのなかに武器庫があるとは……まだ信じられないな」と片岡。

「あなたの持ってる自動小銃も、武器庫に並んでいたものでしょうね」

そう言ってから、杏里は苦笑を拭(ぬぐ)って、

「行きましょう」

片岡と秋山はるかは小さく首を縦に振った。

そして、三人は、足早に廊下を進みだす。

――人間の声らしきものが三人の耳に届けられたのは、博士の研究室まで、あと五歩ほどの位置であった。

「なんだ、あの声は」

足を止めて、片岡は、緊張した表情で杏里に訊(き)いた。杏里は耳をそばだてる。

「なんだか……怒ってるみたい……」

秋山はるかが震え声で囁(ささや)いた。

どうやら男の声のようだ。かなり甲高い。おまけに興奮した口調である。早口の大声で喚(わめ)き散らしていた。

（ひょっとすると……北京語では……人民解放軍の兵士たち……？）

だとしたら、いまの状況で、最も遭遇したくない相手である。なにしろ、向こうは戦闘のプロだ。兵士と対峙（たいじ）しては俄（にわ）か仕込みの女テロリストなど、ひとたまりもない。

三人は、足音を殺して、一歩、踏み出した。

研究室のなかの男は切れ目なく喚き続けている。時折、別な男の声が差し挟まれるようだ。どうやら複数の男がいるらしい。

さらに、一歩、進んだ。

なかの男たちは、こちらの存在に気づくことなく、ずっと喚いている。

もう、一歩、前へ。

断片的だが「高熱」とか「異常気象」とか「地震予知」とかいう単語が聞こえてきた。もちろん、日本語である。

「ＪＧＥ社員の生き残りかしら」

杏里が片岡に囁（ささや）き声で尋ねた。

片岡は眉（まゆ）をひそめ、首をひねる。

「ことによると、そうかもしれない」

困惑しつつも三人は、また一歩、歩を進めた。今度は鮮明に聞こえてくる。

「中国東北部と東京とを直接結んだ気流もなければ、火山帯やプレートの存在もありません。しかしながら、今回の異常な熱波は、明らかに、中国東北部を襲った現象と――」

杏里は口に手を当てた。

「あっ……」

「どうした？」

片岡に訊（き）かれて、杏里は赤面して応（こた）える。

「いま、思い出した。わたし、研究室のＴＶをつけっ放しにしてきてしまったんだ」

片岡と秋山はるかは、泣き笑いの表情になって、肩をおとした。

　あと二歩で、研究室である。三人は揃って前へ進み、戸口を越えていった。最後の杏里が後ろ手にドアを閉める。と同時に、壁の方からリー博士の声が発せられた。

「ようこそ。わたしの研究室へ。待っていたよ、諸君」

　ずっと奥で、ＴＶモニターの前に座って、画面を見ていた人物が、ゆっくりと椅子を回転させた。そこに現われたのは、銀縁眼鏡をかけた鼻の高い男だ。猛禽類に似た男の顔を見るなり、片岡が低く呟く。

「み、宮原課長――」

　宮原は酷薄げな唇に煙草をねじこみ、火を点すと、

「片岡主任。君の働きは、すべてモニターで見せてもらったよ。よくやった」

「……なんの話です……」

　片岡は訝しげに問うた。呆然とした表情が端整な顔に広がっていく。

　そんな片岡の反応を楽しそうに観察しながら、宮原課長は紫煙とともに言葉を吐き出した。

「君は自分でも知らぬうちに、ラボから脱出した崑央のクイーンを、我々のもとに運んでくれたのだ」

「なんですって!?」と片岡。

　杏里が一歩踏み出して、宮原に食ってかかる。

「あなたは、なにを言っているの！　どこに崑央のクイーンがいるというのよ」

「ここだ……」

　壁から離れて、ゆっくりと研究室の中央まで進みながら、リー博士は言った。

「量子レベルから変容したクイーンは、ＪＧＥの社員の血と肉を大量に摂取し、我が人民解放軍の兵士に襲いかかった。そして、すべてを皆殺しにしたのち、死体や肉片を使ってかの女の時代の生物を再現

した……」

「あの化け物たちが……崑央の時代の生物ですって……」

　杏里は嘔吐をこらえながら洩らした。

「そうだ。ＤＮＡとは、一冊の魔道書だ、とわたしは言ったはずだ。クイーンは、我々、人類のＤＮＡに秘められた、怪物の因子を引き出し、変容させたのだ。ひとしきり、その作業を終えると、クイーンは、三度目の量子レベルの変容を開始した」

　そこで、リー博士は、白衣のポケットから手を抜いて、煙草をくわえた。火を点けながら、言葉を続ける。

「クイーンは、人間の女性に変身した。それは完璧な変身だ。容貌はもちろん、身長、体重、声、指紋まで、モデルと瓜双つ。……恐るべきことに……記憶さえも……」

　杏里と秋山はるかは、顔を見合わせた。

「どうして、そんなことが、いま頃になって分かったのよ」

　おずおずと、杏里は、リー博士に訊いた。

「例の遺跡を映したビデオを覚えているだろう」

　リー博士に代わって、宮原が口を開いた。

「ビデオの初めの方にあった同心円状のノイズを。昨夜の会議で、社長があれに注目しろ、とわたしに進言したのさ。それで、わたしは、何度となくノイズを解析し続けた。その結果が、これだ」

　宮原は立ち上がると、ＴＶモニターを切り、煙草を灰皿に揉み消した。そのまま、パソコンとＣＲＴの前に椅子をずらす。芝居がかった手つきで、スイッチを入れ、キーボードを打ちはじめた。

「ビデオの解像スピードを四千分の一までダウンさせて、得た映像だ」

　一同はＣＲＴの画面に眼を向ける。

　そこに映し出されたのは、影絵とも、ごく初期のアニメーションともつかない、不思議な映像であった。

歪んだ空間に鍾乳洞のような建物が林立している。だが、地を這う爬虫類とも人間ともつかぬものたちと比べると、それは、山のような大きさだ。

そのなかのひとつが、クローズアップされていく。建物の内部であろうか。歪んだ部屋に映像は変わった。床のいたるところに、人間の頭蓋骨が転がり、壁には手足のない胴体が掛けられている。また、手だけを積み上げた浴槽状のものもある。同じように、足だけとか、指だけ、眼球だけの容器もあった。

宝冠を被った爬虫類が、人間の死体を使って、なにかの手術を行なっている。と、そこに螺旋構造のパターンが挿入された。

「これは人間の遺伝子パターンだ」

宮原は冷徹な口調で説明した。

女の顔が映し出される。死んだ女の顔。次から次へと、あらゆる人種の、あらゆる年齢層の女の顔が、アップで映されていく。

「かれらは人類の女のパターンを調べ、理想的な美少女――男が見たなら、魅了されずにはおかない容貌をつきとめたのだ」

崑央のプリンセスの顔が映し出された。

その輪郭が緑に輝き、容貌は消えてしまう。輪郭の内部で、奇妙な映像が動きだした。それは、発光する美少女。美少女は爬虫類人に変わり、近づく人間どもを引き裂いていく。その手足を粘土のようにこね、奇怪な化け物に変えていく。あるいは貪り食う。

「ここからが問題の映像だ」

腹を充たした爬虫類人は、通りかかった人間の女をひと呑みにする。と、その姿が、女に変わる。そして、女は、人間の群れのなかにまぎれこむ。女の姿がチカチカと瞬く。

そして、爬虫類人の顔のアップ。

蛇の眼が、笑っている。悪意と憎悪に充ちた、挑戦的な笑いだ。少しでも、感受性の豊かな人間ならば、一目見ただけで理解できる。

『我々の贈り物で、せいぜい楽しんでくれ』

杏里には、爬虫類人が、そう言っているように感じられた。

（吹き替えは、是非とも、リー博士にお願いしたいわ）

宮原はCRTのスイッチを切った。

「あいつのメッセージが聞こえただろう？」

宮原に問われて、一同は暗澹とした顔を縦に振った。

「四十階以下のJGE社員は、すべて、帰宅させた」

と、リー博士は、ちびた煙草をふかしながら、説明する。

「つまり、このビルにいる女性は、三人というわけだ。わたしと、森下さん。そして、秋山君……」

「男に化けている可能性はないの」と杏里。

「残念ながら、女としか考えられない」

リー博士は言下に否定した。

「つまり……わたしたちのうちの……誰かが……崑央のクイーンということ……」

秋山はるかが、いまにも泣き出しそうな顔で、切れ切れに呟いた。

「しかも、本人には、まったく自覚がない」

「じゃあ――いつ、もとに戻るの!?」

杏里がひきつった声で訊くと、リー博士は煙草を床に捨て、踏み消しながら、

「崑央の住人がなにを企んでいるか、爬虫類ならぬ哺乳類の頭脳では、まったく思いも及ばん。ただ、なんらかの侵略の第一歩だとは思われる。たとえば――」

と、そこで、リー博士は二本目の煙草をくわえる。

「たとえば、近い将来、崑央の民の残党が一斉に目

覚めて、地上に攻撃を仕掛けた時……人込みのなかを歩いていた女性が、二・八メートル、三〇〇キロの怪物に、突如変身して、手近の者を貪り食い、階下で蠢くようなものを創りはじめたならば……パニックは凄まじいものとなるだろう……」

「階下のものたち」

両肩を抱いて、秋山はるかは、ドアに眼を向けた。五十階では、いまだに〝生けるオブジェ〟が徘徊しているのを思い出した表情だ。

「心配はいらない。いま――」

宮原はパソコンの隣にあるスイッチを押した。廊下の奥から、大豆をぶちまけたような音が響く。非常口のシャッターが降ろされる音だった。

その音に、鋭い悲鳴が重ねられる。何十とも知れない悲鳴。男でも女でもない、異化されたものたちの圧し潰されていく悲鳴だ。

杏里は、耳をふさぎたい衝動を覚えた。

「これで大丈夫だ。やつらは、この階には侵入できない。もし侵入したのがいても、たいした数ではなかろう。まさかの場合には、こういうものもある」

そう言って、宮原は、右手をスーツの懐に滑らせた。なかから引き抜いたのは、一挺ピストルだ。銃口を杏里に向ける。

「小銃を捨てたまえ、森下さん」

「ふ……ピストルで小銃とやり合おうというの？」

杏里は小銃の銃口を宮原に向け返した。

宮原は、自信たっぷりな表情を変えることなく、杏里の背後に眼を移した。

「片岡主任、上司の命令だ。かの女の銃を取り上げろ」

杏里は歯を剥いて、引き鉄の人差し指に力をこめる。

「かれにできるものですか！　一度は、会社に見捨てられ、モルモットにされかけ――」

そこで、杏里の言葉は中断した。

かの女の脇腹（わきばら）に、片岡が自動小銃をねじこんできたためだ。

「あんたって人は……」杏里は絶句した。

「悪く思わないでくれ。この不況下じゃ、ＪＧＥクラスの企業に再就職するのは、不可能なんだ」

片岡が弁解しながら、杏里の小銃を取り上げるのを満足げに見つめて、宮原は言った。

「でかした。十月の異動を楽しみにしたまえ。ＪＧＥの社長は、君のことを忘れないだろう」

それを聞いて杏里は床に唾（つば）を吐き捨てた。

2

秋山はるかとともに、研究室の中央に立たされた杏里は、皮肉な笑みをリー博士に投げかける。

「それで？　どうやって、わたしたち三人のうちの一人がクイーンだと調べるの。まさか、血液を採取して、電気を通すんじゃないでしょうね」

杏里の軽口もリー博士には、まったく通じなかった。リー博士は、にこりともせずに応（こた）える。

「そのような自然科学的方法では、クイーンは正体を現わさないだろう」

「じゃあ、踏み絵でもしてみる？　床にあの変なローマ字を書いて、みんなで踏んでみたらどうなの。あれは、崑央（クン・ヤン）の住民の崇（あが）める神様の名前なんでしょう」

杏里が畳みかけると、リー博士は、初めて唇をほころばせた。少女のような笑みが、一瞬、リー博士を輝かせる。

（この婆さん……。いまでこそ、アイパッチを付けたミイラみたいだけど、若い頃は、結構かわいかったんじゃないかしら）

緊迫した場だというのに、杏里は、ついそんなことを考えてしまった。

「西海の神なるTHCLHに、〈焔霧（えんむ）の祖〉なるTHGHC。そして、崑央（クン・ヤン）の民の産み主なるZTHRNGか……」

愉快そうな口調でリー博士は言った。

「学生時代のことだ。かろうじて戦禍を逃れ、国府軍の略奪をもまぬがれた、ある富豪のコレクションが、北京大学に引き取られたことがあった。わたしは、そのコレクションの選別を手伝わされたのだ。わたしと、いうのも、コレクションとは、すべて西洋の書籍で、いずれも神秘学や魔術や錬金（れんきん）術に言及したものばかりだったからだが――」

杏里は、リー博士がなにを言いたがっているのか、はかりかね、隣の秋山を見遣った。秋山は蒼（あお）ざめた顔で、しきりに天井の方を見ている。まるで、いまにも、そこが崩れてきそうな表情だ。

（どうしたの？　いつもの胸騒ぎ？）

杏里は心のなかで、秋山に尋ねた。

そんな二人の様子を気にもとめず、リー博士は、昔語りを続ける。

「書物は、あるものはラテン語で、あるものはドイツ語で、また、あるものは英語で記されていた。いまでも書名や、著者名をそらんじられるほど、それらは強烈に、わたしの頭脳に灼（や）きつけられた。……フリードリッヒ・フォン・ユンツトの『無名祭祀書（ネームレス・カルツ）』。ルートウィッヒ・プリンの『妖蛆の秘密（デ・ヴェルミス・ミステリーズ）』。ガスパール・ドゥ・ノルド訳になる『象牙の書（リベル・アイボリス）』。フランツ・バードンの『喚起魔術の実践（ザ・プラクティス・オヴ・マジカル・インヴォケーション）』。S・リデル・マクレガー・メイザース訳の『ソロモン王の鍵（ザ・キイ・オヴ・ソロモン・ザ・キング）』。デルレット伯爵（はくしゃく）の『屍食経典儀（カルツ・デ・グール）』。アラブの狂詩人アブドゥル・アルハザードの『死霊秘法（ネクロノミコン）』。アレイスター・クロウリーの『春秋分点（エクイノックス）』全十巻。アーサー・ブルック・ウィンタース＝ホール師が翻訳した『エルトダウン陶片（シャーズ）』。ル・ギャローの『心霊謄写論（サイキック・インプリンティング）』。R・P・クレスペの――」

「そんな気味の悪い書名の羅列(られつ)になんか、付き合っていられないわ！」

杏里は力をこめて、長広舌を中断させた。

リー博士は穏やかに、肩をすくめる。

「若い者は、短気でいけない。……そうした魔道の世界の知識のなかに、わたしは一個の羅針盤を発見した、と言いたかったのだ」

「…………」

「かれは、諸君と同じ日本人だった。明治・大正・昭和の初期に生き、世界の暗黒知識を渉猟し、一般人には狂気の妄言としか思われないもののなかに、共通した普遍性を発見したのだ。他の誰が指摘し得ただろうか？　アトランティスが、まだ、クシャと呼ばれていた太古に、ツァトゥグァと呼ばれた神性が、ローマ時代にはサドクアエ、中世フランスではゾタクアと呼ばれていたものと同一だなどと……。同じように、狂ったアラブ人が、Cthulhu と呼んだ存在を、ドゥ・ノルドが Kthulhut と表記していることを」

「…………」

杏里は、リー博士が陶酔している、と察して、眼を見張った。

「その名は、明智呈三。昭和十二年、不敬罪で指名手配されてから、地下潜伏して、今日に到るも生死不明の人物だ。だが、明智呈三の『秘教古伝』は、永遠に語り継がれるべき名著であろう」

杏里はそっと生唾(なまつば)を呑(の)みこんだ。

「森下さん、いま、わたしは思い出した。君のお蔭(かげ)だ。西海の神ＴＨＣＬＨとは、ＣＴＨＵＬＨＵの転訛(てんか)に他ならない！　クトゥルーだ‼」

リー博士は、一声高く、耳馴(みみな)れぬ神名を唱えて、両手を挙げた。その姿は、まるで海神を召喚しようとする女司祭のようだ。

「……それが……そんな知識が……なにになるっ

ていうのですか……」

　秋山はるかが、ぜいぜいと喘ぎながら、尋ねた。

リー博士は隻眼で、かの女を睨めつける。その顔から、静かに狂気が拭われていった。

「どうした？　苦しいのか。エアコンは充分に作動しているはずだが」

　そう言って、リー博士は、杏里に向き直る。

「君はどうかね、森下さん」

　杏里はかぶりを振ると、ブラウスの両袖をめくって見せた。

「わたしは快適よ。快適すぎて、鳥肌がたっているわ」

　リー博士の眼を鋭い光が横切る。

「それでは、記憶に欠落はないかな？　君が、ここを出てから、四十九階へ戻るまでに」

「お生憎さまね。鎮静剤でボケていたけど、記憶は確かよ」

「ということは、五十三階のプールを平気で横切ることが、出来たわけだ」

　リー博士の言葉が、杏里の心臓に突き刺さった。

（プールでは、かなりふらついていて……おまけに……牛の首まで見えたけど……）

　その心が少しずつ、揺らぎはじめる。

「幻覚は、どうだ？　ここへ来た日、君は幻覚に襲われた、と聞いたが。まだ、それは見られるか」

（なにが言いたいのよ、お婆ちゃん……）

　杏里の心臓の鼓動が少しずつ早まるのを感じつつ、口のなかで博士に毒づいた。

「それは、どのような幻覚だ？」

　リー博士に問われて、杏里は、喘ぐように応える。

「医者でもない、あなたに言う義理はないわ」

　と、すかさず、こちらに銃口を向けた片岡が、口を差し挟んだ。

「なんでも、戦前の細菌研究所らしいですよ。例の七三一部隊みたいな施設で、場所は、佳木斯（チャムスー）郊外だとか言ってました」

「この裏切り者！」

杏里は、憎しみをこめて、片岡を罵倒（ばとう）した。片岡は悪照れしたような微笑を浮かべ、人差し指で鼻を掻（か）く。それを見た杏里の口から歯軋（はぎし）りが洩（も）れた。片岡に対して抱いていた好感が、バラバラに空中分解する思いだった。

「前にラボで、君自身が話したではないか。別に片岡を恨むまでもないことだ。……あの時、君は、わたしに尋ねた。『どうして、あなたはあれを知っているの？』と」

「思い出したわ。博士は、こう応えたのよね。『中国人で知らない者などいない』って！」

杏里は憎々しげな口調で言い、唇を歪（ゆが）めた。

リー博士は、杏里のそんな表情を軽くいなすように、右手を挙げ、唇の両端を吊（つ）り上げる。

「だが、中国人のすべてが、森下さんの幻覚の内容を知っているわけではない。おそらくは——世界で、わたし一人だけだろう」

リー博士はそう断じると、宮原にゆっくりと歩み寄った。静かに顎（あご）をしゃくる。宮原は小さくうなずいて、左手をデスクの下にやった。そこから引き出したのは、やや大きめのジュラルミンケースだ。

リー博士は、ケースを持ち上げる。小柄ながら、その力には眼を見張るものがあった。軽々とケースを研究室の中央に運んでいき、そっと下ろす。

「君は、幻覚のなかで、三人家族の一人息子ではなかったかな」

「…………」

杏里は眉（まゆ）をひそめた。

「自分が何処（どこ）から来たのか、まるで記憶がなかった。気がつくと、廃村に、父母といたのだ。そこへ、二人の日本兵がやって来て、三人そろって細菌戦研究施設へと運ばれた」

(違うわ。わたしは、それを見ていた少女よ)

杏里は心のなかで否定する。だが、それを口にしようとはしなかった。リー博士が、何事かを企んでいるような気がしたのだ。

「君たちがトラックで運ばれて来ると、収容所は暴動寸前のパニックに陥った。収容されていた人々が、口々に『あいつらは崑央から来たんだ!』と騒ぎ出したためだ」

廊下の方から、女の叫び声が響いてきた。とおくから、こちらへ——非常口の方向から研究室に向かって走り、エレベーターの方へ消えていく。

それを聞いて、片岡が身構えた。

「心配はいらない。シュリーキングといって騒霊現象の一種だ」

リー博士は、片岡を安心させてから、言葉を続ける。

「……君たち三人の存在は、収容所内の脅威となった。他の捕われ人たちは、とても心穏やかではいられない。緊張とストレスがつのり、所内は、本格的に暴動の予兆が認められることとなった」

秋山はるかは、小刻みに震える両手を胸の上で交叉させ、肩を抱く姿勢をとっていく。

隣に立つ杏里は、頤に汗が浮いているのに気づいて、手の甲で拭った。エアコンの故障であろうか。なんだか、さっきよりも少々、研究室の温度が上がったような気がする。

リー博士は白衣のポケットから、きれいに折り畳んだ純白のハンカチを取り出し、額に押しつけた。杏里に銃口を向けた片岡も、宮原も、しきりに手で額や頬を拭う。

(この暑さは、わたし一人の錯覚ではないようね)

そう考えながら、杏里は溜息をおとした。

ぱんっ! ぱんっ! ぱんっ!

弾けるような音が、壁の一点から響いた、と思うや、四方に向かって駆けはじめた。片岡が顔を上げると、リー博士が、また言った。

「叩音（ラッピング）現象だ。研究室内に集まった人間のストレスが、一定のボルテージに達したために生ずる深層心理学的共鳴にすぎん」

「ラボでは、超電導だと、言ってたんじゃなくって」

リー博士の揚げ足を取った杏里のこめかみを、大きな汗の粒が伝いおちていった。

リー博士はハンカチをしまい、代わってポケットから抜いた煙草を運びながら、

「君は、それほどまでに、自分が崑央（クン・ヤン）のクイーンだと認めたいのか」

「わたしが!?　冗談じゃないわ。わたしは人間よ。そう言う、あなたこそ、ミイラの化けたものじゃないの」

「…………」

リー博士の右眼が細められた。

「その可能性も、なくはない。なにしろ、この場にいる三人の女性に、わたしも含まれるのだから」

煙草に火を点（つ）け、リー博士は、秋山はるかに眼を転じた。

「森下さんの幻覚の話を続けよう。……暴動を恐れた収容所の上層部は、予定を早めて、捕われ人に細菌を接種することにした。ジフテリア菌、赤痢菌、結核菌、そして……腺（せん）ペスト菌だ」

シンバルをおとすような甲高い音とともに、ＴＶ電話のブラウン管が砕け散った。天井の蛍光灯が揺れる。音をたてて、書架が前のめりに倒れていった。

しかし、リー博士は、顔色ひとつ変えずに言葉を続ける。

「君は腺ペスト菌を注射された。君の両親も、だ。それこそは、君たちが、本来の姿に戻るための鍵（かぎ）に他ならなかった。なぜか……ペストは、本来、崑央（クン・ヤン）の

上――モンゴル、チベット、中央アジアの風土病だからだ。つまり爬虫類人は、人類が柩を解封した時、すぐにペストにミイラがかかるのを予想していたのだ……」

「やめて……もう……やめて……」

秋山はるかが、震えながら哀訴した。

リー博士は、それを無視して、また口を開く。

「約一日後、君たち三人は、量子レベルより変容を開始した。今日、ラボで見られたような光と熱を放射し、三人は合体して、怪物と化したのだ。そして、収容所の兵士や捕われ人を殺戮していったが、肉体を改造することはなかった。何故か、かりそめの生命を器官に与えられるのは、唯一、崑央のクイーンのみだからだ！」

ズンッとした唸りとともに、研究室全体が大きく縦に揺れた。

「君たち三人は、偶然、五十三年前に甦ったにすぎない。本当は、クイーンの目覚めに呼応して、甦るべき存在であった。……地上を侵略する祝融族の軍団として」

蛍光灯が、点滅しはじめる。

ＴＶモニターや、ＣＲＴの画面も、それに合わせて、点滅を繰り返す。

縦揺れは、一層強まり、棚が次々に倒れていった。

「かくして、収容所内の人々を殺しまわった君は、最後に生き残った一人の中国人少女を発見した。かの女は、石炭小屋に潜んでいた。――それは、骨まで凍りつくかと思われるような、吹雪の夜だった」

杏里は小さく悲鳴をあげ、口を両手で覆った。

いまの一言で、杏里は、すべてを理解した。どうして、リー博士は左眼を失ったのか。なぜ、かの女は収容所のことを知っていたのか。なにが、かの女をして、若さを憎むようにさせたのか。

かの女が、いかなる地獄を、五十三年前に経験したのか、を!!

秋山はるかは、両肩から手を離し、拳（こぶし）を握った。

口を開く。

瞬く間に、その口は顔一杯にまで広がり、首から上を裏返した。

オレンジ色の、触手の群がった逆三角形の頭が露（あら）わになる。

同時に、リー博士は、ジュラルミンケースを片手で持ち上げた。

「馬鹿め！　お前たち、祝融（しゅくゆう）と戦うのは、これで二度目だ。すでに〈水〉と〈土〉を用意している」

そう言うや、リー博士は、ケースを開き、なかのものを、秋山はるかだったクイーンにぶちまけた。

茶褐色の霧？　いや、それは大量の土だ。土を浴びせられたクイーンは身もだえる。

「宮原、スイッチを入れろ。森下、ドアの方へ逃げるのだ」

素早く後退（あとじさ）って、リー博士は大声で命じた。

宮原が立ち上がった。内ポケットから小さな銀の箱を取り出す。スイッチを押した。

それを見ながら、杏里は、後ろ向きにドアまで駆け寄った。

「どうした!?　なぜ、爆発しない」

リー博士は愕然（がくぜん）として天井を見上げた。

宮原が喘（あえ）ぐように応（こた）える。

「起爆装置が壊れています。多分、さっきの騒霊現象（ポルターガイスト）のためでしょう」

「なんだと。〈水〉と〈土〉、両者を浴びせなくては、〈火〉の祝融は倒せんのだぞ」

杏里は初めて、リー博士の動揺した声を聞いた。

それは、ひどく心細げで、まるで十三、四歳の少女の声のようだった。

「くそっ」

片岡が自動小銃を構えた。

その銃口の向こうでは、身にまとった衣服を裂きながら、崑央(クン・ヤン)のクイーンが膨張をはじめている。二・八メートル、三〇〇キロの本来の姿に戻ろうとしているのだ。

三発たて続けに、銃声が轟(とどろ)いた。

だが、あとはなかった。

六本の触手が、クイーンの腹部から鞭(むち)のようにしなって、宙を切り、片岡の両手足を捕えたのだ。

「うわ、うわあ、うわあああ――っ」

片岡は、己れの手足から紫色の煙が立ち昇るのを見て、悲鳴をあげた。絡みつかれた部分に、触手が熱を加えているようだ。皮膚と肉の焦(こ)げる異臭が周囲に漂っていく。

宮原が、ピストルに左手を添えて、引き鉄(トリガー)を引いた。鉄床にハンマーを叩(たた)きつけたような銃声が轟く。

触手が、大きく、しなった。

ちぎれた片岡の右腕を宮原に投げつける。

その衝撃で、宮原は、ピストルを取りおとした。床にピストルが転がり、滑っていく。杏里の足元へ――。

ピストルを追った宮原の頭に、黒い影が伸びていった。

「――――!?」

宮原は反射的に見上げる。

身を深く屈(かが)めた、崑央(クン・ヤン)のクイーンが、悪意のこもった蛇の眼で、宮原を睨(ね)めつけていた。ゴム質の鉛色の皮膚が歪(ゆが)む。耳まで裂けた、鰐(わに)のような口が開かれた。なかから、先が二叉(ふたまた)に分かれた青い舌が伸ばされる。土まみれの鉤爪(かぎづめ)が、一閃(いっせん)した。

宮原の頭が、パンチングボールのように揺れた。

銀縁眼鏡をかけた、鼻から上が、そのままデスクの方へ流れていった。

頭の半分を失った宮原の口が、絶叫をあげるかたちに開かれる。と、そこで力尽き、宮原は横倒しに転がっていった。

杏里は、そこで我に返る。

大急ぎでしゃがみ、宮原のピストルを取り上げた。宮原から離れて、再び、右腕を引きちぎらせてのたうつ片岡の方へ向かうクイーンに、狙(ねら)いを定める。ピストルを固定して、引き鉄(トリガー)をゆっくりと絞った。

片岡の体を持ち上げたクイーンの背に、火花が散った。

クイーンは、杏里に振り返る。

瞼(まぶた)のない蛇の眼に、一瞬、光がゆらいだ。

(笑っているわ……あいつ……)

杏里は息を呑(の)んだ。

かの女に見せつけるように、もがく片岡をぐいとこちらに突き出した。

「助けてくれぇ……森下さん……お願いだ……痛い……痛くて死にそうだ……」

端整な顔を苦痛に歪(ゆが)めて、片岡は、切れ切れに訴えた。杏里は力なく首を横に振る。

(ここまで来たら……わたしには……あなたを救えない……自分の命を守るのだけで……精一杯なのよ……)

クイーンの右手が、弧を描いて、下に引かれた。片岡の肉体は、まるで厚紙を裂くように寸断される。内臓と血が、あたりにぶちまけられた。

杏里の頬(ほお)にも、血の飛沫(しぶき)が付着する。

熱い湯のような鮮血の感触が、杏里を動かした。たて続けに二発、クイーンめがけて撃つと、身を翻(ひるがえ)し、ドアを蹴(け)る。開かれた戸口から廊下へ跳び出した。

ぐにゃり、としたゴムを踏む手応(てごた)えが、蹠(あしうら)を襲う。見下ろせば、蛸(たこ)のような触手を底に生やした胃袋だ。噴門を開閉させて、声を洩(も)らしている。

「……ママ……ママ……ママ……」

杏里は胃袋を力まかせに踏みにじった。

「ママなら、研究室にいるわよ」

陸に上がった蛸のような動きを見せる胃袋を蹴りとばし、杏里は、エレベーターめがけて走りだした。

　背後から凄まじい爆発音があがる。

　駆けながら振り返れば、クイーンが壁をぶち破ったところだ。その手には、片岡の肉体の断片をいまだに提げている。

「しつこい奴！」

　口のなかでののしりながら、杏里は、駆け続けた。武器庫のドアの前を横切る。思わず走るスピードをおとした。

（カードを挿れて、ドアを開け、爆薬を取ってるヒマはない）

　そう考えると、またスピードをあげた。

　全力疾走は、三十歳のかの女の心臓をパンクさせそうだ。しかし、ここで足を止めては、クイーンに心臓を掴み取られる。己れにそう言いきかせて、杏里は、走行を続けた。

　エレベーターまで、あと少しだ。

　扉が視界に迫ってくる。

　杏里はピストルを左手に持ち替え、右手をキュロットスカートのポケットに突っこんだ。磁気カードを引き出すのと、その身がエレベーターの扉に正面衝突するのとは、ほとんど同時だった。

　もつれる手で、カードを磁気リーダーに差しこむ。リーダーは、カードを受け付けようとしない。

「なにやってんのよ、このオタンコナス！」

　磁気リーダーを怒鳴りつけて、手にしたカードを見れば、矢印とは逆の方向から差しこもうとしていた。舌打ちして、矢印の方に持ち替える。カードを押した。今度は、リーダーのなかに吸いこまれていく。

　縦揺れが起こった。

　後ろを振り返れば、クイーンが大きく研究室の前から、第一歩を踏み出していた。

（あいつ、わたしを嬲っているのね）

いかにも、クイーンは、大きく足踏みして、ことさらにゆっくりと、歩いてくる。杏里に恐怖を味わわせるのを楽しんでいるのだ。

また、縦揺れ。

磁気リーダーが、カードを吐き出した。

だが扉は開こうとはしない。

杏里は、唇を歪めた。

（わたしが五十三階に上った時のままなんだ!?）

五十三階から五十一階まで、一体、何秒かかるだろう、と杏里は考える。そんな杏里の思考を乱すように、またしても、縦揺れが起こった。

「早く開いてったら！」

泣きそうな声で、杏里は怒鳴った。

と、背後から、秋山はるかの声が響く。

「開かないわよ。諦めたらどう？」

次いで、甲高い笑い声が湧いてきた。悪意に充ちた嘲笑だ。それを聞くうちに、杏里は、崑央のクイーンが、凶悪粗暴なエイリアンではなく、人類以前に高い文明を持っていた知的存在であったのを思い出した。

（こんな残酷な嬲り方は、相当、知能が高くなければ、できることじゃない……）

扉が、不意に、横に滑りだした。

エレベーターの到着だ。

杏里は、まだ狭い扉の隙間に、猫のように滑りこんでいった。コントロールパネルの前に身を寄せる。

〈閉〉のボタンを押した。

だが、何度、ボタンを押しても、扉は一度開ききらないことには、閉じない仕掛けであった。

「あいつを待たなくたっていいのよ！　さあ、早く、早く」

扉が完全に開ききった時、クイーンは、もう十メートル前方にまで迫っていた。

「森下さん、これ、わたしからの贈り物！」

猫撫で声がクイーンの口より発せられた。その声は、寸分違わず、秋山はるかのものだ。言い終えるや、クイーンは、手にした肉塊を下手投げで放った。

閉じていく扉の隙間を縫って、赤い肉塊がエレベーター内に投げこまれる。

それがなにか、まだ、杏里には確かめる余裕がなかった。

3

扉が静かに閉じる。

杏里は、コントローラーに右肘をついて、身を屈めた。自然に大きな溜息が洩れる。一八メートル強を全力で完走した疲労と、やっとクイーンの魔手を逃れたことによる安堵から生じた溜息だった。

肩で荒く息をつきながら、〔53〕のボタンを押す。ゆっくりと、背を伸ばしていく。

その時であった。

右眼の端で、真紅の物影が動いたのは。

「――――!?」

杏里は眼を見開いて、右に振り返った。

血まみれの片岡の首が、エレベーターの床から、杏里を見上げている。

杏里と視線を合わせると、片岡は、真っ皓い歯列を見せて笑いかけた。血の色と白い歯のコントラストが、杏里の全身に粟を生じさせる。

ちぎれた皮膚が上下したと思うと、その下から、鉛色の触手が生えてきた。首の切断面より伸びる触手は、まるで烏賊のそれのように見える。

瞬く間に三〇センチほども伸びた触手が、床を踏んばり、片岡の頭を持ち上げた。ゆらゆらとした不安定な動きで、片岡の首は、杏里の足元に蠢きだす。

杏里は絶叫した。

叫びながら、ピストルを右手に持ち替える。

片岡の首は最上等の笑みを湛えて、杏里に優しい口調で尋ねる。

「ぼくが嫌い？」

杏里は、力をこめて吐き捨てる。

「大っ嫌いよ！　あんたは裏切り者で、イエスマンで、おまけに化け物じゃないっ‼」

銃声が狭いエレベーターのなかで、五発たて続けに轟いた。五発の銃弾は正確に片岡の頭を射抜いていく。

宮原のピストルは装弾数二十発以上の最新型だったようだ。まだ、弾倉は、ずっしりと重い。

硝煙にむせながら、杏里は、五個もの丸い孔が穿たれた片岡の生首を蹴った。生首は、烏賊の触手をゆらめかせて、エレベーターの奥の隅まで転がっていく。クイーンの創造物が、不死身でなかったことだけが、いまの杏里には救いだった。

デジタルパネルに眼を転じる。

〔52〕

エレベーターはラボを通過中であった。

「あと一階よ。頑張って……」

低く呟いた杏里の足元――床のずっと下の方から爆発音が響いてきた。続いて、激しい縦揺れがエレベーターを襲う。杏里は悲鳴をあげた。その身がシェーカーのなかのカクテルさながらに振られだす。右の壁に叩きつけられ、床に転び、後方の壁に背中からぶつかった。

尻餅をつけば、すぐ右側で、片岡の首がこちらに微笑みかけている。

杏里は、また、悲鳴をあげた。叫びながら立ち上がり、生首を蹴とばした。生首はボールのように扉の方へ転がっていった。

扉の向こうから、ガスの洩れるような音が聞こえてくる。それから、熱。息も止まるほどの熱波が、床の下から迫りあがり、一瞬、エレベーター一杯に充ち、天井の上へ向かって抜けていった。

　熱波とともに縦揺れは去った。

　デジタルパネルを見上げれば、〔53〕の数字に変わっている。

「着いた。着いたわ」

　独りごちた杏里の口から、笑い声があがった。甲高い笑いだ。狂ったように笑い続ける。一時的なヒステリー状態なのだ、と自覚してみても、哄笑は止まりそうにない。

　扉が横に滑りだす。

　なるべく、床の生首から眼を背けるようにして、杏里はエレベーターを降りた。

　眼前にはブルーの水を湛えたプールが広がっている。両側の壁に飾られた牛のレリーフを見ると、何故か、杏里の心は和んでいった。自然に哄笑が納まっていく。

左に眼を遣れば、洗面コーナーだ。

（まず、血まみれの手と顔を洗って……）

と、杏里は考え、体の節々の痛みを覚えながら歩きはじめた。

　三歩ほど行ったところで、不意に、空気の色が変わった。

　透明だった面前の空中が、俄かに赤味を帯び、瞬く間にオレンジに染まっていく。

　驚いて杏里は足を止めた。

　ガスの洩れるような音が、オレンジ色の空中から聞こえてくる。プールの近く特有のひんやりした涼感が消え、ぐんぐん気温が上昇していくのが体感された。

　空中から、秋山はるかの声がおとされる。

「わたしから逃げられるとでも、思っているの？　森下さん」

　抑揚を殺し、ことさらに冷静めかした、皮肉な口調であった。

「畜生！」

杏里は短く悪罵（あくば）を吐くと、銃口をオレンジに染まった空中に向けた。オレンジの光輝がかの女の眼を射る。空気が、音もなく渦を巻きだした。なにかのかたちをとろうとしているようだ。

オレンジの光線で描かれた、秋山はるかの顔が空中に現われる。それは実物の三倍もある大きさだ。さらに首が、肩が、しなやかな両腕が、かたちの良い乳房が描かれていった。

秋山はるかの顔が、杏里にウインクする。その瞳（ひとみ）が、ねっちりとした流し眼をくれた。

「抱いてもいいわよね。ねえ、お姉様」

秋山の声を耳にして、杏里は吐き気を覚えた。

（クイーンは、知っている!?　わたしが同性愛者だということを、なんらかの方法で知ったのだ）

秋山はるかに対して、特別な感情を漠然と抱いていた事実を、こともあろうに、クイーンのような化け物に指摘されるとは。

杏里にとって、これ以上の屈辱はなかった。

オレンジ色の光線は、無駄な脂肪がまったく無い腹部を描き、縦長の臍（へそ）を描き、その下に続くヴィーナスの丘を描いていった。

腰をくねらせる。両腕をこちらに差しのべる。唇をすぼめる。太腿（ふともも）を動かして見せる。

「やめろ、この野郎！」

叫ぶと同時に、杏里は引き鉄（トリガー）を引き絞った。銃火（ガン・ファイアー）が、踏切のシグナルのように点滅する。硝煙があたりを紫色に染める。火箭（かせん）が、次から次へと、オレンジの光線で描かれた女体を貫く。空薬莢（からやっきょう）が、杏里の足元に、ぱらぱらと散っていく。

それでも、秋山はるかの映像は、媚態（びたい）を見せつけるのを、やめようとはしなかった。

カチッ、という手応（てごた）えとともに、ピストルの遊底が、杏里の手首の上で固定された。

弾切れだ。

杏里はピストルを投げ捨てる。

空中で、秋山はるかが、ほくそ笑んだ。

と、次の刹那、光線で描かれた女体は崩れ、光の渦に変わる。

渦は回転しながら、オレンジ色をどんどん濃くしていく。

(物質化する気ね)

杏里は下唇を噛み、瞳を左右に走らせた。

武器になりそうなものは、なにひとつ見当たらない。

たっぷりあるのは、青々と湛えられたプールの水と、青銅製の牛のレリーフだけであった。

光の渦は、三メートル近い高さの円錐をかたちづくっている。いよいよ、クイーン本来の姿が現われるのだろう。

汗がびっしりと浮かんだ拳を、杏里は、指がしろくなるほど握りしめた。

「お姉様をどこから食べてあげようかしら」

オレンジに輝く円錐から、くすくす笑いとともに、そんな声が響いた。円錐は、ゆっくりと、かたちを変えていく。頂きが逆三角形の頭になり、長い首が続き、棘だらけの鎧のような肩と腕が物質化した。触手の群れた胸から腹。恐竜を連想させる逞しい腰と太腿と足——。

物質化を終えたクイーンは、鉤爪を杏里に突き出した。

槍穂そっくりの鋭い爪が、青光りする。

爪の表面で、杏里の歪んだ顔が反射していた。

足がすくんでしまい、杏里は、後退ることもできない。恐怖が、これほどまでに、肉体を縛めるものだと、生まれて初めて知った。足どころか、手も、顔も動かない。まるで全身がパラフィン漬けにされたようだった。

（恐怖は、酸に似ている）

　と、杏里は思った。

（強酸のように、一瞬で身も心も灼いて、あとは秒刻みに、より深い部分まで冒していく……）

　心臓は最大級のスピードで脈打ち、全身は冷や汗にまみれ、鳥肌がたち、髪が逆立っているのに、恐怖に憑かれた杏里は一歩たりとも、動けなかった。

　ただ、クイーンが、じわじわと接近するのを見つめ、鋭い鉤爪のこすれ合う音を聞き、むせるような薬物臭を嗅ぎ続けるしかないのだ。

（あの鉤爪が、わたしを切り刻み、意識が消失するまで――）

　鉤爪が鼻尖まで伸びてきた。杏里は微かに、かぶりを振る。そんな仕草は赤ん坊が「いやいや」をしているようだ。鼻尖から、鉤爪は静かに下ろされ、唇の上を横切り、顎の上で止められる。下顎を羽毛のタッチで優しくなぞった。杏里の身が、細かく震えだす。

（そんなに震えちゃ駄目。こいつの爪は、西洋剃刀よりも鋭いんだから）

　必死で、自分に言いきかせても、震えは次第に大きくなってくる。歯の根も合わなくなってきた。心臓の脈打つ音が鼓膜を震わせる。

　鉤爪が、不意に引かれた。

　杏里の背後から、聞き馴れた声が響きあがる。

「待て、クイーン！　お前を甦らせたのは、このわたしだ。ならば、まず、わたしと戦ってみろ」

　リー博士であった。

　クイーンは牙を剥いて、右手を一閃させる。

　いきなり、杏里の横っ面に衝撃が生じ、その身が五メートル向こうまで宙を滑っていった。洗面コーナーの鏡に、背中から叩きつけられる。鏡の割れる音を聞きながら、杏里は洗面台に落下した。

背中にガラスが突き刺さっている。歯を食いしばって手を廻し、抜いた。ガラス片を床に投げつける。派手な音をたててガラスが砕けた。杏里は、そのまま、洗面台から床へ転がり落ちた。

　顔を上げた杏里の眼に、直通エレベーターから降り立ったリー博士の姿が飛びこんでくる。点々と血の染みが散る白衣をまとった、博士の右手には、先端に黒い鉄製の卵を戴いた木の棒が握られていた。左手でしっかりと胸に抱いているのは、一冊の分厚い古書だ。

　崑央のクイーンは、博士と対峙すると、両肘を曲げた。その鰐口が開かれ、下河原の声が発せられる。

「魔法の杖と、魔道書で、わたしを退去させるつもりか。リー博士、気は確かかね？」

　それを聞いたリー博士の唇の両端が、静かに吊り上がった。博士は、メフィストフェレスの笑みを崑央から来た悪魔に投げつけながら、

「魔法だと？　馬鹿め。わたしは科学者だ」

　そう応えると、手にした棒の底にある金属製のキャップを外しはじめた。キャップが床に落ちていく。棒のなかから鉄の球とつながった紐が出てきた。その紐を博士は、力まかせに引いた。

（中国製の手榴弾だわ！）

　杏里がそう察するのと同時に、クイーンも手榴弾の情報を貪り食った兵士の遺伝子から汲みあげたらしい。せせら笑うように、胸を張り、秋山はるかの声で言った。

「そんなもので、わたしを粉々にできると思って？」

　リー博士は、悪魔の笑みを貼り付かせた細面を横に振る。

「誰が、お前に投げつけると言った？　こうするのだ」

　言い終えるや、博士は、手榴弾を左の壁めがけて、

高く投げつけた。

　青銅のレリーフに向かって、手榴弾は、くるくる回りながら飛んでいく。レリーフに彫りつけられているのは、牛の紋様だ。かつて杏里が、生きた牛の首と見間違えた装飾であった。

　リー博士は、素早く、古書を開いた。

「丑(うし)は金気三合(こんきさんごう)の『墓(ぼ)』にして、金気集積(こんきしゅうせき)の『支(し)』なり。丑月(うしづき)は水気(すいき)・土気(どき)を兼ね、水気の終わりなれば、ここに一年は終わる――」

　手榴弾が壁にぶつかり、爆発した。

　反射的に、杏里は、床に伏せ、両手で頭を庇(かば)う。爆発音が、鼓膜を破らんばかりに震わせた。眩(まばゆ)い爆炎に、視界が真紅(しんく)に染まる。

　ガラガラという壁の崩れる音に負けじと、リー博士は声を張りあげた。

「一年の終わりとは、すなわち、一永劫(えいごう)の熄(や)む時なり。火気(かき)の祝融(しゅくゆう)の永劫は、かく終わりぬ。地沢臨(ちたくりん)、地沢臨、地沢臨！　急急如律令(きゅうきゅうにょりつりょう)!!　勅(ちょく)！　勅！　勅！」

　徐々に杏里の視覚が甦(よみが)ってくる。

　まず、見えたのは、濛々(もうもう)たる埃(ほこり)だ。崩れた壁から降り注いだ、塗料やコンクリートの埃。埃が少しずつ晴れていく。

　ふたつの影が見えてきた。

　リー博士と、かの女と対峙(たいじ)した崑央(クン・ヤン)のクイーン。

　ふたりの姿が明らかになると、同時に、その上空に浮かんだ**もの**も見えてくる。

　それは、壁に飾られていた、青銅のレリーフ群であった。いまの爆発を合図に、壁から離れたのであろうか。四方の壁にあった、すべてのレリーフが、吹き抜けの空間を覆い尽くしている。

　それらの表面から、牛たちが、クイーンを見下ろしていた。

　エジプトの壁画風の牛がいた。ミトラス教の儀式で贄にされる牛がいた。クレタ島文明のタッチで刻まれた牛。殷王朝風の恐ろしい牛。フェニキアのタッチで彫られた牛。縄文風の牛。初期インド風の牛。ギリシア風の牛。秦王朝時代の牛。ソロモンがヘブライの王だった頃の牛。ローマ共和国時代の牛。ペルシア帝国の牛。マウリア朝風の牛。シリアの牛。マケドニアの牛。カルタゴの牛。ガンダーラ美術の特徴を持つ牛もいれば、ルネサンス期のものと思われる牛もいた。

あらゆる時代の、あらゆる文明の牛たち。

崑央のクイーンは、かれら牛たちの眼に射すくめられたか、微動だにしない。ただ、その牙の隙間から悔しげな、シュウシュウという蛇の舌鳴りを洩らすばかりである。

杏里には、そんな状態が、小一時間ほども続いたように感じられた。

突然、崑央のクイーンは、足元に面を向けた。鰐口が大きく開かれる。

そして、クイーンは叫んだ。

〈Nrtesn THCLH THGHC ZTHRNG〉

その声は何十人もの男女が一斉に呪文を唱えているようだった。

呪文は次の一語で締めくくられる。

〈T'lai――Pnapf――Hchah――〉

もう一度、老若男女、日本人や中国人の別なく、クイーンの犠牲となった、すべての人間の声が――。

〈Yoth-Tlaggon〉

「ヨス＝トラゴン!!」

その時、すべてのレリーフが、いちどきにクイーンめがけて降り注いだ。

二・八メートルの巨体にぶち当たった青銅は、粉々に砕け、次の瞬間には土と水に変わる。そして、凶まがしいクイーンの肉体を冒し、溶かし、解体させていく。クイーンは野獣の咆哮をあげて、身悶えるが、土と水の洗礼から逃れるすべはなかった。

杏里は、クイーンの巨体の輪郭が、突然、ぐにゃりと崩れるのを見た。それは張りつめた緊張に、耐えきれなくなった分子や原子や量子が、一斉に互いの連関を解いた瞬間であった。オレンジ色に輝く炎の霧と化しても、土と水は、舞い続ける。焔霧は逆巻き、渦を巻いて、耳障りな咆哮をあげていたが、いつしか、それは稀薄になっていき、叫びもとおいものに変わっていった。

そして、あたりは、また、沈黙と涼感に充たされる。

プールサイドに堆積した、湿った土の山だけが、崑央のクイーンが確かに存在したという証拠であった。

杏里の鼻尖で、小さな皺枯れた手が開かれる。リー博士の手だ。杏里がそれを握ると、手は力強く、かの女を引き立てた。

リー博士の手を離し、ぼんやりと土の山を見つめながら、杏里は呟く。

「ひとつだけ訊いてもいいかしら」

「なんなりと……」

そう応えたリー博士の声は、嗄れており、疲れきっていた。

「少女の頃に、日本軍の細菌戦研究施設に捕われて、おかしな菌を注射された経験のあるあなたが……。どうして、こんな化け物を兵器に利用しようとしたの?」

「崑央のクイーンが甦れば……核以上の兵器を我々が持てば……この世から……戦争がなくなる……本気でそう考えていたのだ。来るべき二十一世紀は、我々、中国人の指導のもと、各国は協力して理想的な平和的国際社会を築くべきだと……」

「コントロールできない、なんて考えていなかった?」

「五十三年前に、一度、戦って勝ったからな。祝融族の弱点が〈土〉の気と〈水〉の気だと知っていたのだ。クイーンとて制御できると確信していた。だから、牛を……。だが、まさか、あれほど強力な存在とは……」

リー博士は言葉を濁らせ、そっと右眼を伏せた。

「同じ科学者として言わせてもらえば、あなたは、最低。マッド・サイエンティストだわ。このプロジェクトのために、一体、何人の犠牲が出たと思うの!?」

拳を振って抗議する杏里に、リー博士は応える。

「もとより、責任は、とるつもりだった」

「責任って――」

と叫びかけた時、杏里の脳裡で、直感が閃いた。このビルの四十階ロビーにも、牛のレリーフがあった。それは五十三階のレリーフと無関係ではない。いや、もとより、五十三階にプールを設け、その四方に青銅のレリーフを飾ったこと自体、偶然などではない。

(リヴァイアサンの塔は、崑央のクイーンを甦らせる、ただそのためだけに設計され、建築された――!?)

杏里は、震え声で、リー博士に質問する。

「JGEの社長は誰なのよ!?」

リー博士は右眼を開け、杏里を見つめ返した。嗄れた声で囁く。

「それは、知らない方がよかろう。同じように、JGEの創立資金源や、融資源や、仕事の発注先も……。知らない方が、長生きできる」

「まさか、ジェットヘリで通っていた社長って、中国の――」

リー博士は鋭く命じる。

「黙りたまえ」

次いで、口調を和らげて言った。

「一切はこのわたし、李秀麗の責任だ。それが分かったら、あなたは外界に逃げるがいい。パブの突き当たりに、従業員用の直通エレベーターがある。地下三階まで直通だ。A級IDカードが使えるから、いますぐ逃げるのだ」

「だけど、あなたは？」

一歩踏み出した杏里に、リー博士は険しい表情を見せて、

「逃げたまえ！　すぐにこのビルの外に出て、一目散に自宅に戻るがいい。そして、残り少ない時間を家族と過ごすべきだ」

「どういうこと？　分からないわ！」

そう叫んだ杏里の前で、リー博士は、手にした古書を床に捨てた。古書の表紙には『秘教古伝』と印刷されている。杏里が、そちらに気をとられている隙に、リー博士は右手を白衣の懐に滑らせた。引き抜かれた時には、右手は、女性用の小型拳銃を握っている。

「逃げないのならば、いま、ここでわたしが撃ち殺す」

「ちょっと……正気なの……」

杏里が歩み寄ろうとすると、リー博士の小型拳銃が火を噴いた。杏里の足元で、銃弾が炸裂し、真紅の火花があがる。

「逃げろ！　早く、逃げるんだ」

しぶしぶ杏里は身を翻した。パブに向かって、のろのろと歩きだす。何度となく、リー博士に振り返りながら。

リー博士は、こちらに銃口をむけたまま、背後のエレベーターへ少しずつ後退っていく。

杏里の背に博士の声が投げかけられる。

「収容所にいた頃、わたしは、あなたになった時だけが幸せだった。どうか母上を大事にしたまえ。できるなら、わたしからも、よろしくと伝えてくれ。かつて束の間の夢のなかで森下杏里として育てられた、あの恩は忘れない、と」

杏里は、ちょっと振り返って尋ねる。

「わたしをプロジェクトに参加させたのも、あなたの仕業？」

「そうだ。森下杏里という名と、城南大学。このふたつからデータを検索して、あなたを発見するのは、造作もないことだった。珍しい名前を付けてくれた、あなたの母上に、感謝する」

リー博士が、大声で言いながら、IDカードを磁気リーダーに差しこむのを見て、杏里は前を向いた。

パブに続く螺旋階段が、杏里の面前に、少しずつ迫ってくる。

「五十三年もの時空を超えて、わたしたちは、共鳴し合ったのだ。わたしがあなたを夢見ていたのか、あなたがわたしを夢見たのか。それは分からないが。とにかく、わたしにとって、あなたは鏡に映った自分の姿だ」

そこで、リー博士の声は、一呼吸ほど中断した。多分、エレベーターの扉が開いて、なかに乗りこんだのであろう。

「さらばだ、もう一人のわたしよ」

それが、杏里の耳にした、リー博士の最後の言葉だった。

螺旋階段を一歩踏んで、杏里は、プールの向こうに顔を向ける。すでにエレベーターの扉は閉じられていた。寂しげに微笑むと、杏里は、そっと呟く。

「さようなら……わたし」

そして、この場で激しく泣き崩れたいという発作と戦いながら、足早に螺旋階段を上っていった。

4

（やっぱり、エレベーターは好きになれない）

パブの従業員用のエレベーターは、酒や食料などを運ぶのにも使用しているためか、広くて、床と壁には痛みよけのアクリルパッドが貼られていた。

コントロールパネルを見れば、〔54〕の下には〔1〕〔B3〕と、ふたつのボタンがある。地下三階に直通、というのは、リー博士の記憶違いであったようだ。

杏里は〔B3〕を押そうとして、車のキーを〈寮〉の自室に忘れてきたのを思い出した。

財布やクレジットカードなどを入れたハンドバッグも、あの部屋に置いたままだ。

「なんとかなるわ」

独りごちながら、杏里は〔1〕のボタンを押した。

扉が左右から流れてきて、中央で閉じる。

エレベーターは、ワンテンポおいて、下降しはじめた。これまで乗ってきたものと違い、業務用のため、ふわりとした下降感がある。

（まるで、このまま、地上へ向かって墜落していくみたい）

と思って、杏里は無意識に、壁に手を遣った。デジタルパネルを見上げれば、秒刻みに階数が下がっていく。〔53〕〔52〕〔51〕……あれほど必死で移動した階なのに、エレベーターを利用すれば、瞬く間であった。

（リー博士は、いま、何階にいるのだろう）

そう考えてから、杏里は、手の甲で額の汗を拭(ぬぐ)った。安堵(あんど)したためであろうか。エレベーター内にこもった熱気が、急に気になってきた。

黙って立っているだけで、自然に汗が浮いてくるから、おそらく三十度は越(こ)えているだろう。左手首の腕時計に眼をおとせば、午後七時十一分で止まっていた。一体、いま、何時なのか、想像もつかない。

なんだか、半年近くも、リヴァイアサンの塔に幽閉されていたような気分がした。

「だけど、それも、これでお終(しま)い」

掠(かす)れ声で呟(つぶや)いてパネルを見上げれば、もう三十九階だった。

（博士は四十階以下の社員は、全員、帰宅させた、と言ってたけど。四十階のロビーにいたガードマンは、どうなったのかしら？）

　杏里は、ぼんやりと、そのガードマンの名が村上であった、と思い出す。すると、それをきっかけに、様々なことが心の底から湧いてきた。

（佳木斯で起こった大地震と大火災はどうなっただろう）

　月のクレーターのような巨大な没落が脳裡を横切った。それから、炎に包まれた街。いまだに佳木斯郊外に残る、収容所の本館と塀。

（罹災地では、熱病も発生していると言ってたけど）

　ペスト。

　その病名が、踏切のシグナルのように、杏里の心のなかで、あかく点滅する。耳の奥で非常ベルが再生されてきた。

（研究室のＴＶは、なにを喚いていたのだろう？）
〔37〕〔36〕〔35〕〔34〕〔33〕……デジタルパネルは、淡々と、通過階数を表示し続ける。それを見つめているうちに、杏里の心に、時限爆弾のイメージが広がってきた……。
〔30〕〔29〕〔28〕〔27〕……。
（一階に着いて、扉が開いた時、外界は変わっていないだろうか）

（わたしの知っている市谷の街並みは、まだあるだろうか）
〔20〕〔19〕〔18〕〔17〕〔16〕〔15〕……階数が下るにつれ、杏里の心に生じた不安は、真夏の入道雲のように、むくむくと大きく頭をもたげてくる……。
〔12〕〔11〕〔10〕〔9〕〔8〕〔7〕〔6〕……。
（どうして、リー博士は、わたしに『逃げろ』と言ったのだろう。『行け』とは言わずに、かの女は『逃げろ』という表現を使った。それは、何故？）

（残り少ない時間を家族と過ごすべきだ、なんて、

まるで世界がもうすぐ終わるみたいな言い方を、どうしてしたのかしら）

不意に杏里は、扉を両手で叩いて大声で助けを求めたい衝動にかられた。必死で衝動を圧し殺し、激しくかぶりを振る。

〔5〕〔4〕〔3〕〔2〕……。

（大丈夫よ。このビルの外は、正常な世界。旧支配者も超古代も怪物もいない。理性的な世界がある）

そんなことを考えているうちに――

〔1〕

エレベーターが静止した。

扉が左右に滑っていく。

戸口の向こうには、紅蓮の炎も、亡者の巣もなく、照明をおとした広いロビーがあった。

杏里は安堵の息をついて、外へ踏み出した。

すかさず、男の声が浴びせられる。

「どうしました」

その台詞が北京語ではなくて、日本語なのが、杏里に胸を撫で下ろさせた。

向き直れば、ガードマンが受付から、こちらへ駆けて来るところだ。制帽の下のいかつい顔に、杏里は見覚えがあった。

村上である。

「あなたは……」

村上は、杏里の顔を見ると、小さく叫んだ。走るピッチをあげ、大急ぎで杏里の面前に立った。

「また会ったわね」

ガードマンの村上に、杏里は嬉しそうに言って、右手を差し出した。反射的に村上は、杏里の手を握り、大きく振る。

「宮原課長のプロジェクトに事故があった、と聞いていましたが。よくまあ、ご無事で」

「なんとか、帰還できたわ」

二人は言い交わすと、互いの手を離した。

「それで、他の方は？　四十階以上の研究員たちは？」

杏里は黙って村上の顔を見た。その表情にただならぬ物を感じたのか、村上が何か訊ねようとするのをさえぎって、杏里は言った。

「帰宅命令が出たの……あの正面玄関から帰っていい？」

「分かりました。お帰り下さい。お預かりした携帯をお返しします」

村上はかの女を誘導するかたちで、正面の大きなガラス扉に向かって歩きだす。

村上に従いながら、杏里は、そっと、かれの腰に眼を遣った。後ろから観察すると、村上のホルスターに納められたものは、リヴォルバー拳銃ではなかった。銃把がガスボンベになった代物だ。おそらく催涙ガスを発射する類の防御具であろう。

「さあ、扉を開けますよ。ひどい暑さですから、用心してください。さっきのラジオによれば、遂に四十四度を越えたそうですからね」

正面扉の銀色の手摺に右手をかけて、村上は、そう言うと渋面をつくって見せた。

「……四十四度ですって？」

杏里は低く呟いた。かの女の耳の奥で、また、非常ベルが再生される。

村上の手が、ゆっくりと扉を引いた。

外界から息詰まるような熱風が吹きこんでくる。

熱風は、ヘリコプターの爆音を乗せていた。それを耳にした村上は、頭上を見上げて、独りごちる。

「やあ、社長の出勤時間だ！」

その一言が、杏里の背に、鞭をくれた。

「失礼――」

言い残すなり、杏里は駆け出した。

（一八メートルを全力で完走できたんですもの。絶対に、できるわ！）

広大なコンクリートの前庭を突っ切り、ＪＧＥのロゴ入りのアーチをくぐり、さらに市谷の街路を二百メートルほど走り続けた。

外苑（がいえん）東通りに行く手を妨げられて、杏里はようやく立ち止まる。身を翻（ひるがえ）し、夜空を仰ぎ見た。

漆黒（しっこく）の円柱に沿って、ヘリコプターが、ゆっくりと下降していた。いまは、五十五階の横を下ったところだ。するすると、さらに下降する。

そうやって、垂直に五階下まで降りた時であった。

突然、武器庫のある五十一階から、爆炎が噴き上がったのは。

眩（まばゆ）い黄色に縁取られた、オレンジの爆炎は、窓ガラスと壁を吹き飛ばし、一瞬でヘリコプターを呑（の）みこんだ。

杏里は、それを見て、身をすくめる。

と、今度はヘリコプターの機体内部から、爆炎が噴出した。いまの炎が、燃料タンクに引火したのだ。

ローターが機体から外れて、四十九階に突っこんでいく。炎に包まれた機体は、空中で四散しながら、スローモーションで落下していった。

「リヴァイアサンの最期ね」

静かに呟（つぶや）くと、杏里は、身を翻した。

外苑東通りに寄り、片手を挙げる。

タクシーが、素早く、路肩に寄ってきて停車した。サイドドアが開かれる。

杏里はタクシーに乗りこんだ。サイドドアが閉じられ、その身が心地良い冷気に包まれていく。

「西池袋まで行ってちょうだい」

疲れ果てた声で、杏里は言った。

運転手は、無言でタクシーを発車させる。

カーステレオのスピーカーからは、中森明菜の歌が流れていた。曲目は『難破船』だ。

「…………」

杏里は眼を閉じて、シートに深く凭（もた）れかかった。

全身が綿のように疲れている。気を抜けば、このまま眠ってしまいそうだった。
不意に、運転手が、不審げに唸る。
「うん……？　電線がやけに揺れているな。お客さん、これは地震ですかね」
「――地震!?」
杏里は小さく叫んで、弾かれたように身を起こす。サイドウィンドウに顔を向けた。
すべての電線が縦に揺れている。
電柱に取り付けられた看板も、不安定に縦揺れしている。
杏里はリアウィンドウに振り返った。
市谷の街並みが陽炎のようにゆらめいていた。
それが熱波によるものか、地震によるものなのかは、まったく判別がつかない。
（どっちにせよ……これは……）
杏里は、そう考えながら、悲鳴をあげるかたちに口を開いていく。
熱波と縦揺れの次に来るものが何なのか――。
杏里は、それを痛いほど知りつくしていた。

解　説

知り尽した男

ホラー——怪奇小説とその作者の関係において、最も懸念すべきは、「気取り」ということだ。

本来、この世ならぬ恐怖を扱うホラー小説は、執筆者に多かれ少なかれ、この感情を余儀なくせる。「阿呆らしいと言われたくない」「子供だましと思われやしないか」「ゲテ物を扱うのは嫌だ」ｅｔｃｅｔｃ——「人間の暗黒面を突きつめてみたい」「ホラーを通して愛の形を問い直したい」——こういう方向を選ばせる。

ホラーという言葉が近頃では拡大解釈されている点にも問題はあるだろう。また、そういった方向の作品群にも傑作があることは確かだ。そう認めた上で、私は、それらの多くは秀れたサスペンスであり、この世に存在しない恐怖を描く作品群だと主張したい。

そして、今の小説界にもうひとり、同じ考えを抱いている作家がいるとしたら、それはまぎれもなく、本書の作者・朝松健氏だろう。

朝松健——怪奇幻想小説の愛好者なら、必ず、深い感慨を喚(よ)びおこさずにいられない名前である。

私たちは、たとえば、子守り歌を聴くように、この名を眼にし耳にしながら、欧米の怪奇幻想小説が日本に広まり、醸成し、甘美な芳香を放つ独自の作品群を生み出す様を見守ってきたといっていい。

『真ク・リトル・リトル神話大系』『ラヴクラフト全集』『世界魔法大全』『ウィアード・テールズ』その他――編集者時代に朝松氏が成し遂げてきたこれらの出版は、秀れた文学であるという、我が国独特の、やや狭隘な見解を歯牙にもかけず、妖怪、悪鬼の跳梁するホラーの醍醐味に満ち溢れたホラー小説群を送り出して、異世界の驚異を眼のあたりにしたいファンの渇を癒してくれた。

その後、朝松氏は編集者から作家に転身、『魔教の幻影』『魔犬召喚』『魔術戦士』等をはじめとするオカルト・アクション、マジカル・アクション小説を続々と発表する。

そのどれにも、深い魔術研究で育んだ博識と、氏の愛するホラー、ＳＦ、アクション映画を彷彿とさせるヴィジュアルな名場面に溢れ、既成のエンターテイメントとは一線を画する氏らしい小説の誕生を告げていた。

しかし、これは同じ嗜好の同業者として――ほぼ間違いないだろう――推測であるが、マジカル・アクションを書きつづけながら、氏はある種の物足りなさを感じていたのではないだろうか。

大方の怒りを買うのを承知で言ってしまえば、オカルト・アクションやホラー・アクション小説は、ホラー小説ではないのである。異形の怪異を怖れもしない超人的ヒーローが出現した途端、読者を脅やかしつづけてきたホラーの醍醐味は、突如、それを斃されることのカタルシスへと価値転換を余儀なくされてしまう。

読後、恐怖のあまり眠ることもできず、眠れても悪夢にうなされ、わずかな物音にも怯え、親兄弟、知人さえ別のものに見える。――やがて、社会生活にも支障をきたし、住所も変えて、人知れず朽ちていく。

極論だが、真のホラーとはこうあるべきだろう。そして、これこそホラー小説を志す者たちの見果てぬ夢である。

本書『崑央(クン・ヤン)の女王』で朝松氏はこの夢に挑戦した。

JGE——日本遺伝子工学株式会社の建造した六十階建ての超近代的研究所〝リヴァイアサン・タワー〟。奇妙な過去の悪夢に翻弄されながらも客員スタッフとしてそこを訪れたヒロイン、分子生物学者森下杏里(あんり)の見たものは、殷代以前の遺跡から発見された美少女ミイラだった。しかも、コンピュータ分析によれば、ミイラのDNAは人間のものにあらず、爬虫類のそれだったのである。

ここにおいて、物語は、怪奇小説ファンはお馴染(なじ)みのあるあの色彩を帯びてくる。ミイラの正体は何か？

杏里の夢に出現する親子——満洲人も朝鮮人も、崑央(クン・ヤン)だと怖れおののく彼らの正体とは。

古色蒼然たるあの物語を、現代科学の粋ともいうべき〝リヴァイアサン・タワー〟内に繰り広げることで、朝松氏はまたも画期的な成果を収めたといっていい。手にしたIDカードの指示階以外へは行けないという現代的な設定は、ホラーに不可欠な閉ざされた恐怖を生み、唯一つながった電話回線を通じてきこえる狂った兵士の声や銃声、敵の正体を訴える叫びなどが、それを増幅する。——この辺は、もう、ホラーを知り尽くした男の独壇場。読者はラストまで、ノン・ストップで恐怖と戦慄(せんりつ)の世界にひたることができるのだ。いいや、ひたらざるを得ない。どんなもの知らずでも、人間である限りは精神の何処かに有している仄昏(ほのぐら)い性癖——怖いのに見てしまう——怖いからやめられない——怖いからこそ見たい。——を朝松氏の筆は励起して熄(や)むところがない。

見たくない、読みたくないのに頁をめくるなどあり得ない。あるいは怖いからこそ読むのだ。恐怖と戦慄を味わいたくてページをめくるのだ。そうさせることが秀れたホラーの生命であり、文章に眼を通しながら打ち震える心臓の鼓動こそ、作者の凱歌に他ならない。
そして、何を読めばそれが味わえるのかと問う必要はない。この解説を最後に読んでいる方はとっくに、最初に眼を通している方もすぐにおわかりになるだろう。

仕事に疲れたとき、行き詰まりを感じたとき、私は『凶獣幻野』を、『天外魔艦』を読み返す。『比良坂ファイル』でもいい。そこに描かれた世界に対する作者の情熱と嗜好は、私に「ひとりじゃないな」という想いを抱かせてくれる。同志がいるのだ。
そして、彼もまた、私もまた、この世ならぬ世界の物語を書きつづけていくことだろう。

平成五年十一月三十日

『フロム・ビヨンド』を観ながら
菊地秀行

新装版のための解説

そして、地面の下には、未知の生物が棲む異様な世界があります。例えば、青く照らされたク・ン＝ヤン、赤く照らされたヨス、まったく光のない暗黒のヌ・カイなどです。このヌ・カイの世界から、あの恐ろしいツァトゥグアがやってきたのです。

（H・P・ラヴクラフト「闇に囁くもの」黒瀬隆功　訳、
一九八五、『定本ラヴクラフト全集第5巻小説篇Ｖ』所収）

中国の地下高速鉄道建設現場で発見された数千年前の遺跡。壁は爬虫類めいたレリーフが刻まれた鉛の板で、床は黒曜石で覆われたあまりに巨大な遺跡は、しかし、ただのがらんどうの空間だった。中央にぽつんと青銅製の柩が置かれている以外には。

柩の中には、眠っているようにしか見えない美少女のミイラが横たわっていた。彼女こそ、人類誕生以前に地球に君臨していた知的生命体「旧支配者」があがめていたとされる存在――。

すなわち、崑央のプリンセスである。

彼女の検査のために六十階建てのハイテクビル、別名「リヴァイアサンの塔」に呼ばれた分子生物学者の森下杏里は、そこでおぞましい事実を目の当たりにする。

そして襲いかかる異形の怪物たち。逃げ場のないビルの中、自らの運命に抗うため、彼女は銃を手に立ち上がる……。

『崑央の女王』が当時まだ立ち上がったばかりの角川ホラー文庫の一冊として刊行されたのは一九九三年十二月のこと。本書はそれから実に二十年近い時を経ての、満を持しての復刊である。

当時本作を手に取った読者の中には、生まれたばかりの子が成人するほどの時間が過ぎ去ったことになにがしかの感慨を抱く者もいるだろう。

誰かが守り、伝えなければ、文化というものは消えてなくなる。想像してほしい。必ずそうなる。あえて例は挙げないが、少し振り返ってみれば誰もがいくつか思い当たることを見聞きしているだろう。

どうせ文化などは、飢えた人の腹を満たすこともできなければ、寒さに震える人を救うことも、その病を治すこともできない代物なのだ。食料や、衣服や毛布や、医療に比べて必要なものではありはしない。ことに、小説などはそうだ。単に商品価値を失った末に消えるのならそれも運命かもしれないが(むろんそうならないように作家は全力を尽くすのだが)、ことはそれほど単純ではない。滅ぼすための言い訳などいくらでもある。ホラーが過去に何度もそうした危機を乗り越えてきたというのは事実だ。

そうして、朝松健こそは、ホラー小説とクトゥルーを守り、伝えてきた作家の中でも最も重要な先達のひとりである。

この『崑央の女王』で初めてその作品に触れる読者もいるだろう。私などより詳しい方がいくらでもいることは承知の上で、以下、朝松健とクトゥルー神話の係わりについて、少しだけ紹介しよう。

そもそも、朝松健がラヴクラフト作品に触れたのは十四歳のとき。その日手にした『チャールズ・ウォードの奇怪な事件』で、いっぺんに虜になってしまったという。

このとき朝松健が読んだのが、一九六九年から刊行がはじまった新人物往来社〈怪奇幻想の文学〉シリーズの第三巻『戦慄の創造』（一九七〇）というアンソロジーである。日本に怪奇幻想小説を紹介した先達、平井呈一、紀田順一郎、当時は学生の荒俣宏といった面々の手になるものだ。

この時点でのラヴクラフト作品の邦訳は少ない。『宝石』や『別冊宝石』、『怪奇小説傑作集』、『世界恐怖小説全集』といった雑誌やアンソロジーにぽつりぽつりと短編が掲載された程度だ。それらを求めて、朝松健は出身地である札幌市内の古書店を巡ったという。

高校に入った朝松健は、怪奇幻想文学の翻訳、評論、創作のための同人を立ち上げる。また、別のSF系同人に参加し、小説を発表してもいる。

大学を卒業して出版社に勤務してからも同人活動は続いた。当時の作品にはのちに設定が見直されて〈逆宇宙〉シリーズで人気を博す比良坂天彦が活躍するホラー中編などもある。『崑央の女王』や先に復刊された『邪神帝国』に登場するヨス＝トラゴンの名もすでにここに見られる（『イスカーチェリ』二十号、一九八一。正確にはカタカナではなくYoth-Tlaggon表記）。

前後して、ミステリマガジンがラヴクラフト作品をいくつか訳出、さらに矢野浩三郎による『クトゥルーの喚び声』（原稿段階では『クトゥールーの喚び声』だったようだ）を掲載（一九七一年十二月号～一九七二年二月号）、仁賀克雄の訳による初のラヴクラフト作品集『暗黒の秘儀』（一九七二）の刊行。さらに『SFマガジン』（一九七二年九月臨時増刊号）や『幻想と怪奇』（一九七三年十一月号）で体系的なクトゥルー神話特集が組まれ、荒俣宏によって『ラヴクラフト全集(1)』が創土社から刊行(一九七五)されるに至る——ただし出版は途絶するが——など、七十年代初頭にラヴクラフトとクトゥルー神話の日本での紹介は一気にその気運が高まる。

そうした先達の仕事に触れた朝松健は、八十年代に入り、いよいよ編集者として『真ク・リトル・リトル神話大系』(一九八二〜)の出版を現実のものとする。その後の『世界魔法大全』(一九八三)『定本ラヴクラフト全集』(一九八四〜)『ウィアード・テールズ』(一九八四〜)『アーカム・ハウス叢書』(一九八六〜)といった書籍の刊行にも尽力している。

朝松健の作家としてのデビューは朝日ソノラマから刊行された『魔教の幻影』(一九八六)。ここから始まる〈逆宇宙〉シリーズは、非常な人気を博した。

その後、朝松健は〈私闘学園〉シリーズなどのジュブナイル作品や〈魔術戦士〉シリーズなどアダルト向けのアクションホラー、マジカルアクションを次々と執筆、人気作家の仲間入りをする。デビュー後、『崑央の女王』刊行までの七年間に出版された著書は実に四十八冊にのぼる。

朝松健は本書親本のあとがきで、『これはわたしの原点回帰だ。/原点に戻ったからには、わたしは、ホラー作家の看板を蔵から引っぱり出し、きれいに磨き、高く掲げるべきであろう』と記している。

あとがきの記述は、若い読者には違和感があるだろう。朝松健はデビューから親本刊行の時期まで、変わらずホラー作品を書き続けてきたように見えるからだ。

朝松健のデビュー作『魔教の幻影』は、まぎれもないホラー小説である。アクション要素も少なく、その読後感はジュブナイルとは思えないほど異様に重い。しかし、その後書かれる作品には、若干の方向性の変化が見られる。もしかしたら、作家自身、ホラーに愛着を残しながらも、違うタイプの作品も俺には書けるさ、という自負なり挑戦心なりがあったのかもしれない。そうでなくては〈私闘学園〉シリーズが生まれるとは思えない。真にホラーを日本に根付かせるため、より広範な読者を獲得できるものを模索したかのもしれないし、あるいは、読者数が多いとは決して言えないホラー小説が、編集者に敬遠されたのかもしれない。

当時は、雌伏して時を待っていた大勢の作家がいた。書きたいものが書けない。売れないからやめてくれと編集者に言われる。そうかと思えばホラーに理解のない者に限ってホラーを商売としようとする。そうした状況下、現実の猟奇殺人事件をきっかけとして起こるホラー・バッシング。当時高校生だった私も、一九八九年の、あの時代の空気とでもいうものを確かに覚えている。

――いくぶん時代が前後したが、ともあれ朝松健は、もとよりアクションや伝奇にも愛情を注いできた身のこと、ホラーの要素をあの手この手でアクション小説に埋め込み、独自の世界を築いていく。先述したように多くの作品を世に送り、そうして、それらは読者からも高い評価を得た。

だが、状況はさらに過酷さを増す。バブルの崩壊により出版業界それ自体が打撃を被るのだ。むろん打撃の波は朝松健にも押し寄せ、『ノーザン・トレイル』の出版社の都合による途絶や、先に記した『魔術戦士』の版元倒産など、筆舌に尽くしがたい様々な苦労があったようだ。

そうした時期を経て、本書『崑央の女王』こそは生み出された。クトゥルー・ホラー！　これは、まさしく朝松健の原点回帰にして、渾身の一作なのだ。

＊

本書の読みどころは、まず、なんといっても前半部分のミステリアスな展開だろう。

劇中、森下杏里のしばしば見る謎めいたビジョンも手伝って、読者は目の前で起きていることの意味がいったいなんなのかわからぬまま、彼女とともに霧の中を歩むようにして読み進むことになる。

その過程で、〈神話〉をオカルト的に読み換えたものを、徐々に語っていく手腕も素晴らしい。そもそも絵空事の要素が強いホラー小説においては、細部まで作り込みをし、リアリティを担保する必要がある。このあたりは朝松健の独壇場だ。

読者のナビゲーター役である森下杏里のキャラクターは非常に個性的だ。

少女趣味の母親に杏里という名前をつけられ、自分の名前を人に言うことを好ましく思っていない。幼いころ、父親と別れて荒れていた母親にしばしば押し入れに閉じ込められていたせいか、いくぶん閉所恐怖症の気がある。その母親とはさもありなんと言うべきか、現在も微妙な関係であるようだ。

後半では、その彼女が銃を手に異形の怪物と対峙する。怪物はあまりにも強力で、銃などでは心許ないことこの上ない。終盤に至り、彼女の武器はついに、勇気だけとなる。後半のサスペンスフルな展開を、読者はただ楽しんで欲しい。

ここで一点、踏み込んで検証してみたいことがある。

本文中、森下杏里はなぜか銃の扱いに習熟しているように書かれている。ぐいぐいと読者を引き込む物語の力によって一見してそうは感じられないのだが、やはり、銃を手に化け物と闘うのは学者より軍人や刑事などの職業に就いている者の方が自然である。どうもここには作家の意図がありそうだ。

むろん、彼女が銃に慣れていることにはしっかりと理由付けがされているのだが、そうした物語上の平仄よりも、朝松健が本作で銃の扱いに習熟した者を主人公に選ばなかったことに私は重要なものを感じる。

本作品においては、主人公は、分子生物学者――ではなくとも、ともかく、我々と変わらない、ごく普通の、市井に生きる一人の人間でなければならなかったのである。どういうことか。

答えを先に言ってしまおう。彼女の「勇気」こそが本作品のキーワードであると私は考える。

ずいぶん昔のことであるから現在は趣味も変わったかもしれないが、かつて朝松健は自らの好きな映画として真っ先にフェデリコ・フェリーニの『道』（一九五四）やピエトロ・ジェルミの『鉄道員』（一九五六）を挙げていた。どちらもイタリアの、哀愁に満ちたネオリアリズム作品だ。こられは一見、朝松健の作品世界とつながりが薄いように思われるかもしれない。

しかし、そうではない。朝松健は一貫して、蒼氓――名もない、ひとむれの青草でしかない人々が、この悪意と喧噪に満ちた世界と自らの内面の狂気や不安との狭間を揺れ動き、それらといかに闘うか、あるいは破れるかという話を繰り返し描いてきたからだ。

そもそも、朝松健の考えるホラーとはなんだろうか。

作家自身が直截に語る言葉を見つけられれば良いのだが、これがなかなかない。朝松健は自身については多くを語らない。一見、語っているようでも、照れたようにして途中で言葉を濁してしまう。私が見つけられなかっただけかもしれないが、ともあれ以下は、その、数少ない例外のひとつだ。インタビュアーは東雅夫である。

私がいちばん重んじたいのは、見えない向こう側の世界の恐怖。向こう側の世界からこちら側の世界に迫ってくる恐怖、ないしは向こう側の世界がこちら側の世界を浸食する恐怖ですよね。(中略)私が語りたいのはホラー——それは何かというと超自然的恐怖である。さらに恐怖を超えた「畏怖」である。

(『ホラーを書く!』一九九九、ビレッジセンター出版局)

インタビュー内で、肉体的恐怖、生理的恐怖、苦痛に基づく恐怖は「テラー」であって「ホラー」ではない、と朝松健は言う。

〈ホラー〉小説や映画と、〈恐怖を描き、読者を怖がらせるための〉小説や映画は自ずから別なものだ。定義づけは困難だが、〈ホラー〉とは「怪奇と幻想」や「神秘と戦慄」のことで、作品によっては恐怖がメインのテーマたり得はするが、それのみを目的とするものでは断じてない。

ホラーは、どちらかというと現実を舞台として恐怖を描くサスペンスよりは、むしろファンタジーに近いと言える。ホラーとファンタジーはどちらも幻想文学のサブジャンルであるという考え方は、それほど識者の異議が唱えられるものでもないはずだ。ぴんとこない読者は、ヒロイック・ファンタジーの代表作の作者が誰であったかを思い起こしてほしい。傍証としては十分だと私は考える。

(言わずもがなのことではあるが、一応述べておく。ここでは〈英雄コナン〉シリーズの作者、ロバート・

E・ハワードを指している。ハワードはラヴクラフトの非常に親しい友人で、クトゥルー神話に連なる作品でも名高い。母親との結びつきが非常に強かったハワードは、危篤に陥った彼女の看病を数週間続けた後、自宅の車の中で拳銃の引き金をひく。弾丸は頭部を貫通、その後しばらくして死亡。まだ三十歳であった）

未読の読者の興をそぐことを避けるため言葉を濁さざるを得ないのだが、本作後半の展開はまさしく先に引用した朝松健の言葉通りである。

「向こう側の世界からこちら側の世界に迫ってくる恐怖、向こう側の世界がこちら側の世界を浸食する恐怖」――森下杏里が味わう恐怖は、まさしくそうしたものだ。

作家というのはたいてい小説に厚みを与えるために物語の推進力となる事件の展開と、登場人物の内面の変化とを同時進行させるようにプロットを組むものだ。たとえば本作では、「怪物の攻撃から逃れ、生き延びる」ということと「森下杏里ともう一人の登場人物との関係の揺らぎそのもの」とのふたつの話が同時に進行していく。このときの「もう一人の登場人物」と杏里は、コインの裏と表である。どちらが虚で、どちらが実なのか――

いや、そうではなく、どちらとも虚であり、どちらとも実なのだろう。

『マクベス』に登場する三人の魔女がうたうように、「きれいはきたない、きたないはきれい」だ。ふたつは対立するものではなく、その内部にふたつともを抱え込んでいるのが人間であると本作は示している。

ホラーとは寓話である。単に「人を怖がらせるもの」ではない（単にそうしたものでもそれはそれでホラーであるという器の大きさがこのジャンルにあることも事実だが）。

何も難しい話ではない。ホラーとはそもそも、その時代、時代の人々の不安を映す鏡であった。もう少し正確に言えば、ホラーが人間の不安というものを扱う限り、（時には作家が意図しなかったとしても）受容する側がいま抱えている不安を投影して読むことができるのだ。したがって、対象が百年前の小説だろうが、現在読み、恐怖に震えることも当然のように可能である。ホラーとは普遍性に裏打ちされたものだ。

『タイタンの幼女』『スローターハウス5』などの小説で名高いSF作家、カート・ヴォネガット・ジュニアは、作家を〈坑内のカナリア〉にたとえた。

かつては、炭鉱内で人体に有害なガスが出たときに備えて、カナリアが運び込まれた。ひ弱な鳥はいち早く倒れるため、一種の警報装置としての役割を果たすのである。それと同様に、芸術家というのは社会が危険な状態に立ち入ると警報を鳴らすのだと。

もしそうなら、ホラーなどは、もうそのまま坑内のカナリアのようなものである。

例を挙げよう。リチャード・マシスンの小説『吸血鬼(I am Legend)』（一九五四）の映画化作品『地球最後の男』（一九六四）は、ジョージ・A・ロメロの『ナイト・オブ・ザ・リビングデッド』（一九六八）に強い影響を与えた。ただし、両者はシチュエーションなどに明らかな類似が見られるも、どこか異なるものがある。空隙を埋めるのは、むろん、ベトナム戦争(アメリカが介入したのは一九六五年）だ。

（ことによると、坑内のカナリアだからこそ、ホラーは繰り返しバッシングを受けるのかもしれない。人々の不安を商売にするかのような素晴らしく下劣な最高の通俗作品が、ご立派な識者の神経を逆撫でするのも無理はない）

評論家の笹川吉晴は朝松健が編集した『秘神　～闇の祝祭者たち～』で、以下のように述べている。

〈ホラー〉とは〈怪奇〉という想像力の光を照射することによって、現実社会の陰に隠された異貌を束の間浮かび上がらせるためのシステムである。光とは、別の言い方をすれば〝視線〟だ。つまり〈怪奇〉というのは、世界を想像力によって読み替えていく僕たちの視線のありようなのだ。

（朝松健　編『秘神　～闇の祝祭者たち～』一九九九、アスペクトノベルス）

笹川の説明はあまりに素晴らしく、付け加えることはほとんどないが、それでももう少し続けよう。

この評論が発表された一九九九年から今日まで十四年。『崑央の女王』からはすでに二十年経過している。それでいて、まったく古びていないというのは、ある意味では非常に困ったことだ。現在そのことについて触れるのも意義があるだろう。

本作では、「物語」は完結しているが、「そこで描かれる恐怖」はこれっぽっちも完結していない。

本解説の冒頭で、私は、誰かが守り、伝えなければ、文化というものは消えてなくなると書いた。生活に直接寄与する訳ではないものなどはいつ滅ぼされてもおかしくないのだと。

だが、滅ぼされるものは、果たして、ホラー小説（などの、市場原理が支配するものや、文化一般）に限った話だろうか。かつても、これからも、人は人を踏みにじるのではないか。困ったことに、十年経とうが二十年経とうが、まるでそれは解消されてはいないのではないか。そんなふうに『崑央の女王』が、現在の世界における坑内のカナリアめいて見えてしまうのは、私の悲観的な物の見方ゆえか。

本作の親本が刊行されたのは一九九三年。劇中では、その時点から少し先の未来が描かれている。前年のイラク軍のクウェート侵攻を受けて湾岸戦争が開始されたのは一九九一年。多国籍軍の圧倒的優位のまま停戦を迎えるが、この戦争はその後に禍根を残し、一九九三年には、ニューヨークの世界貿易センタービルの駐車場で爆破事件が起こっている。

さらに、その世界貿易センタービルのツインタワーへ旅客機が突入したのは二〇〇一年。同時多発テロ事件の報復としてブッシュ政権はイラク戦争に踏み切り、二〇〇四年にはアブグレイブ刑務所でアメリカ人による大規模な捕虜虐待事件が発覚している。

『崑央の女王』を「少しだけ未来の物語」として見るなら、一九九三年に書かれた本書は、まさしく未来を描いた寓話である。

もう一例を示せば、制御できると思いこんでいたものが暴走して世界が深刻な事態に陥るというエピソードを、つい先年起こり、やはりいまも解決していない事態と重ね合わせることも可能なのだ。

しかし、考えてみればこんな容易な予言はない。人は懲りもせず、どうせ似たようなことを繰り返すのだから、そのうち当たるに決まっている。これはいったいどんな皮肉か。

飢えたる者は食を為し易しと言う。腹が減っていればどんなものでもうまいように、悪政に苦しめられていれば、わずかな善政でも良いと感じてしまうという意味だ。そうしてすぐに人はその前のことを忘れる。

二〇一三年現在、私達の世界は疲弊し、不安に飲み込まれそうになっている。不安は、時に絶望よりも人を傷つける。誰かが問題は解消したと言ったところで、人はそんなに強い生き物ではない。一度生まれた不安は育っていき、必ず人をむしばむ。

何も先年から始まったことではない。ずっとそうだったのだ。

ことは政治や社会という大きな話に限らない。ホラーは寓話だ。普遍性を持った物語だ。たとえば家庭や学校や会社といった卑近な空間であってもその物語は通用する。朝松健の書くホラーはことにそうだ。

「向こう側の世界」との対比において、それらを自分とは異なるものとして、排除し、差別する。あるいは、かつての弱い自分に重ねた存在を(そうという自覚もなく)打ち倒して全能感を得る。そうした物語(ジャンルフィクションよりはむしろそれ以外の作品に時折こうしたものが紛れ込んでいるものだ)と朝松健の作品は対極にあると言っていい。

朝松作品の登場人物達は、「おそれ」を伴う「向こう側の世界」が自らの内側にも存在することを知っている。したがって、時として登場人物たちは「向こう側の世界」に破れる。

しかし、それでも、勇気を示すのだ。決して顧みられることのない、ちっぽけな、ささやかで安っぽい幸せにしがみつく、名もない個人が、ほんの少しだけ。

――だからこそ、朝松健の書く物語はどこまでも優しい。

＊

『ユリイカ』一九八四年十月号のラヴクラフト特集に掲載された笠井潔との対談で、荒俣宏が『チャールズ・ウォードの奇怪な事件』――まさに朝松健がラヴクラフトに触れた最初の小説だが――について、こんなことを言っている。

本作を手にしている読者には言うまでもないだろうが、これは、ラヴクラフトやハワード、クラーク・アシュトン・スミスらが形成した舞台や固有名詞のゆるやかなつながりを、オーガスト・ダーレスやリン・カーターたちが〈神話〉として広めていったことを指している台詞だ。

あれのなかに魔術師が出てくるんで、まあいろんな本を書いてるわけですけれども、非常に象徴的なのは「あとの者のために」というタイトルの本を一所懸命書いてるんですね(笑)。(中略)「あとの者のために」というあのタイトルは、なんとなくラヴクラフト・スクールの現実をうまく予言した言葉じゃないかと思いますけどね。

——なるほど、「あとの者のために」というのは、確かに象徴的だ。

平井呈一の協力を得て、紀田順一郎と荒俣宏によって編集された〈怪奇幻想の文学〉シリーズを手にしたのは、十四歳の朝松健であった。

そうして高校生になり、ガリ版刷りの同人誌によって怪奇小説の翻訳や評論、創作を本にする歓びを知った。ガリ版(謄写版)とは、ロウびきの紙に鉄筆(先端に針がついた筆記具)で文字を書いたものにインクを乗せると、針でひっかいた部分のみインクが浸透するという原理の簡易型印刷機である。

私が小学生のころ(一九八〇年代はじめ)には、ワープロやコピー機はむろん一般化しておらず、変わらず謄写版が用いられていたものの、すでに鉄筆の時代ではなく、原版をドラム式の転写機で写し取って印刷する機械が稼働していた。ただし、機械化されたとはいえ、原版はすぐにくしゃくしゃになって使い物にならなくなったし、やたらと粘っこいインクの臭いがすごい代物で、現在のコピー機の手軽さとは比べるべくもない。朝松健が同人を立ち上げたころはもっとだろう。

あのころの朝松健の、それはそれは手間のかかる、ガリ版刷りの同人誌を作ったときの歓びや情熱は、いまも失われていないだろうか。おそらくそうであろう。その筆運びにおいてはいまや練達の士でこそあれ、朝松健は変わらず怪異に満ちた物語を綴っている。

伝奇も、ホラーも、妖怪コメディもある。クトゥルーものの新作も書かれた。(このご時世に驚きを禁じ得ないが)翻訳ホラーを中心とした雑誌の創刊にも尽力した。

そうして、それを受け継ぐ者たちがいる。

かつて朝松健が編集した、あるいは書いた作品を、他のなににも代えがたいと思って読んだ者たちが、いま、社会に出て様々な活躍をしている。出版やその周辺の業界のみの話をしているのではない。日本の――いや、最近は海外もだが――様々な場所で様々な仕事に従事している読者がいる。日々の暮らしを営んでいる者たちがいる。朝松健より年上の者もいるはずだ。学生もいれば、ずっと年少の読者もいるだろう。みな、受け継ぐ者たちだ。

最後に、少しだけ思い出話を書くことを許して欲しい。小学生のころはミステリー一辺倒だった私は、中学に入り、にわかにホラーに傾倒する。ちょうど朝松健が編集者としてホラーやオカルトを手がけていたころだ。

当時、私は北海道の片隅で、創元推理文庫版『怪奇小説傑作集』第三巻所収の『ダンウィッチの怪』でラヴクラフトに触れて虜になり、古本屋巡りをおこなっていた。A5判箱入りハードカバーの『真ク・リトル・リトル神話大系』が高くて買えず、少しでも安価で入手しようとしていたのである。

ある日、とある個人経営の小さな古書店に、かなり揃ったものが入荷した。だが、古本といっても安いものではなく、けっきょく買う金はなかった。何しろ定価は一冊三千円近く、シリーズは全十一冊。中学生に手の出るものではない。

私は三日と上げずに店へ行った。幸いにその店舗は自宅の近くにあったのだ。「今日もまだあった。誰かに買われずにすんだ」ということを確認するためだけに行っていた。あまりにしょっちゅう行くので、ついには「あんたいつも来てるね。買わないならもう来ないでくれないか」と古本屋をたたき出された。

それと前後して、私はソノラマ文庫を手にする。小学生のころから『宇宙船』を定期購読していたので、ソノラマ文庫を手にするのは必然だった。

あれからずいぶん時が流れたが、私はいまだにホラーだの本格ミステリーだのといったジャンルフィクションが好きでたまらない。

確かにそれらは、飢えた人の腹を満たすこともできなければ、寒さに震える人を救うことも、その病を治すこともできない代物である。しかし、社会が一顧だにせず、きっととりこぼすだろう人々の心を癒やすことはできる。

そもそも文学とは、目にも見えず現実的な形をとることもない、だからこそ他の方法では埋め合わせることのできない傷ついた人の魂を救うものではなかったのか。そうでない文学など、どんなに立派で上品で額縁に入れて掲げられるものであったとしても、それは貧しいのではないか。

だから、守り、伝えていこう。何も特別なことはいらない。

「読む」という行為は、極めて個人的なものだ。だからこそ、自らの内側に、物語は深く入り込んでいく。朝松健の作品をいま手にしているあなたの内側にも、だ。

それはもしかしたら、「おそれ」と「勇気」かもしれない。現実の――あまりに重すぎ、個人ではどうすることもできない――恐怖や不安に抵抗する心かもしれない。あるいは、名付けがたい――いや、ここは名状し難いと言うべきか――「何か」かもしれないが、とにかくそれは残る。

朝松健も誰かから「名状し難い何か」を受け取った。そうして、私も、いまこれを読んでいるあなたも、きっと、朝松健から受け取ったはずだ。それを守り、伝えていこう。

いざ、〈神話〉の名の下に旗を掲げろ！

叫べ！　イア！　ヨス＝トラゴン！

平成二十五年三月五日

ミステリー作家　松本寛大

本書のカバーイラストは、二〇〇八年に黒田藩プレスより出版された、『崑央（クシャン）の女王』の英訳版、『Queen of K'n-Yan』のために、小島文美氏によって描かれたものです。

本書を新装版として復刊するにあたり、小島文美氏のご厚意によって本書の冠とさせていただきました。当時小島氏は、このカバーを「オリエンタルな装いを」と、描かれたそうです。

英訳版は現在も販売されており入手可能ですので、この機会にお手にとっていただき、本書と読み比べてみるのも面白いかと思います。

編集部

クトゥルー・ミュトス・ファイルズ
The Cthulhu Mythos Files ④

崑央（クン・ヤン）の女王

2013年3月29日　第1刷

著者

朝松健

発行人

酒井武史

カバーイラスト　小島文美
本文中のイラスト　小澤麻実
カバーデザイン　神田昇和

発行所　株式会社　創土社
〒165-0031 東京都中野区上鷺宮 5-18-3
電話 03-3970-2669　FAX 03-3825-8714
http://www.soudosha.jp

印刷　シナノ書籍印刷株式会社
ISBN978-4-7988-3004-9 C0093
定価はカバーに印刷してあります。